O MEU IRMÃO

AFONSO
REIS
CABRAL

Prémio LeYa 2014

O MEU IRMÃO

AFONSO
REIS
CABRAL

Prémio LeYa 2014

Título: *O Meu Irmão*

Editora: Maria do Rosário Pedreira

Este livro foi composto em Rongel,
fonte tipográfica desenhada por Mário Feliciano
Capa: Rui Garrido
Fotografia do autor: Marta Ventura
Paginação: Leya, SA
Revisão: Diogo Maria Pessoa
Impressão e acabamento: Multitipo – Artes Gráficas, L.da

1.ª edição: Novembro de 2014
Depósito legal n.º 383 556/14
ISBN: 978-989-660-344-1

Leya, SA
Rua Cidade de Córdova, n.º 2
2610-038 Alfragide · Portugal
www.leya.com

Este livro segue a grafia anterior ao Novo Acordo Ortográfico de 1990.

Raça de Abel, dorme, come e bebe,
Deus sorri complacentemente.

BAUDELAIRE

Isto vai passar-se no Tojal. Ora o Tojal é perto de Arouca e longe de tudo o resto.

Percorremos as montanhas e é bom deslizar com o carro no alcatrão por entre as quedas. Há impunidade nisto. Além do mais, não temos compromissos e vamos a toda a velocidade pela vida e pela estrada nestes poucos dias em que seremos livres só para nós dois.

As montanhas, como deuses, bebem água directamente das nuvens. E molham-se como deuses. Mas nada interessa, ainda que à nossa volta as nuvens entreguem um abraço ao cume dos montes. Nós só temos a estrada, e mesmo assim uma estrada batida nas bermas, gasta pela falta de uso e pelo correr da água.

Não nos lembrarmos do sistema vertiginoso esquerda--direita-esquerda e tudo ser uma surpresa só nos torna imbecis, até porque não passaram assim tantos anos. Quantos anos passaram?

Ao largo de uma curva não há nada excepto precipício. Lembro-me de o meu pai dizer que nem a alma se salvaria, presa aos destroços do carro, e além disso misturada com a lixeira que o povo largou no penhasco. Dá para imaginar o arrepio, a alma estropiada no metal e no electrodoméstico.

Mas é uma paisagem sã. Montes em vários tons de verde e pouco mais. Por vezes cruzamos uma povoação mas não se leva a sério: já ninguém vive por aqui. Está tudo deserto e oco.

Como expressar agora as árvores, ficam só «vários tons de verde e mais nada»? As montanhas assim, de pele lisa e ondulada, parecem uma mulher sem roupa, mas em verde. E ainda por cima não servem para nada. O melhor é esconder ao máximo a minha inaptidão para escrever e prosseguir.

Não estamos muito entusiasmados com esta vinda. Observo-lhe o jeito apreensivo de olhar a paisagem, como um bicho cada vez mais encurralado. O cheiro a eucalipto e o som de galhos a estalar nas rodas, algum azul que se revela quando os montes e as nuvens falham. Coisas assim em volta e nós no meio sem as vermos. É que há o medo de os anos se terem sentado na casa como num banco velho. Está com certeza no mesmo sítio, mas não da mesma forma, tal como as pessoas são as mesmas no tempo, mas nunca iguais.

É melhor pararmos. Travo o carro e pergunto-lhe

– Enjoo?

– Nao nao... – responde com um sorriso.

Arranco e dou-lhe a mão porque sei que também tem os meus medos e talvez pense o que eu penso e quem sabe sinta as mesmas saudades. Com certeza sente as mesmas saudades. Somos parecidos de modos diferentes e, dadas as circunstâncias, esta parecença é surpreendente. Como o sangue nos pode juntar e afastar no mesmo movimento.

Além de Ponte de Telhe, uma ponte da época da D. Maria atravessa o Paivô. Por baixo, o riacho é um olho de gato, de tão transparente. Vem não se sabe de onde pelo meio das falésias e desaparece numa curva quase sem ter existido. Continua em fio até penetrar o Paiva.

Esta zona de Portugal fez-se em xisto e até o barulho dos passos fere. É duro viver aqui agarrado ao pedaço mais pequeno de terra, a ver se aquilo dá qualquer coisa para comer. E as pessoas envolvem-se, dão tudo de si ao campo através da enxada. Assim como assim, a pedra torna-se fértil e volta e meia retribui qualquer coisa – couve, milho, batata. Não surpreende que as pessoas desta zona sejam ainda muito parecidas com os mujiques de Tolstoi, apenas não constroem isbás, mas vai dar ao mesmo.

Depois de Ponte de Telhe só existe uma casa antes do Tojal, a dar para a estrada, e não é bem uma casa. Vivia lá um velho que além de beber passava a vida à janela.

Depois de este ter morrido, diz-se que caiu de podre, o meu pai e eu entrámos na casa e tudo veio para cima de nós como um soco: só havia uma divisão pobre com a tal janela pobre. Tudo disposto ao acaso como ele deixara. Uma bilha de leite a um canto, uma mesa de madeira onde repousava uma faca ainda suja de broa humedecida, terra pelos cantos aos tufos, sacos de plástico ao pé de uma cadeira tombada, uma cama com os cobertores por fazer depois de ele ter acordado morto, e acordado morto sozinho. Um martelo noutra mesa cheia de recortes de revistas e jornais começados pela palavra «Portugal».

P. dá cartas no futebol.
P. desligado no São João.
P. volta aos mercados.
P. faz tremer a Zona Euro.
P. regressa ao clube da bancarrota.
P. em recessão, ps. deprimidos.
P. sai dos mercados.
P. sobe no clube da bancarrota.

No chão, ao lado dos recortes, um barril ferrugento da Alcimar Azeitonas de Conserva. Um guarda-chuva pendurado na viga mestra e ainda um saleiro e um espelho caídos perto da cama. Não nos atrevemos a abrir a arca frigorífica, deixámo-la fechada como uma caixa de surpresas porque a surpresa é a caixa permanecer fechada.

Foi muito pior do que isto, daí eu lembrar-me do velho bêbado quando não vem a propósito. O fedor das coisas que sobraram por comer era inacreditável e por isso não lhe chamaria uma natureza-morta, mas sim uma natureza evidentemente morta. Os recortes de Portugal misturavam-se com a putrefacção. O papel na carne e a carne no papel. Acho que o velho morreu porque não entregou a vida à enxada e à terra, e por isso a enxada e a terra não lha entregaram de volta.

Passamos esta última casa antes do Tojal e deixamos o velho. Será que também se lembra?

– Ha muto tempo... – responde.

E fico sem saber. Pode dar-se o caso de associar a pergunta «Lembras-te?» à ideia de passado e do passado nunca é errado dizer que foi «há muito tempo». Quero pensar que sim, que se lembra. Mas não basta lembrar, o essencial da memória é a relação afectiva que mantemos com ela e isso nem sequer me atrevo a compreender. Nunca conseguimos falar de questões abstractas. Deixei de insistir, mas verdade seja dita que nunca me empenhei muito. Porquê, afinal? Para ficarmos humilhados?

E, além disso, eu também não sei o que é o essencial da memória. Fiquemo-nos pela suspeita de que não se lembra, embora não o assuma em letra maior.

Entretanto, claro que já me largou a mão e agora dormita. A mão é áspera. A boca descai e a língua resvala quase até ao queixo, até quase abaixo do queixo. Uma língua que parece morta mas que se mexe. Dou-lhe um safanão no ombro porque temo que a morda num solavanco do carro, e ele acorda com um ar de coisa mal concluída. Digo-lhe «Estamos a chegar».

Na estrada, ao fundo, um grupo de mulheres vestidas de preto apanha umas bolinhas encarnadas que sobre o preto parecem gotas de sangue. E conversam e cantam e estafam-se a apanhar medronhos. Depois fazem aguardente, metem-na em frascos antigos de vidro grosso com defeitos – bolhas de ar, reflexos verdes – e entregam-na aos maridos.

Os maridos que bebem e as espancam porque elas lhes dão motivos para se embebedarem e as espancarem. Bebem em conformidade com as suas vidas circulares.

Há duas viúvas, uma delas com um pano branco na cabeça e um bastão. Tem ar de curandeira, uma figura estranha nos dias de hoje. Não usa o bastão para se apoiar mas sim para bater nas outras quando não fazem o que ela quer. E bate-lhes a sério, vergando a madeira com prazer, talvez excitando-se com o barulho desta no ar. De certeza que gostaria de lhes vergastar as palmas dos pés à noitinha.

Paro, pergunto

– Estão ao medronho?

É a do bastão que responde. As outras observam o bastão a rolar-lhe nos dedos como uma moeda depois de uma aposta, cara ou coroa – sorte ou azar.

– Ah, pois claro. É a época! Mas isto já não é nada como dantes. Havia bom medronho! Agora...

O povo insiste em desdenhar do que possui como demonstração de modéstia. O medronho é óptimo e há-o em cachos por todo o lado como luzes numa feira, acompanhando a estrada.

Aponta o olho para o lugar do morto, já parou de rolar o bastão, e pergunta

– O que tem?...

Aqueles olhos azuis aqui da zona a vasculhar e a lamber, mortos de curiosidade e aflitos por saber o que se passa ao meu lado, quem me acompanha. Quase sou tentado a confessar tudo ou a lançar-lhe um «Deixe-se lá dessas coisas, o caso não é assim tão grave». E não é de facto assim tão grave, mas dar-lhe confiança para quê?

Não respondo. Percorro o volante com as mãos. Aperto-o. Observo o bastão.

– Não quer dar-me uns medronhos? Só para termos uma sobremesa quando chegarmos a casa.

A mais nova enfia as mãos sujas num balde de plástico e faz pingar as bolinhas para um saco. O cheiro do medronho entra no carro pela janela.

Sem mais, partimos e vejo pelo retrovisor que a mulher do bastão continua no meio da estrada a olhar para nós. Depois cruza os braços muito acima da cabeça, num gesto que não sei explicar, lançando um

– Eia! Eia!

que saiu de um ritual ou dança mas sem abanar a cintura. Não sei o que é, mas encaro aquilo como uma praga. Talvez esteja arrependida, não tinha nada que perguntar «O que tem?...».

As curvas, as pedras, as árvores e as encostas excitam a memória. Surge uma vida que vai além da água a escorrer pelo xisto, uma vida que é uma ansiedade. Como um homem que olha para uma mulher, mas a mulher não se oferece nem nada. Simplesmente deixa-se observar.

Quando vê as últimas curvas, quando reconhece os cabos eléctricos que cruzam de monte a monte, mexe-se no banco e esfrega as mãos e range os dentes. Quer tirar o cinto de segurança. Depois esfrega a cabeça e já sei que, se não fizer com que pare, vai ser uma espiral por ali acima, talvez acabando em choro.

Dou-lhe outra vez a mão. Aperto-a tal como apertei o volante, quero guiar-lhe a saudade.

– Ha muto tempo... Muto! Nao e? – pergunta-me.

– Sim, mas estamos quase a chegar. Calma. Já vai. – Convém usar frases curtas.

O Paiva revela-se depois da última curva, e ao cimo, como uma coroa na cabeça do monte, a aldeia do Tojal. Em suma, uma rua com casas de lado e de permeio. Ainda é possível ver o sulco das carroças na pedra do chão. Musgo cobre a base das portas por onde já ninguém entra. Uma ou duas tábuas atiradas para um canto. Alguns gatos que vivem nas ruínas. Mais nada.

Das catorze casas de xisto, dez estão abandonadas, três pertencem às únicas pessoas que aí vivem, um casal de camponeses e o filho, e a décima quarta – a última depois da igreja, à esquerda – é a nossa.

O Tojal é pouco mais do que isto. A senhora Olinda está à minha frente com a mão na cintura, quase dentro dela. Quieta, ainda não percebeu que somos nós dentro do carro. Olha-nos de lado como um pássaro. Não sai da frente, mas aos poucos o movimento do corpo diz que sim, que já nos reconheceu. Berra «Não me acredito!». Envelheceu e não usa soutien. Mantém um ar sólido enquanto tudo abana. Os braços de baixo para cima, a barriga a dançar e o peito em frente apontando para nós.

A boçalidade é uma forma de incompreensão e eu acho que assim, sem soutien e espevitada, a senhora Olinda corresponde melhor ao pouco que a conheço. De facto, não sei se usa soutien, apenas que o tecido deixa antever o que de outro modo não seria perceptível.

– Ai, mas que vocês não vinham! Pára aí, pára aí o carro, que eu vou chamar o meu Aníbal. Ó Aníbal, anda cá ver! Eu não chamo o nosso Quim, que ele hoje está mal, mas pronto. Está no quarto. De cama… Aníbal!

O marido não aparece, deve andar por aqueles sítios aos quais deram nomes como O Cabo do Lugar ou A Beira de Lá. Estou contente por a encontrar, mas quero sobretudo rever a casa – embrulhar-me nela numa ternura de dois amigos que se reencontram.

– Mas então que vieram cá fazer? Deixem lá o Aníbal, ele também não percebe nada. Vou-vos dar ali alfaces que tenho e com este tempo estão bem fresquinhas. Ai, mas eu não consigo, dá-me cá um beijo!

E enfia a cara cheia de pêlos na janela.

À custa da distância social, nunca me tinha dado um beijo. Agora que deu, em vez da distância há uma fieira de cuspo a escorrer-me pela bochecha. Limpo-a com a manga.

Digo-lhe que viemos matar saudades, tirar o pó à casa. Mas também não queremos ficar muito tempo. Apenas uns dias. Ver o Tojal por dentro outra vez, não só imaginar o Tojal. Ou ter saudades do Tojal.

– Mas é por causa... – e aponta o olho, como a outra velha.

Digo-lhe que não e ela desata numa algaraviada impossível de descrever. Queixas: o marido, o filho, a vida. Sobretudo o campo e o filho. Sobretudo a vida em geral.

É estranho que fale a minha língua, não se percebe nada entre regionalismos e grunhidos de alegria e tristeza.

Ao fundo, um homem baixo e coeso, género empilhadora, dirige-se para nós e, chegando, tira o boné verde dos Jogos Santa Casa e apoia a mão na porta.

O senhor Aníbal é daquelas pessoas pim, pam, pum. Ouve pim, faz pum. Ouve pum, faz pam, e por aí fora. Não é pois muito inteligente. As suas frases preferidas são «Então vá» e «Tenho muito que fazer», mas de resto nunca vai nem nunca faz. O nariz está desfeito pelas bexigas e embebido de vinho. Cara de areia mijada, à Camilo.

Diz olá, admito que com alguma alegria, e depois conclui

– Então vá, tenho de ir ali à frente.

seguindo a rotina. Enfia o boné dando palmadas na cabeça. Palmadas fortes de mais. Nada o afecta porque não tem capacidade para ser afectado. Quebra apenas o dia-a-dia para contar uma anedota, mas conta-a falhando no contexto e no ritmo. Ninguém ri.

É o que se chama viver em três pontinhos.

A casa deles fica à esquerda, um pouco antes da nossa. Numa das varandas, um matagal de orquídeas que a senhora Olinda trata como filhas, ou pelo menos como meninas às quais endireita os botões do vestido para que fiquem bonitas.

Na frincha da porta surge uma figura magra, um fiozinho de gente a extinguir-se no escuro, do qual vejo unicamente com clareza a ponta da bota. Sim, a ponta do raio da bota. Sorrio-lhe mas ele não responde e fecha a porta depois de mostrar uma mão tumefacta. E essa mão, pelo menos, encena o gesto de olá ou adeus, não sei. Conheço-o mal, mas o Quim é mesmo assim: uma mão tumefacta e a ponta de uma bota.

A nossa casa fica a oitenta metros, depois da igreja. A casa chama-nos, a senhora Olinda prende-nos, mas arrancamos. Haverá mais conversa.

À direita, o campo onde estaciono leva ao cemitério. À esquerda, um carreiro conduz à várzea e ao rio. De resto, nada conduz a nada. Sobre o lado do monte, a nossa casa permanece igual.

No terraço em frente da entrada sobrou apenas o abandono. O tempo cobriu-o com uma camada de folhas, restos de azeitonas e vestígios de figos numa espécie de cobertor morto e vivo.

Abro a porta e deixo que passe à frente. A sala com kitchenette solta um cheiro quieto, mas continua tudo igual – pequeno e bem arranjado. Os meus pais investiram a pulsão de uma vida a decorar o Tojal. Compraram a casa poucos anos antes da reforma do meu pai. Foi mais ou menos como demonstrarem que uma casa nova representava uma maneira renovada e sempre apaixonada de viverem juntos, e isso testemunhava-se pela junção dos objectos.

Alguns objectos. Na parede principal da sala, dois casais dançam ao som de um gramofone Decca «made in London». Dançam sempre os mesmos passos porque são figuras num poster de cartão. À direita, no canto, bengalas e bordões dentro de um bengaleiro. No topo dessas bengalas e bordões, quatro chapéus, dois deles Panamá, mas rotos. À esquerda dos dançarinos, no outro canto, uma lareira por cima da qual o bacalhoeiro Ismael oferece o bombordo. À frente da proa, uma figura chinesa fixa sempre o mesmo ponto com olhos de porcelana. No braço do sofá, a pele de uma raposa sem cauda. A meio da sala, escadas para o andar de cima. Do outro lado das escadas, a cozinha forrada com restos de azulejos do século XVIII. Incrustado no topo das escadas, um globo de bronze do cinema Monumental. O andar de cima é mais vazio, só tem um Cristo partido pendurado no hall que dá para os quartos. Um Cristo sem braços e sem a perna direita. Também sem cabeça.

Depois de entrar segurando a minha mão, olha para mim e abre um sorriso nos olhos meia-lua, entre constrangido e alegre. Range os dentes de felicidade ou susto ou não sei o quê.

Senta-se no sofá levantando o pó. A barriga enrola-se em dois altos encostados um ao outro. Os dedos simulam um estalido quase imperceptível; repletos de calos, têm o mesmo comprimento. As orelhas diminutas sobressaem no cabelo curto. A camisola justa ao pescoço e as mangas reviradas. Os olhos denunciam o aspecto estrangeiro. Não se consegue controlar, mexe-se com ansiedade.

Apesar de parecer uma criança envergonhada de dez anos a mexer os dedos e a fazer salamaleques, é bem o meu irmão, na casa dos quarenta, um pouco para o gordo e, claro, mongolóide.

Do que eu me lembro. De subir uma escada em caracol acompanhado pelas vozes das crianças. Era um ATL, embora na altura não lhe chamassem assim, e eu ia buscar o meu irmão ao segundo ou terceiro andar. Ficava numa das casas típicas do Porto, muito altas e estreitas, corredor ao centro, divisões pequenas, frente à Praça de Liège. A escada parecia um precipício virado para cima, só olhá-la metia vertigens. Mas, como era um desafio, o sentimento de que o meu irmão precisava mesmo de mim dominava-me, e eu subia dois a dois sem respirar.

Ele tinha sete anos.

Haviam pendurado ao longo da escadaria desenhos feitos pelas crianças. Folhas brancas com casas geminadas e árvores e riscos que representavam pessoas e sóis, embora aquelas crianças vivessem em apartamentos e as árvores que conheciam se parecessem com arbustos. E também desenharam o pai e a mãe de mãos dadas, apesar de muitos não terem pai ou mãe, ou pai e mãe de mãos dadas. Nos cantos inferiores, as assinaturas. Já sabiam escrever o nome com as vogais muito abertas.

O meu irmão não contribuiu com um desenho. Apenas muitos anos depois, quando a Augusta lhe deu um jogo de pintura, ele começou a desenhar, mas já éramos adolescentes. Desenhava casas geminadas e árvores e riscos que representavam pessoas e sóis, embora não soubesse assinar com as vogais muito abertas nem com as vogais muito fechadas porque não conseguia escrever.

Foi na altura em que andava numa terapeuta da fala. O que sei é que me sentia eloquente ao meu jeito e ele não conseguia falar como gente por causa daquela língua enorme que insistia em trazer ao dependuro, meio morta mas a mexer. Se ao menos lhe arranjassem a língua, nada como cortar aqui e ali para que a coisa ficasse resolvida. E punha-a de fora só para nos provocar. «Miguel, língua para dentro», berrava a nossa mãe.

Sim, era egoísmo, isso de querê-lo fluente. Uma criança precisa tanto de falar, de jogar, de brincar. Embora nos entendêssemos, por algum motivo sentia aquilo como pouco. Por isso isolava-me e preferia deixá-lo no quarto como um objecto que se pousa. Se ao menos ele conseguisse falar, eu tê-lo-ia mais como amigo e menos só como irmão. Porque irmão já ele era e isso não adiantava de nada.

Por outro lado, parecia-me muito mais novo, muito mais do que apenas o ano de diferença que nos separava. Ou seja, mais apatetado. Como o Dumbo. Havia que o proteger e era nisso que eu pensava enquanto subia os degraus dois a dois sem respirar.

Tenho ideia de abrir a porta e encontrar a gorda da terapeuta sentada numa cadeira olhando para o relógio. Ao lado, no chão, o Miguel entretinha-se com Legos sem dizer uma palavra. A terapeuta cruzava as pernas e sobre elas uma revista do género *TV Guia*. As pernas cruzadas metiam pena por causa da gordura (um alto onde se juntam). O Miguel não conseguia encaixar os Legos e fazia muito barulho a bater as peças. Porém, a terapeuta não tirava os olhos do relógio.

Entrei, encaixei os Legos por ele e dei-lhe a mão, insistindo em que fôssemos embora. Comigo não precisava de falar, o que só agravava as coisas. Eu percebia-o. Deu-me pancadinhas nas costas, o mesmo que dizer olá, e apertou a minha mão com força, o mesmo que dizer que estava chateado e farto daquilo.

– Sim, mas continua. Aprende – aconselhei enquanto descíamos acompanhados pelos berros das crianças.

Quando um adulto passava por nós, colocava a mão no ombro dele, como a incentivá-lo. Eu aconselhava-o a continuar a terapia porque talvez conseguisse por fim desatar a língua ou ordenar os grunhidos e, assim, conversar comigo. Percebê-lo não era o mesmo que conversarmos. No entanto, não entendia o que tinha a *TV Guia* que ver com a vida do meu irmão, e em que medida aquilo o ajudava.

No fundo, eu só queria uma conversa estruturada em que de repente a língua do Miguel se desatasse e ele se tornasse outro, sendo o mesmo.

Imaginava vezes repetidas essa conversa impossível.

– Olha para mim, meu parvalhão. Como te chamas?

– Miguel.

– E eu?

– Mano.

– Eu sou teu irmão, não me chamo irmão.

– Sei.

– Sabes o quê?

E nisto a língua no discurso como faca na manteiga.

– Sei que tu és meu irmão e que não te chamas assim, estava a brincar. E não quero ir mais àquelas aulas. A mulher está sempre distraída, não aprendo.

Mas nem agora, aos quarenta, consegue manter este nível de discurso, quanto mais naquela época em que deitava a língua de fora por tudo e por nada. Dizíamos como a mãe «Miguel, língua para dentro». O meu pai mantinha-se em silêncio porque ainda não sabia dizer «Miguel, língua para dentro» sem violência por ele ser deficiente. A violência desapareceu pouco a pouco para dar lugar ao amor, principalmente o amor calmo depois da reforma, mas nesse tempo só havia o silêncio que escondia a violência.

Quando os nossos pais desistiram da terapeuta, essa mulher de pernas cruzadas que provavelmente olhara para o relógio muito antes de eu chegar, senti que estava tudo perdido.

Melhor, estava tudo perdido à moda ampla e pequena de uma criança. Talvez cinco minutos depois já não pensasse no assunto.

Mas ainda me lembro de mais atrás. A primeira memória do meu irmão vem de antes, do infantário, que ficava no outro lado do rio, quem vai pela Ponte da Arrábida, logo à direita, num complexo sobranceiro à Afurada que já não existe. Por que raio é que o Miguel não podia ir comigo? Afinal, apesar de tudo, tínhamos quase a mesma idade. Ou pelo menos visitar-me.

Deram-me um carrinho de plástico onde me sentava e percorria os corredores do colégio. O banco abria e guardava lá dentro os brinquedos. Um dia até guardei um pombo de asa partida que encontrara a saltar contra a parede. O desejo de ter o Miguel comigo era tal que o deixaria andar pelos corredores no carro como se este lhe pertencesse. E até guardar o que quisesse debaixo do banco.

Todos os dias, depois do infantário, chegava ao pé da minha mãe e

– O Miguel não pode?...

Eu era bastante exaustivo, redobrava aquela frase com um desgosto genuíno e fingido, tal é a falsidade sincera de que as crianças são capazes.

Como vingança, desarrumava os policiais da colecção *Vampiro* que a minha mãe encadernara dois a dois ou três a três em tecido cor de sangue

Lembro-me de que alguém perguntava «Como é que tu enterras duas pessoas no mesmo caixão?».

e chamava-a de modo a ver os livros acabados de espalhar. Até mandara fazer uma estante própria com as medidas dos in-octavo, e agora a estante estava vazia, violada. Eu dava a entender que desarrumaria os livros até que o Miguel me acompanhasse. Dito isto, sorria porque até gostava daquela brincadeira de baralhar e vasculhar os livros. As facas, as forcas e as pistolas nas capas assustavam-me como se aqueles livros escondessem um submundo de tudo o que eu não conhecia, de tudo o que era verdadeiramente adulto.

Depois de uma semana de *vampiros* perdidos pela casa, a minha mãe cedeu. Levei o Miguel. Foi só durante umas horas e nunca lhe larguei a mão.

Mentira: larguei, mas por pouco tempo, portanto a consciência não pesou.

Fomos ver os sítios proibidos, o jardim do canto para onde atiravam veneno de rato em pastilhas, os baloiços e afins. O pátio e também as salas, incluindo os corredores dos grandes e a capela. Tenho a certeza de que gostou, até que fomos brincar. Apresentei-o aos meus amigos. Lembro-me especialmente da Lili, cabelo louro e olhos azuis. Tratou-o bem, levou-o pela mão até ao recreio.

Ele brilhava. A Lili também brilhava, mas ele brilhava mais.

Não sei o nome, mas era um jogo em que alguém vai ao meio e os outros andam de roda até que um substituto é apanhado. Claro: o Miguel foi ao meio. Brincávamos no pátio das traseiras, perto do muro de onde o Zé Pedro saltou por se achar o Super-Homem.

Acontece que ele não tinha percebido as regras – isto além de lhe faltar a destreza. De início fiquei surpreso por ele se divertir: ouvia «aqui!» e «ei!» e «então?» de várias direcções e ria-se. Havia muita escolha por onde agarrar. Ele tentava com gestos pronunciados antes mesmo de se mexer, mas os outros percebiam quem ele queria apanhar e fugiam.

Ficou tão excitado que enfiou o dedo na boca, mordendo-o. Muitos risos. Não me lembro se também me ri. Depois cansou-se, sentou-se, voltou a levantar-se e sei lá eu mais o quê. É que não conseguia escolher um daqueles «então?» e «ei!» e «aqui!». Entretanto os berros cessaram, os meus amigos já não queriam brincar.

Quem fica de fora está dividido entre o medo e o desejo de ser apanhado. Todos querem ir ao meio e ninguém quer dar parte de fraco. O meu irmão não prestava porque não tinha capacidade para apanhar ninguém. Fartos, lembraram-se de outro jogo. Rodear o do meio e chamar-lhe *coisas*.

Coloco em itálico porque de facto não me lembro do que lhe chamaram, suponho que insultos como «Ó mongo!». Coisas pequenas saídas de bocas pequenas que abrem buracos pequenos como balas.

Fizeram um cordão de mãos dadas e, fardados e bonitinhos, amorosos, andavam devagar à volta e cada um disparava à vez. E eu fiquei aterrado como uma criança fechada num quarto escuro: o meu irmão sorria, mais contente do que nunca – não percebia que o insultavam.

Ao fim da tarde, entrei no carro e não disse uma palavra. Queria acusar a minha mãe por ter deixado o Miguel ir comigo mas sabia que de alguma forma isso estava errado. A minha mãe era perfeita, não podia ter cometido tal erro. Era perfeita a ponto de encadernar *vampiros* em capas da cor do sangue. E, mesmo que me quisesse explicar, eu nunca perceberia o que significava a síndrome de Down.

Ficar calado foi o melhor remédio.

Estava-se mesmo a ver: acendo a lareira e deixo que o estampido das pinhas invada a sala, só que os primeiros fumos sobem e logo descem, consequência das camadas de entupimento na chaminé. A resina pega-se às mãos, aos braços e não sei como à ponta do nariz. Acender uma lareira é complicado. Se ao menos houvesse botão.

Portugal mais competitivo com contenção salarial. Oposição reage... Em directo no estúdio, o comentador... Inadmissível... Na minha opinião pessoal... A saída limpa resultou?... Não pode ser, minha querida, ele não é bom para ti. Mas, pai, se o amo!... The lion, as king of the savannah, observes the wildebeest. He's ready to take what's his.

O Miguel anda lá por cima. Sempre foi desenvolto com tecnologia e, pelo que ouço, já pôs a televisão a funcionar.

Lá por cima: dois quartos e uma casa de banho. A subir, as escadas onde o retrato da tia Margarida, que se fez freira em 1822, olha para nós com um sorriso por baixo do buço. O Cristo partido fica mais à frente.

Se o Miguel soubesse como o barulho me incomoda, aqueles sons abafados pela parede, aquele nunca se saber ao certo o que é dito e ao mesmo tempo não ter a certeza de que nos diz respeito. E ainda por cima eu mandei-o milhares de vezes pôr a televisão mais baixo e ele respondeu milhares de vezes «Hum!» depois de eu ter berrado que não se berra «Hum!».

O barulho dos outros nos nossos ouvidos é a derradeira violação da privacidade. Quer dizer, não sei se «a derradeira». A certa altura os vizinhos da minha infância, que viviam no andar de cima, iniciaram o processo de divórcio. Houve muita berraria e troca de argumentos, que costuma ser a primeira engrenagem. Ora, além de esta fase ter durado anos, deu-se a infelicidade de eu ouvir cada argumento. Todas as noites, pelas onze e meia, o casal entrava no quarto por cima do meu e «tu isto» e «tu aquilo» a revolverem-se de um lado para o outro. E eu sentia-me violado pelos ouvidos e impotente para acabar com aquilo. Eles também se sentiriam violados se soubessem que eu ouvia tudo e que decidira quem tinha razão. O marido traía-a, mas pelos vistos a mulher era frígida.

As chamas morrem logo. Sou cem por cento incapaz. Ainda me queimo e saio daqui sujo de borralho. As pinhas estalam mas as chamas não pegam, morrem.

O chinfrim continua. Nada como fugir da cidade para cair no mesmo. Exijo que baixe o volume.

– Hum! – responde ele com uma patada no chão.

Nada cede. A lareira não acende, o Miguel não baixa o som. Para além de sentir uma espécie de urticária em tudo o que mexo,

Deve ser da irritação – isto da lareira e tudo o resto. Também se mede um homem nas coisas do quotidiano e eu estalo à mínima contrariedade (o autocarro que se atrasa, a casa de banho do centro comercial que está fechada, o pneu que rebentou e por acaso não sucedeu nada mais sério).

não posso admitir que me desautorize assim. É constante e mói o juízo. Sei que percebe e que me quer desafiar, nada mais simples do que «Está calado e põe isso mais baixo», mas também ele deve ter amor-próprio ou algo parecido e o magoe ser contrariado. Sei que, para ele, tem muito significado ouvir a televisão aos berros, sei que gosta das vozes das actrizes, mas não o posso permitir.

A luz dos candeeiros parte-se, intermitente, e por vezes deixa entrar a noite por mais de três segundos. Estas quebras de corrente são normais no Tojal. Claro, o ruído da televisão cessa e o Miguel desce. Já lhe cresceu uma barriga de pai.

Podia ter dito «já tem barriga de cerveja», mas esta imagem redonda de pai ficou-me da infância e, além do mais, o Miguel nunca bebeu.

O seu aspecto é infantil e velho. Algumas partes da cara com muitas rugas (à volta dos olhos e da boca) e outras quase sem rugas (as bochechas, a testa). Como sempre, vem com um sorriso de alto que é igual a dizer «Estive no quarto, arrumei a roupa, pus o pijama e vi televisão, portei-me bem». Sim, portou-se bem, mas eu traduzo naquele olhar «e, repara, não diminuí o som».

Penso nisto enquanto ele põe a mesa. Desempenha a tarefa há vinte e tal anos com a mesma perfeição muito típica. Primeiro abre a mesa e calcula o que tem pela frente. Depois pega nos naperons, cada um segundo a ordem das coisas e sempre alinhados à exaustão. Seguem-se os pratos, um aqui e outro ali num tête-à-tête rigoroso. Os talheres também um a um, isto é, primeiro vai buscar um – alinha; depois vai buscar outro – alinha, e assim sempre. Conclui com a sopa a ferver. A sua sopa.

Só que não reparo nesta alegria no trabalho porque a televisão lá em cima voltou a fazer barulho. Não a desligou.

O caso mais grave é ele perceber o que lhe disse e mesmo assim manter a televisão ligada. Quer dizer, além de todos os impeditivos, onde encaixa a personalidade? Deve sobrar espaço, mesmo dentro do colete-de-forças da deficiência. O Miguel não é um anjo ferido que não perceba nada do mundo.

Estas considerações impedem-me de lhe perguntar se a sopa está boa. Trouxemos provisões para duas semanas. De qualquer forma, mesmo que perguntasse

– Miguel, a sopa está boa?

ele responderia

– Hum!

As coisas são assim e não quero encontrar grandes significados neste género de comunicação. Há o amor e talvez isso baste nestes momentos em que o Miguel se enrola numa comiseração fechada e não comunica excepto através destes grunhidos.

Continuo incomodado por não conseguir acender a lareira. Se ao menos tivesse pedido à senhora Olinda que limpasse a chaminé.

Ela e o marido não são nossos caseiros, mas fazem este género de favores se pedirmos com jeitinho, o que envolve um namoro pegado, um fazer a corte que o meu pai desempenhava bem. Eu nem por isso, fiquei-me por um telefonema nas fronteiras da simpatia e pedi «Senhora Olinda, pode dar uma limpeza à casa?».

Levanto a mesa sempre a pensar no barulho, na falta de respeito e noutros que tais. Chego à conclusão de que o Miguel não pode ser deixado à solta. Explico-lho com simplicidade e ele responde

– Hum!

Apetece-me bater-lhe, mas ele não é uma criança a quem possa dar um raspanete e uma palmada. Por momentos, quero que ele ainda seja inepto ao jogo do apanha para lhe dar uma ou duas palmadas na mão, mas depois imagino a cena e acho-a ridícula e primária, até porque poderia ser eu a apanhar. Se alguém tão forte como o Masturbador se vergou perante os golpes dele, quanto mais eu. E nisto acho a cena triste e acho-me triste na cena.

Por outro lado, de facto o Miguel tem toda a desculpa do mundo, que o comprimiu dentro de si mesmo, e depois eu sei que a ausência da Luciana está sempre com ele, não a consegue superar, como a mãe que alimenta a memória de um filho. Isso deve ferir-lhe a vida, limitá-lo tanto como a deficiência. No entanto, sei que um dia há-de esquecer a Luciana, a ausência dela, e então será apenas deficiente em vez de ser deficiente e amargurado. Julgava que por esta altura ele já a teria esquecido. Seria normal que isso acontecesse.

Arrependo-me de imediato deste emaranhado dentro da minha cabeça e desejo-lhe boa noite, dizendo «Volta lá para cima», mas sem acrescentar «Dorme bem».

Para chegar lá era preciso muita força de vontade e, mais do que isso, força nas pernas. O caminho insinuava-se entre pedras e terra. Do cimo pendia uma corda para apoio que não inspirava confiança. Descíamos conscientes de onde pôr os pés, um de cada vez. Os degraus rasos, muito mal paridos, tornavam difícil acertar onde era seguro.

A minha mãe insistiu em calçar saltos altos ou socas, não me lembro, e dizia a cada tropeço

– Alto! Alto!

como se a culpa fosse nossa.

Quando por fim chegámos ao sopé, o que mais impressionou foi o som do mar que ia de encontro à falésia. A praia era de resto uma coisa de areia aos gorgulhos que só tinha interesse por albergar uma colónia de mosquitos que voavam em forma de vapor. Os insectos tentavam fazer manta em cima de nós quando adormecíamos ao sol. Por vezes conseguiam.

Nada disto importava. O meu pai fazia correr a minha imaginação como ninguém e eu não estava naquele lugar. A imaginação apontava para o mar, tal como o dedo do meu pai.

Os cavalos-marinhos rebelaram-se contra os peixes que os montavam, só que cometeram um erro de palmatória: fugiram com as rédeas, a sela e toda essa parafernália ainda equipada. Com o tempo, o comité revolucionário acabou por encontrar utilidade para o erro, montando os semelhantes. Segundo o meu pai, na altura voltava-se a sentir um clima de revolta sob as ondas. Os que eram montados até consentiam em ajudar a revolução, mas não concordavam de forma alguma que o comité lhes ensinasse dressage.

Claro que isto tinha de ser tudo muito explicadinho e eu não percebia nada, mas a imaginação corria mesmo assim.

Alugáramos umas águas-furtadas naquela zona da costa vicentina, talvez na Zambujeira do Mar, e a ideia de irmos à praia da Amália não nos largou até aterrarmos naquele lugar absurdo. De facto, sentíamos a presença da fadista no topo da falésia, onde esta construíra uma casa escondida por um portão às florzinhas de diversas cores.

Encarnado, verde e azul com bolinhas amarelas ao centro.

A minha mãe incrustara-se nas rochas para tentar que os mosquitos passassem sem a picar, o meu pai mostrava apenas o indispensável da cabeça fora de água, mas queixava-se das algas que lhe lambiam as pernas; e eu confesso que me tinha encostado à minha irmã Constança e perguntava-lhe os nomes dos búzios e dos beijinhos. Isto apenas porque os mosquitos – entre mim e ela – escolheriam com certeza a carne feminina.

Só me ocorria «Coitado do Miguel, se aqui estivesse!».

Não devo ter dito assim. Uma criança não usa o conjuntivo.

Claro que coitado dele onde estava. Foi a primeira e última vez. Jurámos para nunca mais, mas realmente teria sido um estorvo muito grande levá-lo connosco por essas praias do Sul onde a rebentação não é para brincadeiras, veja-se a Zambujeira do Mar. Já era crescido de nove ou dez anos mas tinha uma autonomia muito limitada. Ainda usava fraldas, recusava sentar--se numa retrete.

Por isso decidimos

Aqui o plural é majestático.

que ele ficaria melhor durante essa semana numa residência da APPACDM, quer dizer, a Associação Portuguesa de Pais e Amigos do Cidadão Deficiente Mental, uma daquelas casas onde se acumulam deficientes em beliches, à falta de melhor. Ainda por cima, ficava no alcatroado de drogados e prostitutas que é a Rua Gonçalo Cristóvão. Que eu saiba, os auxiliares dedicavam--se muito aos «meninos», como lhes chamavam em qualquer idade. O Miguel dormia no mesmo quarto do Bernardo, o melhor amigo, que saltava sempre para cima de mim.

– Olhem olhem! O irmão do Migas! Do Guel! Do Miguel! – E exigia apertos de mão sucessivos. Aquilo ia num crescendo até que tentava dar-me beijos nos dedos.

Mas lá só tinha o Bernardo. Os outros não lhe interessavam. Não conseguia lidar com alguém que de dois em dois minutos soltava um berro e dizia em simultâneo «Calados, todos!», ou alguém que acordava, roía a perna da cama e voltava a dormir. A Luciana ainda não entrara para a APPACDM, nem era de supor que nessa idade o Miguel se interessasse por ela.

Sim, os auxiliares eram dedicados mas o ambiente deprimia. Chamava-nos muito à realidade. De um lado, o meu irmão. Do outro, os que tinham síndrome de Down. Os dois lados não batiam certo, como se ele não fosse igual aos outros mongolóides.

Naquela penumbra de dormitório, tornava-se evidente que eram todos iguais e a ilusão quebrava-se por força da proximidade.

A praia da Amália foi a cinco dias entrados nas férias, se bem me recordo. Eu começava a pensar que a culpa fora minha. Quer dizer, não minha minha, mas perto. Se nós formávamos um todo, então cada um falhara e a cada um se poderia imputar certo peso naquela traição. O Miguel fora posto de parte, atirado para a residência da APPACDM.

Uma das minhas irmãs, a Inês, namorava na altura um tipo que se tornou depois seu marido. Esteve uns dias connosco – impossível de saudades – mas não aguentou e subiu a Vila do Conde onde os pais dele tinham uma quinta. No comboio, algures Lisboa-Porto, encheu-se de escrúpulos como um afrontamento e foi à APPACDM. Enfim alguém que agia.

Nós ainda não sabíamos de nada.

Saímos da praia e as florzinhas da Amália lá ficaram no topo sem ninguém para as ver. O meu pai levava um saco cheio de percebes que apanhara nos sítios mais perigosos das últimas rochas. Que figura: ao longe na espuma, por entre a espuma e contra a espuma. Por trás da espuma, água. Um perigo. De resto, não se comparavam com os percebes importados. Eram muito piores, uns animais raquíticos e com pouca vida. O meu pai abanava o saco e dizia

– Vêem? – cheio de felicidade.

Talvez aqueles crustáceos péssimos fossem a única coisa boa na praia e o meu pai levava-os cheio de importância escadas acima, enquanto a minha mãe

– Alto! Alto! – por causa das socas ou dos saltos altos.

Eu acho que o meu pai queria impressionar a minha mãe com a apanha. Sem efeito. E tenho a certeza de que se sentiu triste como um rapaz que quer impressionar a namorada e falha. Depois piscou-me o olho.

– E esses cavalos-marinhos, hein?

Entrei no carro enregelado e com tiras de algas pegadas ao cabelo e à pele. Mais uma viagem de uma hora até às águas-furtadas. Adormeci com aquela sensação boa e má de pulmões comprimidos. O balanço do carro fez o resto.

Não havia motivo para ter adormecido em paz. Até era um pouco indecente, eu nisto e o meu irmão na residência, quem sabe sem noção de tempo e a achar que ficaria o resto da vida sem nos ver.

A Inês telefonou-nos à noite. Tínhamos comido os percebes e eu estava com a cara às bolas por causa das alergias.

– Fui buscá-lo e estou na quinta do Pedro. Não aguentei.

A minha mãe sempre teve um jeito feliz de sorrir e disfarçar. Também ela, mais do que qualquer um de nós, sentia remorsos.

– Fez bem – respondeu.

– A quinta é muito bonita, mas sabe que mais?

Eu ouvia a voz da Inês por entre os inchaços e sabia que vinha aí coisa, mas aquelas pústulas ardiam e eu estava desconsolado porque perdera uma oportunidade de assustar o meu irmão. Bastava mostrar-lhe a cara.

Depois rebentou uma frase assim de passagem.

– Hoje o Miguel foi sozinho à casa de banho pela primeira vez.

Só ouvi o clique a desligar. Era um telefone retro, daqueles de roda com números. A minha mãe desligou-o com força.

Quer dizer, não é dormir nem estar acordado. Sinto o corpo estendido na cama à espera do impulso para me levantar, mas ele não surge. Quero manter-me neste entretanto até ter coragem para começar o dia.

Todos sabem do que falo. Se quisesse ser académico, chamar-lhe-ia «estado alterado de vigília», mas não gosto de praticar academismo nos tempos livres porque sou professor universitário e dispo a farda mal chego a casa. Dispo-me todo dela, felizmente conservei discernimento para isso.

A voz interior, o homúnculo. Levanta-te, desce à cozinha, junta café ao leite, vai lá fora sentir o frio de pés descalços (repara, não está a chover), e depois, quando o Miguel acordar, sorri. Enfrenta a normalidade.

Nada mais difícil.

Num esforço, levanto-me, desço à cozinha, preparo uma meia de leite e saio. No terraço, cada pedra tem impressa uma interpretação diferente do frio. Vê-se em cada laje uma fatia de gelo que cresce, mas aquilo desfaz-se com o bater do sol e sobra uma impressão a escuro que é parecida com um sorriso morto. Estamos em Novembro.

Lá em baixo na várzea os mujiques já labutam, sete e meia da manhã.

Tenho esta mania de acordar de madrugada cheio de pressa para nada, mas eles não. Acordam porque é preciso, eu acordo para me legitimar enquanto homem, para dizer «Sou capaz».

Olho-os cá de cima. Quase parecem felizes, um pouco como a *Cantiga da Boa Gente*. Dos quatro ou cinco campos, dois sustentam-lhes a vida. Não percebo ao certo o que lá fazem, que magia oculta praticam com as mãos bem enfiadas na terra. Gostava de saber de cor as alfaias, campos e épocas de sementeira. Ter o gosto de apontar com o dedo – bem esticado – para um campo e dizer, quanto a Novembro: estrumações, preparação da Primavera; protecção contra as geadas; semear favas, rabanetes e salsa. São daquelas coisas que um citadino não precisa de saber e por isso parecem indispensáveis, uma espécie de vitamina Centrum perfeitamente inútil mas que faz de placebo.

Por fim sobem ao dependuro no tractor Daino 4WD. Levam entulho dos campos, ervas, pedras, meio tronco meio raízes, coisas assim. Parecem carraças num lombo de boi. Deixaram os campos limpos como a palma da mão de um relojoeiro e amanhã despejam o estrume.

Isto aqui é muito diferente da minha vida. O dia corre-lhes mal se não cortarem rentes as ervas daninhas e parece-me um consolo saber que, se não as cortarem, não faz diferença nenhuma. Pelo menos não para mim, que me dedico ao estudo do verbete na segunda metade do século XVIII até à primeira metade do século XX. Eles nem sabem o que é um verbete, suponho.

O Quim vai à frente a guiar o tractor. É tão magro como um trapo torcido para dentro e tem o ar chupado de um doente. Não sei como se aguenta no banco.

Os berros da senhora Olinda saltam por cima do motor.

– Ó meu idiota, eu não disse para não ires longe? A aleijares-te, aleijas-te à minha beira!

O Quim foi o único que ficou, os outros irmãos puseram-se daqui para fora – França, Suíça, Luxemburgo e Algarve. Tem quarenta e um anos, os pais não sabem guiar o tractor e ele faz-se útil a engatar primeiras e segundas. De resto, fecha-se em casa e sopra uma vuvuzela. Quer dizer bem alto que existe através da vuvuzela, embora nestes vales ninguém o ouça.

– Mas eu não avisei? Avisei! Da próxima acontece uma e depois já não vou dizer só que avisei. Aleijas-te!

A senhora Olinda berra mas vê-se que ainda está assustada. Aconteceu qualquer coisa com o tractor e, pelos vistos, alguém podia ter-se ferido.

Os berros parecem iguais aos de quando morreu o cão Átila, um rafeiro de vinte e dois anos. Estava deitado no calor do alcatrão, a aproveitar as coisas boas e pequenas da vida, quando um carro fez o que os carros fazem ao passar por cima de animais. Morreu dias depois e ela não se calava com «Eu avisei» e «Vê lá, Aníbal, até me ficou com os olhos de lado».

Por fim, sobem o carreiro ao lado de minha casa e o Quim trava, acena e faz menção de prosseguir.

– Muito trabalho? – pergunto.

– Ah, amanhã é que vai ser. É estrumar a terra.

A senhora Olinda explica o processo e o senhor Aníbal remata

– Mas dantes era pior. Dantes usávamos as mãos para espalhar a merda.

Ocorre-me que o Miguel pode acordar com o barulho do tractor. Despacho-os, digo-lhes «Vá, vão lá à vossa vida». Ele que descanse, que durma até o mais tarde possível, em suma, que me deixe em paz por algumas horas.

O sol já dispersou a geada. Desisto da meia de leite e volto para casa. Quero ver o que dá no mundo e ligo a televisão com o som no mínimo. Qualquer coisa a revolver-me o intestino, subo ao som da Troika para o andar de cima, aflito por ir à casa de banho.

A porta está aberta e encontro o Miguel estiraçado na retrete – nu – e ainda meio caído no sono, ali na retrete como noutro sítio qualquer. Nem me olha.

Desisto e volto para a cama com uma daquelas indisposições infinitas centradas numa só ideia que não nos abandona mesmo depois de adormecermos.

E resume-se a isto, em flashes: espalhar a merda com as mãos e mijar nu.

Suponho que tinha que ver com pedagogia.

Não me lembro de quantos dias levava, nem quantos tínhamos posto. Não fora a primeira vez. Costumávamos alojar no máximo seis. Acomodavam-se no tubo encostados às ripas, e de manhã e à noite virávamos o mecanismo para o lado oposto de modo a não colarem. Separávamo-los com algodão. O processo repetia-se ao longo de vinte e oito dias.

De dois em dois dias, mudávamos a água do reservatório, só nessa altura abríamos o tubo e aí um cheiro a calor húmido assinalava que tudo corria bem; não corresse, o cheiro seria muito mais intenso.

Falo de ovos numa chocadeira semiautomática Octagon 20 Advance, da Brinsea. «Especialistas internacionais em incubação.»

Quando a data se aproximava, começávamos os preparativos. Mas antes acumulávamos alguma expectativa. «Olha que nem sempre nascem…», a mãe por um lado. «Sim, mas são a coisa mais gira», o pai por outro.

– Mais gira como? – perguntava eu.

Eu sabia como, mas queria ouvi-lo.

– Tão gira que, quando eu tinha a tua idade, o avô deu-me um patinho igual, bico minúsculo, acastanhado às manchas, e só me apetecia comê-lo! Não o largava, punha-o na banheira e ele dava mergulhos até ao fundo. Depois um dia decidi dormir com ele. Foi grave.

Isto enquanto o Miguel e eu preparávamos uma caixa com gravilha no fundo, um bebedouro e um comedouro para a farinha. O «foi grave» parecia um ponto final, só que eu queria ouvir mais.

– Foi grave porquê? – perguntei.

– Porque uma cria de pato é muito pequena.

– E então?

– Quer dizer, no dia seguinte não sobrou muito pato.

– Como?

– Basta uma pessoa virar-se à noite. O patinho também está a dormir, não sai do sítio e vai daí... – sorria.

Por último, a lâmpada de infravermelhos. Os olhos do Miguel abriram-se muito, de surpresa. Ficara tudo avermelhado e mais quente. Ele andava à nossa volta percebendo tudo, só lhe escapara para que servia a lâmpada. Mas enfim, tínhamos o ninho feito e agora era esperar que os ovos eclodissem.

O Miguel sentara-se de cócoras ao lado da caixa e estava à espera de que aparecesse alguma coisa lá dentro. Chupava a língua e esfarelava pão à dentada. Adorava comer pão, mas o nosso pai proibiu-o porque enchia a casa de migalhas.

Os ovos eclodiram. Antes tínhamos aumentado um pouco a temperatura da chocadeira e então começaram a piar, a abanar, a sacudir e a partir a casca. E eram lindos, mesmo molhados. Nem tinham força para se levantarem, saíam do ovo e ficavam deitados. Depois de algumas horas, pusemo-los já secos na caixa. Eram seis.

Peguei num e o Miguel noutro. Eu examinava-o das patas ao bico e o Miguel copiava-me, mas a prestar mais atenção ao gesto de imitar do que ao próprio pato que tinha nas mãos. Depois restituímo-los à caixa.

O Miguel era tão cuidadoso que por momentos me enchi de orgulho e quis imitá-lo. Mas seria descabido: ele a imitar-me e eu a imitá-lo a imitar-me.

Nesse dia adormeci excitado com a ideia de rever os patos na manhã seguinte. Acordava a cada hora, um pouco embrutecido pela noite mas sempre à espera de um piar. Às vezes ouvia, outras nem sei se estava acordado. O Miguel ressonava e de certa forma sentia raiva por ele dormir e eu não, por a vida dele ser tão pacífica e a minha tão nervosa, tão à espera de alguma coisa.

O dia veio e ainda bem. Estava paredes-meias com a obsessão.

Corri para a caixa. No meio deles, como uma flor morta no meio de flores vivas, encontrei um cadáver diminuto, ainda assim com a cabeça apoiada nos irmãos.

– Miguel, anda ver. Morreu um!

Mas ele não apareceu. Ainda estava a dormir. O meu pai saiu do quarto, aquela figura enorme de roupão. Deitámos o pato no lixo e não se falou mais no assunto.

Acontecera alguns nascerem com as patas coladas. Não se mexiam bem ou mal, simplesmente não saíam do sítio. E sabe-se lá que espécie de deformidades teriam por dentro. O certo é que morriam à razão de um por dia: pela manhã eu corria para a caixa, verificava onde estava o cadáver, que era semelhante a um pequeno saco húmido e apodrecido, e atirava-o ao lixo.

Os meus pais diziam

– Estas coisas acontecem, não ligues. Para a próxima...

e explicavam que nem sempre encontravam forças para sobreviver, que nem sempre saíam perfeitinhos e por isso lutavam contra mais dificuldades. Um autêntico bê-á-bá. Parecia-me lógico que criaturas assim tão pequenas e indefesas acabassem por morrer. Pequenas, indefesas e para mais estúpidas. Uma delas nasceu saudável, mas acabou por esturricar a cabeça na lâmpada.

Feitas as contas, sobreviveu um perfeito e isso é que me espantou.

Andava com ele por toda a parte. Usava-o como prolongamento da mão. Queria imitar o meu pai e dormir com ele, mas lembrava-me das consequências e daquele sorriso que dizia tudo de forma espalmada. Por vezes sonhava que dormia com ele, porém não havia perigo nisso.

– Miguel, pega aqui.

Ensinava-lhe a melhor maneira de ser cuidadoso e o patinho saltava da minha mão para a do Miguel, e juntos formávamos uma casa para aquele animal.

– Bonito? – dizia ao passar-lhe o pato.

– Nito – respondia ele ao recebê-lo.

Mas eu gostava mais, o pato era meu e também do meu irmão, mas sobretudo meu. Eu mudava-lhe a água, a palha e a farinha e era eu que o mostrava ao Miguel, não o contrário. E por vezes não mostrava porque o queria só para mim.

No fundo, só possuímos algo verdadeiramente quando emprestamos, ou melhor, quando mostramos de forma clara ao outro que aquilo não lhe pertence porque emprestar implica devolver.

O bicho ainda não era do tamanho de um bolso de camisa quando o Miguel começou a afeiçoar-se mais. Acordava antes de mim e punha-se de cócoras a comer iogurte e a observá-lo. Quando eu chegava, já ele o tinha na mão ou entre as pernas.

Aquilo era perigoso.

– Deita-o na caixa, Miguel!

– Nao.

E depois lutávamos para ver quem mandava. Eu vencia, e sempre que o Miguel se aproximava lá estava eu de vigia a limitar-lhe cada gesto. Acho que ele chorava de raiva, mal necessário para a segurança daquele único patinho. Um de seis.

Era-me indiferente que o meu irmão ficasse ferido a um canto, enrolado numa choraminguice muito própria dele, talvez sentindo-se mais infeliz e limitado por não se conseguir haver contra mim, eu perfeito, livre de deficiência. Por cada gesto ser antecedido por mim, por cada pergunta ter resposta antecipada, por cada raiva ser aplacada pela minha indiferença e talvez até desprezo.

Assim foi até que:

Ninguém estava por perto. O Miguel esgueirou-se aos saltinhos até à caixa e ia contente. Finalmente a sós, brincaria à vontade. Espiava para ver se eu aparecia. Colocou o pato no chão e por pouco fugia, mas conseguiu apanhá-lo sem o pisar.

De facto, tratar de outro ser vivo representava para ele um feito, era como libertar-se das amarras e estender os braços para a vida.

Tê-lo na mão era a maior das alegrias. Apertou-o um pouco e ele não deu de si. Piava na mesma. Deixou-o dar mais uma volta, esticar as patas e lavar o bico. Talvez o pato até tenha adormecido sob o olhar paternal dele. Depois o Miguel voltou a pegar-lhe e apertou com um pouco mais de força. Mas na mesma o pato piava e permanecia pequeno e indefeso.

Ninguém estava ali para ver, mas acho que foi mais ou menos assim.

Nessa altura desistiu de ter cuidado porque era óbvio que o bicho aguentava. Apertou como quem abre uma maçaneta emperrada. Claro, o pato esvaziou-se pela cloaca.

O Miguel limpou a mão às calças e pousou as sobras no caixote, ao lado da água. Mantinha o mesmo ar paternal, mas agora com um sorriso atrapalhado de quem fizera asneira sem perceber porquê. De quem sentia a verdadeira dimensão das suas limitações.

Nessa noite jantámos em silêncio. Não foi por nada, mas não nos apetecia falar. Lembro-me bem do magret e de como a carne brilhava meio crua no centro do prato.

A janela do Quim, no canto superior direito, é ainda mais pequena do que a do velho depois de Ponte de Telhe. Enquadra-lhe a cara e pouco mais. Entre cortinas, ele acena mas sem entusiasmo. Olha, desvia os olhos, simula fechar as cortinas só para as abrir mais. Parece um animal enfezado que passa, como pode, os olhos entre as grades da gaiola onde o fecharam, ou onde se fechou.

Não percebo porque me observa assim, entre temerário e a medo, como se dispusesse de apenas alguns momentos antes de uma sombra passar entre nós. Ouço o berro «Quim, sai-me daí!» e ele recua, mas fica sentado no banco atrás das cortinas.

Consigo vê-lo. Despe a camisola, tira a camisa e nisto some-se metade do seu tamanho. O tronco nu, vazio de carne. Coça as feridas que o sangue coagulado denuncia e alisa a pele roxa do antebraço até às mãos, e ao fazê-lo ganha um pouco mais de humanidade, como se fosse outra mão a consolá-lo, não a sua. A fricção aquece-lhe o braço e amolece o cotovelo.

Sigo pelo lado de Meitriz. Desde que o meu pai morreu, sinto cada vez mais a urgência de me assemelhar a ele, mas, como em outras intenções, fico-me pelo acessório e imito-lhe apenas os gestos exteriores, nunca consigo assimilar a essência. Quero ser ele, preciso de ser ele, mas faltam-me as qualidades. Por isso saí para dar um daqueles passeios ao cimo do monte em que o meu pai aproveitava para reflectir, ou para «estar nas leituras» (dizíamos quando levava um livro como *Deus Acredita no Homem* debaixo do braço), mas que comigo servem apenas para esticar as pernas, encher os pulmões de ar, e nada mais.

O olhar do Quim é dos que devoram. Não sei o que significa, mas sei que me quer apagar do campo de visão, como se eu o incomodasse ou ferisse.

No alto do cabeço havia uma cruz. Era baixa e quase não se via. O meu pai trepava por ali acima e, mesmo velho, chegava aos pés da cruz socorrendo-se de um bordão. Com o seu exagero de sempre, julgava que subira ao calvário. Na verdade, a cruz era pequena de mais para encabeçar um calvário. Pedras que o povo lá ergueu para sentir uma presença a zelar. Deste lado vejo o cabeço, que fica perto da nossa casa, mas não vejo a cruz. Desapareceu. E agora, se quisesse imitar o meu pai e subir àquele calvário, já não podia, porque deixou de existir uma cruz no topo do monte.

Continuando: no fundo, é um olhar de inveja. Como sei por experiência os danos que a inveja pode causar, afasto-me ainda mais da janela, que é agora um quadrado ao longe, montes em volta, céu, espaço, e no centro de tudo uma cara que ainda me tenta observar enquanto estica a pele da testa e veste a camisola. Uma cara que é um ponto ao longe.

De cima do monte, o Tojal tem o tamanho de uma mão. É um daqueles lugares que Portugal deixou morrer, mas agora, com o descalabro – e de certa forma foi para nos afastarmos dele que fugimos durante uns dias –, talvez as pessoas voltem à toca para lamber as feridas. O descontentamento sobe pelas paredes, rebenta com o betão, mas não sai do sítio. Implodimos mais do que explodimos e tudo fica na mesma, a não ser, claro, as nossas circunferências, que estão desfeitas. Vivemos como sacos de carne podre, muito bem fechados e contidos mas a morrer por dentro. As manifestações não são mais do que uma ruptura nessa morte, como os afogados que ainda tentam respirar antes de a água os engolir.

As nuvens já taparam o sol e faz-se noite. A igreja, a única pedra branca do Tojal, escureceu e quase desaparece de vista. Começo a descer.

Quando isto acabar, quando a crise tiver outro nome, sobreviveremos cada um para o seu canto, cada um mais estropiado do que o outro. Depois, aos poucos, voltará tudo ao normal e certo dia, um belo dia em Lisboa, daqueles que Lisboa tem, como já ninguém se lembra do descalabro e até está uma brisa agradável, alguém arranjará como nos lixar outra vez.

Mas, enfim, que sei eu? Não passam de considerações à vista de uma aldeia abandonada. Tanto me faz o destino destas casas, esta não é a minha toca, quando viemos para cá não regressámos à terra. Conquistámo-la, quisemos um local de férias para nos afastarmos do mundo. E depois tanto me faz o destino de Portugal. Sou daquelas pessoas que se preocupam pouco com a casa onde vivem.

No entanto, agora penso que fugir do mundo foi um erro, porque nos colocámos no centro dele. Por exemplo, o meu irmão e eu. Não tenho outro remédio senão olhar para ele, habitar com ele num espaço confinado onde não nos podemos distrair. Isto obriga-me a pensar no que ele representa para mim

Entre outras coisas, a ausência dos meus pais.

e no que eu represento para ele. Sim, moramos juntos no Porto, e aí também sou obrigado a confrontar-me com ele, mas à mínima contrariedade posso sair, ir ao cinema, à biblioteca, à faculdade, a uma exposição. Sítios que ele não entenderia. Aqui, não. Para me entreter, só uma ideia: sou guarda do meu irmão e pergunto-me se estarei a fazer um bom trabalho.

Aqueles que vão a retiros não o fazem para se afastarem do mundo, mas para entrarem nele mais completamente. É isso.

Desço pelo lado de Arouca e passo outra vez à frente da janela. As cortinas foram corridas, o Quim deve estar na cozinha, o único sítio quente daquela casa. Vejo o fumo pela janela entreaberta acompanhado pelo som de carvão a desfazer-se.

Regresso a casa. O Miguel ligou todas as luzes. Ao pé da lareira, dois troncos atirados ao chão e um quase lá dentro. Fósforos em volta, uns pretos, outros não, e uma pinha ainda a fumegar. Queria fazer uma surpresa. Apetece-me abraçá-lo e ao mesmo tempo dar-lhe um berro pelo perigo de brincar com fósforos. Mas não era a brincar, ele concentrou toda a boa intenção na ponta de um fósforo, várias vezes seguidas a riscá-lo durante o tempo em que estive fora. Era eu chegar, a surpresa, a lareira acesa, a mesma lareira que eu não conseguira acender, as luzes ligadas e um sorriso de troça. «Ó aqui o que consegui», diria.

Lembro-me de quando ainda dormíamos no mesmo quarto e eu já estava encasulado na cama e não me apetecia tirar um livro da estante. Pedia-lhe para o ir buscar. A reacção era imediata, saltava da cama como um soldado e estava pronto a ajudar, só que chegava à estante e qual dos livros era, se havia tantos? O da direita; e ele percorria os olhos para a esquerda. O de cima; e ele esticava a mão para baixo. Mesmo à frente; e ele tirava o livro exactamente ao lado. Eu desistia e nos dias em que estava bem-disposto fingia ler o livro errado que ele me dava. Depois pousava-o e desligava a luz. No escuro, o Miguel rilhava os dentes de satisfação porque conseguira acertar no livro.

Na mesa da cozinha estão duas torradas acabadas de fazer, a manteiga ainda a derreter em talhadas, e uma meia de leite. O Miguel barrou a manteiga em dois fios paralelos. Deve ter falhado várias vezes antes de conseguir linhas assim tão paralelas, e surpreende-me que mãos desajeitadas, mãos que não sabiam lidar com animais pequenos, sejam capazes de tanta minúcia. Está sentado à mesa. «Pa ti», e estende-me uma torrada.

Tanto trabalho e a torrada ficou queimada. Ainda bem que me deu a mais pequena.

Ponho-lhe o braço sobre o ombro e apoio o meu peso em cima dele. Esfrego-lhe a cabeça, que é como quem agradece, e ele sabe-o. No entanto, não se deu a tanto trabalho – a lareira, as luzes, as torradas, a meia de leite, e sonegar o «Hum!» – só para me agradar. Se o conheço, daqui a pouco recomeçarão as perguntas intermináveis sobre tudo e especialmente sobre uma coisa, a mesma de todos os dias, aquela presença da qual não se consegue livrar. Perguntas a que eu dou a mesma resposta, mas que ele faz questão de ouvir sempre repetida e sempre mais ríspida.

– Diz lá...

Ele é ingénuo, mas não é inocente, ou o contrário. Não fala logo e incentiva-me a comer a torrada, só depois pergunta

– A Luciana?

– Já te disse que não sei. Está mas é calado. Vai para o teu quarto.

Por hoje a conversa fica por aqui.

A nossa infância foi de luta pela beleza no quotidiano. Tínhamos a certeza de que havia algo atrás do que se vê, uma realidade mais profunda, mas não era eu que lutava – os outros faziam-no por mim e eu aceitava.

Mais do que aceitar, por vezes também acreditava.

A minha mãe precisava de muita imaginação para me obrigar a comer a sopa. Todos os dias inventava efeitos diferentes, histórias incríveis. Não sei se recorria a um calendário em laço infinito: sempre que passava tempo suficiente para eu esquecer, contava as mesmas histórias. Mas claro que a minha mãe nem sempre tinha paciência, até porque o Miguel adorava sopa.

No fundo, eu fazia birra porque não gostava de sopa e porque o Miguel a comia mais rápido do que eu, em duas colheradas.

O Miguel sorria, regalado por comer os restos, ou até mais de metade da minha sopa.

Depois de uma dessas birras, o meu pai regressou a casa carregando várias horas de trabalho e com elas um lastro de angústia que costumava desaparecer ao ver-nos. Eu cruzava os braços à espera de que o beicinho resolvesse o problema, mas o meu pai entrou pela porta do pátio à frente de uma lufada de ar frio e apanhou-me em flagrante. «Tu beijas o chão que a tua mãe pisa, esse chão é sagrado. Vá, meu miserável», afirmou ele.

Não pretendia que beijasse o chão para me redimir. Chamava-me miserável com naturalidade e amor, e o exagero era justamente o que escondia a gravidade do assunto. «Meu grande miserável!», e por vezes «Porco! Cão!».

Na manhã depois de «Tu beijas o chão que a tua mãe pisa», ainda estava tudo por mexer. Faltavam passos no chão e dedadas nos copos. Mas os passos e as dedadas chegaram pelas oito e meia. A minha mãe saiu do quarto, claro que esquecida de tudo, mas a pisar o chão, a torná-lo sagrado. Aquilo fazia-me confusão, até porque cada centímetro da casa já fora palmilhado e por isso era como se vivêssemos em cima de um altar e uma Nossa Senhora nos endireitasse as alças da mochila.

Não sei qual era a percepção do Miguel, mas habituei-me a utilizar o plural para preencher a ausência de diálogo entre nós.

Como a casa acordava devagar, percebia-se que de facto a noite varrera o chão e por isso a minha mãe pisava-o pela primeira vez. Eu imaginava pegadas brilhantes como auréolas pequenas, à medida do pé da minha mãe. Do quarto à casa de banho eram só doze ou treze passos. Depois, da casa de banho à cozinha e à sala.

Eu ainda estava de pijama e não me atrevia a segui-la.

Fiquei no hall a ver como corria a vida da casa sem mim porque tencionava encolher-me como se não existisse. A casa mexia-se, eu não era importante. O Miguel passava aos saltinhos, a tropeçar nos cantos; o meu pai entrava e saía para o pátio e a minha mãe enchia cada vez mais de pegadas todos os lugares, até os mais insignificantes. Das quatro irmãs, só a Constança vivia então connosco.

Mas não fazia diferença. Era como se continuassem ali, ou como se nunca tivessem existido. Por exemplo, a Matilde na cozinha a beber Ovomaltine e a ler uma banda desenhada do Tio Patinhas. A Joana acabada de chegar a casa e a ir directa ao quarto para descansar as olheiras. A Inês com ar de desafio e vitória frente a um dia de trabalho. Ou não podermos dizer três frases juntas porque elas estudavam no quarto.

Na cozinha, uma conversa de apaixonados. O meu pai explicava à minha mãe o último projecto de fim-de-semana. Restaurar um modelo de baleeiro. Citava *Moby Dick,* dizia que a perfeição do modelo deixaria ver Ismael na amurada. O gurupés colocava muitos problemas, o mastaréu estava em condições e o casco requeria nova pintura. Sobretudo, precisava de rebaptizar o barco e já sabia com que nome. A minha mãe sorria ao imaginar o seu nome na amurada do navio.

Entretanto, eu permanecia encolhido a imaginar pegadas no chão, e a pensar se seria mesmo miserável. Sentia falta do meu irmão e não gostava que a vida dele fosse tão simples. Até comer a sopa não representava para ele um desafio. Decidira fazer qualquer coisa.

Entrei no quarto do Miguel e atirei-lhe os lençóis para cima, pondo-me à frente da televisão precisamente quando o desenho animado acabava, para que ele não conseguisse ver o fim da história. Tirei a cassete do vídeo e perguntei-lhe «Queres?». Ele não respondeu e eu ameacei bater-lhe. Em fúria, pegou na cassete e lançou-a contra a parede, cheio de raiva por não a ter visto até ao fim, mas também porque sabia que eu precisava dela para as minhas construções.

Passada uma hora, arrependeu-se. Tentava juntar as peças da cassete mas não conseguia. Pediu-me que a arranjasse ao mesmo tempo que esboçava desculpas por eu o ter importunado. Queria muito ver o fim daquele desenho animado e para isso humilhava-se. Eu enchi-me de paternalismos de irmão mais velho e ajudei-o. «Para a próxima porta-te melhor», aconselhei ao entregar a cassete recomposta mas com a fita desbobinada.

As persianas foram recolhidas, as camas feitas e a loiça tirada da máquina de lavar. O mundo do dia instalado e a minha mãe prestes a sair para o pequeno-almoço. Não havia tempo a perder. Voltei ao quarto do Miguel, que rebobinava a cassete a custo enfiando o dedo no lado errado. Disse que o ajudava e tirei-lha. Fugi. Ele correu atrás de mim a suplicar «Hum! Hum! Cá!» e a berrar o meu nome engolindo quase todas as vogais.

Sempre adorei o meu nome dito por ele. Tornava-se mais irmão ao dizê-lo só em consoantes.

Agarrou-me e tentou morder-me as costas. Eu atirei a cassete para o sofá e segurei-lhe na cabeça para a manter longe de mim. Nessa altura o Miguel já tinha o cabelo à escovinha e por isso não havia muito por onde agarrar, só mesmo as orelhas. Exaustos, escorregámos agarrados um ao outro e ficávamos estendidos no chão a recuperar forças.

Suados depois da luta; irmãos como outros quaisquer que se batem pelos motivos mais obscuros, apenas claros para eles. E era claro, pelo menos para mim: tudo para nesse momento dar um beijo no chão que a minha mãe pisara, e dar esse beijo na companhia dele, que de outra maneira nunca me acompanharia.

O meu pai topou a jogada e disse de passagem para o pátio, para onde levava um pedaço de madeira: «Pois, pois, beija, meu miserável.»

– Quim, como está?

– Como se vê, como havia de ser? E eu posso beber disto?

– Claro, porque não? Não sou médico.

E despejo-lhe mais um copo.

– Não bebo há anos – diz ele. – Uma vez fui à Ponte de Telhe e estávamos lá os dos carros a beber. Depois disso nunca mais bebi. E não era vinho deste. De garrafão.

– Deste ou doutro vai dar ao mesmo, a certa altura.

Depois do jantar, uma quase forma de homem passou à janela. Convidei-o a entrar. Percebi que conseguia tirar-lhe o nó da língua e ataquei. É que em tantos anos não passámos muito além de olá e adeus. Nem havia, aliás, motivo para dizer mais do que olá e adeus. E agora também não, mas vamos a isto.

Está sentado no sofá com as pernas atiradas para lados opostos e tem as mãos escurecidas pela doença. Por vezes apoia-se na bengala. As pernas e a bengala parecem um tripé sem nada por cima.

Mudo de assunto.

– Pois, agora não há muito que fazer, não é? De manhã estiveram ali nos campos.

– Sim sim, eu lá vou com os meus pais na trotineta

É como chama ao tractor.

mas agora é só para limpar. Depois estrumar, mas isso fazem eles. Eu só vou na trotineta. Hoje soube bem, mas você não percebe nada disso.

Vai rolando a bengala na palma das mãos.

– O quê, de saber bem? Claro que percebo. Um bom dia de trabalho é o melhor que há. Tira-nos um peso de cima. Um homem fica de consciência tranquila.

Ele olha-me de lado, como uma criança, e esfrega a palma da mão direita com os dedos porque o rolamento da bengala na palma corta-lhe a circulação.

– Disso não sei. Sabe bem andar de trotineta, era o que eu estava a dizer.

Bebe aos golinhos e leva o copo à mesa mais devagar do que o leva à boca.

– Deve ser mais ou menos o mesmo que andar de carro. Quando se vai na auto-estrada bem rápido é uma maravilha – digo.

– Não sei, nunca andei numa auto-estrada. Mas isso é saber andar depressa e eu dizia andar devagar. Na trotineta não se vai a mais de trinta. Só que é diferente, é como andar de cavalo, é preciso dominar o bicho. E depois os meus pais não sabem andar. Só eu é que sei.

Vê-se que tem o orgulho escondido à mostra. Encho-lhe de novo o copo. De repente lembro-me.

– Ah! E daquela vez em que você nos foi buscar?

Dessa vez ele sentiu-se feliz. Eu tinha vinte anos e abri a casa aos amigos nas férias de Verão. Quer dizer, primeiro abri a casa à minha namorada e depois aos amigos. Os amigos vieram por arrasto. Fazíamos praia no Paiva e à noite conversávamos até adormecermos em casa ou no terraço, na praia ou no monte.

A luz das velas punha os mosquitos em êxtase.

Julgo que o Quim nos espiava pela vegetação. Queria ver raparigas de perto, e raparigas iluminadas por velas. Raparigas que brilhavam de noite.

Quando nos fartávamos de conversar, uma das aventuras era percorrer os rápidos num barco insuflável. Começávamos em Meitriz e acabávamos na Paradinha. Como nessa época do ano os rápidos já quase não existiam, sugados pelo calor, era mais um esforço de levar o barco às costas do que outra coisa.

Isolamento total.

O rio por vezes tornava-se um fio entre rochas e montanhas e parávamos nos bancos de areia para descansar, beber uma cerveja e ouvir a nossa respiração, estafados, suados e prontos para outra. As raparigas faziam-se conduzir e sorriam por estarem de biquíni e não haver ninguém por perto. Só nós e elas.

Talvez achassem que o sol lhes definia melhor o corpo.

As montanhas davam para o rio como paredes mal apontadas, sem a precisão que assinala o toque do homem. Naquela zona o homem ainda não existira. Era como se também nós não existíssemos e por isso, por muito que as canções digam que aos vinte anos somos reis do mundo, ali pouco mais éramos do que reis de nós mesmos. Para além disto, apenas o tojo, os pinheiros, os choupos, as bétulas e os eucaliptos, mas sobretudo o vento sobre o tojo, os pinheiros, os choupos, as bétulas e os eucaliptos. O mesmo vento que se deitava no rio e depois, já erguido, abanando-se como um cão, espalhava um pouco de rio pelos montes em volta. O amarelo do tojo contrastava com a cor dos nossos corpos, dos nossos reinos, em especial depois de cobertos pela água sacudida pelo vento.

A água deixava uma camada doce na pele e especialmente no pescoço da minha namorada. E na boca. O que eu mais ouvia era a respiração dela repercutir-se na minha. As formas do biquíni acompanhavam o respirar e o corpo parecia um pássaro acossado mas apto para o voo. Achava impossível que houvesse tanta grandeza num país tão pequeno, mas depois claro que, com o tempo, a grandeza foi diminuindo até não se qualificar como tal, e o doce da pele perdeu importância. Deixei de prestar atenção aos pormenores, por exemplo o lóbulo da orelha ou um gesto mais cansado. Ela perdeu presença em mim, esqueci-me de a incluir nas palavras do dia-a-dia.

Pouco depois, deixou-me. Sempre que penso nessa época, ela permanece com aquela idade dos quase vinte e eu entretanto envelheci, portanto parece-me perverso pensar nela, como um homem feito a pensar numa criança.

Mas nessas férias estávamos apaixonados. Ainda. Sempre que parávamos num banco de areia, púnhamos as nossas toalhas uma sobre a outra e ficávamos estendidos lado a lado. Não falávamos, bastava que o mesmo vento percorresse as nossas costas num único afago.

Fizemos o rio em seis horas. Quando chegámos à Paradinha, atracámos, esvaziámos o barco e arranjámos as nossas coisas.

Atracar parece um verbo importante. O apito de um navio, amarras que se lançam, o ferro a bater no cais. Num barco de borracha não há nada disso, só nós com a água pela cintura a arrastar a borracha na gravilha da margem.

Meia hora depois, ainda estávamos sentados a escorrer e a olhar para o vazio. O Quim nunca mais aparecia. Quando lhe pedimos que nos fosse buscar, fez-se de caro, fingiu-se contrariado, disse que lhe tomávamos muito tempo. Já era doente, mas ainda andava com as costas direitas, tinha cabelo, e só precisaria de bengala daí a anos.

As minhas amigas acharam-no empertigado. No fundo, ele só lhes queria agradar e para isso colocava todos os obstáculos possíveis, para que depois, ao dizer «Afinal vou», o contentamento fosse mais completo. Ele sabia que não podíamos descer o Paiva sem que ele ajudasse, já que não tínhamos como voltar. Dependíamos dele e isso envaidecia-o.

Enquanto elas pediam «Quim, por favor!...», ele empilhava fardos de palha rente ao caminho. Virava as costas e fingia não ter mãos a medir. Logo ele, que nunca fez nada na vida além de conduzir o tractor e, desde 2010, soprar a vuvuzela.

Fingiu que aceitava a contragosto, mas não havia nada de que gostasse mais – aparecer por dentro da mata, senhor da máquina, a dominá-la como a um cavalo, e salvar as citadinas daquele embaraço estúpido de quem não se sabe desenvencilhar. Respondeu «Está bem, eu vou. Tenham lá cuidado».

A meia hora passou e ele não aparecia. Tentávamos ouvir o motor, mas só ouvíamos silêncio. Nada, apenas o vento nas árvores. Então, ao nível dos nossos olhos e do outro lado do rio, o Quim apareceu lentamente por entre as árvores – um pouco como o gesto de fechar as cortinas só para as abrir mais. Começou a soprar um apito.

Broncos como éramos, tínhamos atracado na margem errada. Um dos meus amigos murmurava «Porra, porra, porra» para se acalmar, mas sem que elas ouvissem.

A confusão de levar tudo às costas, encontrar passagem para a outra margem. Convencer as raparigas a entregarem o corpo às silvas. Mais à frente, entrámos na mata, escorregámos nos riachos que desaguavam no Paiva e por fim saltámos de uns pedregulhos lisos. Emaranhámo-nos no rio, não se percebia onde começava uma perna e acabava a borracha do barco esvaziado, ou onde começava uma cara e acabava outra. Enquanto isto, ouvíamos o apito do Quim, que funcionava como uma corda atirada à água.

Na outra margem, ele recebeu-nos como o motorista de um alta cilindrada. Nada se passara. Limitou-se a estender a mão às senhoras para as ajudar a subir para a caixa do tractor, um sítio tão digno como outro qualquer. Deu à minha namorada o único banco do tractor, ao lado dele.

Ocorreu-me de repente que foi uma sorte o Miguel não ter ido connosco, ele que mal sabia nadar e se atrapalhava com facilidade. Ele que se agarrava ao pescoço dos outros.

O Quim levou-nos para o espinhaço da montanha por caminhos de terra pouco batida. O tractor abanava no topo do espinhaço. Cada metro para cima, cada abanão para o lado. A luz quase adormecida do sol cobria as montanhas. Estávamos mesmo lá no cocuruto e bastava um deslize para cairmos num penhasco que só acabava no rio.

Embora quisesse assustar-nos, o Quim guiava o tractor com o cuidado de um artesão. Mesmo perigoso, cada movimento era exacto. Eu dizia a uma delas «Se isto cair, não saltes para o lado errado», e ela berrava «Mas qual deles?». Não se ouvia nada com o barulho do motor. O Quim compunha uma cara de verdadeiro actor e, em pânico, virava-se para trás «Isto está difícil! A terra desliza-me toda». Volta e meia espreitava a minha namorada pelo canto do olho e via o seu cabelo em contraste com o pôr-do-sol, mas sem saber qual era qual – sem saber se o cabelo era afinal a luz, se ela era afinal o sol; se ela era a própria tarde e aquele calor do fim do dia quase a desaparecer mas que ainda o aquecia.

Quando chegámos à estrada, tínhamos o rabo dorido, mas a alma livre. O sol já desaparecera. À entrada do Tojal, elas cantaram qualquer coisa em coro, um «Viva ao Quim» misturado com «I love you».

O Quim acaba mais um copo e a cara é de alegria, só de alegria como se não estivesse habituado a ela.

– Havia meninas lindas.

Dizer «meninas» é para ele uma preciosidade, como uma pérola que se afaga na palma da mão.

Nunca teve uma dele, por isso talvez lide com a palavra como se possuísse o corpo.

Creio que dá por si a sonhar com o tractor e a minha namorada sentada a seu lado, como a pairar sobre o tractor erguida pela força do sol e do desejo. E imagina que não é ele que olha para ela, mas ela que olha para ele. Sente-se reconfortado e ao mesmo tempo melancólico, como os pobres que imaginam o que é ter uma grande fortuna.

Mas os sorrisos cessam e a expressão muda. Voltou ao presente e o choque parece agitá-lo. Para lhe ser agradável, digo que gostava de viver sempre no Tojal, neste sossego. Levar a vida com mais calma e sem problemas, sem multidões nas ruas. Descansar o cérebro, relaxar o corpo. Beber um copo.

Entretanto, ele já apanhou uma piela e não hesita em contrariar-me.

A soltar a bílis, mais vale que seja em mim.

– Mas sabe que isto é complicado. Não é nada como diz. É muito difícil viver aqui e há muito trabalho sempre. O que vale é que eles é que trabalham mais. Eu só faço o que quero, e mesmo assim já faço de mais. Quanto a mim, mais vale uma mão inchada do que uma enxada na mão. Sobre as multidões acho que é uma forma de pensar. Dois já são uma multidão e para cima disso detesto-os. – Segura na garrafa, abana-a e enche o copo. Não pergunta se quero mais. Depois continua. – Hoje de manhã estava no tractor e eles à frente. Arranquei com força. A trotineta ia forte e estava mesmo quase em cima deles, só que depois passou-se qualquer coisa e o motor pifou. A trotineta ficou quase em cima deles, passou-se qualquer coisa com o motor. – Fixa-me e prossegue. – Comigo não. Eu continuava com o pé no acelerador, só que não acontecia nada. A trotineta parou-lhes mesmo à frente com fumo a sair do motor. Eles perguntaram «Ei, Quim! Estás bem?», e eu com o pé no acelerador. Aquilo não ia para cima deles. Desisti e disse «Podia ter-me magoado, o motor foi ao ar». Ela berrou como sempre «A aleijares-te, aleijas-te à minha beira!», mas se eu me aleijar só quero estar longe dela. Depois o caralho do motor ficou bom outra vez e já deu para voltarmos para cima.

Silêncio. Aproveito e pergunto

– Mas detesta-os porquê?

Não responde logo. Pensa uns segundos e endireita a bengala.

– Porque não há mais ninguém. São os únicos que eu vejo quando me levanto e quando me deito. Tudo o que eu não posso fazer, eles fazem. Tudo o que eu não sei, eles sabem. Tudo o que eu não quero, eles querem. E depois são normais, saudáveis, e eu isto que se vê. Quero fugir deles e não posso, não tenho força. Não há nada pior do que estar preso às pessoas que nos amam.

Eles – claro – são os pais, e eu acho que a bebedeira passou das marcas. Já gastou a eloquência que aprendeu com a televisão.

Obrigo-o a alçar o braço esquerdo sobre o meu ombro e usar a bengala com o outro. É como vestir um casaco, quase não lhe sinto o peso. Levo-o até casa e ele bate com a bengala na porta para fazer barulho. Berra «Olá, mãezinha!», enquanto comenta «Nem as chaves da merda da porta me dão».

Volto para junto do Miguel quando me ocorre que é muito fácil fazermos mal às pessoas que amamos.

A câmara-de-ar resistia a qualquer embate nas pedras do fundo, a qualquer margem mais britada, mas o sol aquecia-a tanto que, uma vez deitados e a flutuar, era melhor não nos mexermos. Por isso tinha dificuldade em ler, porque o mínimo movimento, até o gesto de virar uma página, expunha a pele à superfície quente e as duas fundiam-se num beijo de carne e borracha.

Mesmo assim conseguia, e vivia o sonho de qualquer leitor. Tempo quente, óculos escuros, câmara-de-ar, *À Sombra das Raparigas em Flor* e o rio Paiva, que não era só feito de rápidos, também escondia piscinas mornas. Permanecia quieto, entregue às águas onde os peixes largavam dentadas à tona.

O Miguel dormitava numa bóia e seguia o movimento da corrente, por vezes batia na margem mas um empurrão com o pé devolvia-o à parte mais funda.

Estava um homem feito. Não um homem feito por dentro, mas um homem feito por fora.

A minha mãe também flutuava por ali, estendida numa prancha com o cabelo apanhado e um copo de vinho na mão. Parecia frágil e menina. Olhava pelo Miguel e, quando a corrente os levava um contra o outro, mergulhava a mão na água e fazia-lhe uma festa na cabeça para o refrescar. O Miguel sorria e, só a brincar, simulava morder-lhe a mão, pelo que a mãe se fingia espantada e dava um gritinho afiado no fim da frase «Ah, malandro!».

Depois voltavam a rir e o mundo só existia para eles, que estavam dentro do riso.

O meu pai peneirava areia no troço de maior corrente. Apanhara a febre do ouro. Construíra uma calha de mineração e agora deitava punhados de areia para a rede e inspeccionava a esponja com um olho muito grande à procura de qualquer reflexo dourado. A ideia de que os romanos prospectaram no Tojal não o largava. De facto, montes de cascalho onde a vegetação não crescia assinalavam a presença dos romanos e da sua máquina imperial. Porém nunca encontrou nenhum tipo de ouro, a não ser raspas de mica.

Na altura rimo-nos todos, até o Miguel. Um tresloucado de Panamá a escarafunchar por entre as rochas. Agora compreendo que não era bem assim. Desde que vi na televisão uma pretendente a soprano rebentar com a garganta nos rios do Alasca à procura de ouro para pagar aulas de canto em Paris, sei que a febre do ouro é real e enganadora.

Dispersávamo-nos pelo rio como uma rede, cada um para o seu lado mas ligados e sem nos conseguirmos desentrelaçar. Comprometidos uns com os outros porque feitos da mesma malha.

Albertine, uma das *Raparigas,* pede ao narrador para se encontrar com ela no quarto do hotel em Balbec. Ela faz parte do pequeno bando e ele não quer acreditar na sua sorte – ir ter com Albertine ao hotel. Faltam cinquenta páginas para o fim, trinta delas descrevem a porta do quarto, e eu a adorar. Foi por esta ocasião que decidi dedicar a minha vida a ler de forma profissional. Ia inscrever-me num curso de Literatura, provavelmente em

Lisboa. Talvez tenha sido também nessa altura que me tornei escritor não praticante, mas isso agora não interessa para nada, até porque Albertine está estendida na cama.

Sobre ela um lençol fino de seda. O narrador quer beijá-la, eu também e vamos de encontro à sua boca. Apoio um pouco mais a imaginação na cama para chegar antes, o narrador fica para trás, mas, quando estou quase a tocar-lhe no canto da boca, Albertine prime «a campainha com todas as suas forças».

No corredor, os passos do criado a chegar. Merda.

Fechei o livro e só a vista do rio e do Miguel meio adormecido me acalmou. Nada mais pacífico. O sol reflectia-se na linha de água e parecia que o Miguel flutuava numa massa de luz. Quanto a nadar, só debaixo de água. Mergulhava, esticava os músculos e subia à tona para respirar. Já deixara de nadar à cão. Percorria assim alguns metros até conseguir levantar-se. As aulas de natação não conseguiram trazê-lo à tona.

Não nos preocupávamos porque em dois segundos chegava a uma zona com pé e a corrente quase não puxava para onde era perigoso.

A prospecção soltava uma nuvem de lodo que se estendia por baixo dos nossos pés. O Panamá ficou pintado de lama e a cara do meu pai coberta de camuflado. Desistiu por um instante e veio ter connosco, mais para se lavar num mergulho do que outra coisa. Empurrou a prancha da minha mãe e sentou-se numa rocha a olhar para mim e para o Miguel com aquela expressão boa e profunda típica dele, a mesma expressão com que dizia «Porco! Cão», ou me dava um abraço.

Albertine nas águas era o que eu queria. Qual quarto de hotel. Ali mesmo, na zona mais remota do rio. Albertine fora das páginas, Albertine inteira.

Não teria tantos ciúmes como o narrador, esse frustrado, nem me importaria com as inclinações especiais dela, desde que estivesse comigo desinibida na corrente do rio. Albertine no Paiva. Depois, já sem propósito, em vez de adormecer ao meu lado, ela que voltasse às páginas do livro.

Abri os olhos. A corrente conduzia a minha mãe até ao Miguel. Avançava à força de golinhos no copo de vinho. Ia novamente mergulhar a mão na água e molhar-lhe a cabeça, já sorria de antecipação ao esticar o braço. Depois talvez lhe desse um beijo na testa e seguisse caminho.

A marca do beijo confundir-se-ia com a da água, como tantas vezes acontece. O meu irmão abriria os olhos para os fechar de seguida por causa da luz. Quem sabe, o meu pai encontraria ouro.

Não foi isso que aconteceu, e o que aconteceu foi muito rápido, um daqueles momentos instantâneos e eternos como as fotografias. O Miguel soltou a bóia à espera de se pôr de pé, mas deparou-se com aquele momento em que nos falta tamanho e não chegamos ao fundo. «Não consgo! Nao consigo!», e depois de ter engolido água por dentro dos berros não conseguia mesmo. Desesperado, agarrou-se à bóia mais próxima e esta cedeu de imediato. Quanto mais ele se agarrava, mais ela cedia porque era fraca e estava velha e assustou-se. A bóia mais próxima era a mãe.

O meu pai deu um grito saído do topo da garganta

– Vai lá!

O Panamá caiu e rolou pelo cascalho parando junto de uma garrafa de Super Bock bebida até meio.

O que está debaixo de água não existe. A minha mãe estava debaixo de água. Por cima da água só a agitação do Miguel e do pai.

Não sabia o que fazer. Queria mergulhar mas tinha *À Sombra das Raparigas em Flor* na mão. Quer dizer, não queria estragar o livro. Em nenhum momento me ocorreu que o livro, na verdade, não fazia parte da mão e que bastava largá-lo. Ou melhor, ocorreu-me, mas achei mais prudente deixá-lo na areia ali ao lado para não se molhar. Tinha pé, corri para a margem. Foi num segundo, mas num segundo pensei: no fundo, não se passa nada; três motivos adicionais: estava a gostar do livro, o livro não fora barato e precisava de guardar os óculos escuros. Se ao menos o meu irmão se deixasse de brincadeiras.

– Nao consigo! Não consgo!

O Miguel continuava a agarrar-se, sentia uma necessidade animal de sobreviver e não ligava a mais nada. A minha mãe esperneava, as mãos erguiam-se fora de água e deixavam unhadas na cara do Miguel. Pouco profundas porque não o queria magoar.

Os dedos com anéis de ouro, o único ouro que o meu pai encontraria no fundo do rio.

Mais dois segundos e eu estava junto deles. O meu pai já os separara. Levei o Miguel para a margem pelo pescoço numa espécie de abraço fraternal às avessas. Deixou-se cair exausto e arrependido e olhava para a mãe agarrada ao pai a tossir água e cuspo. Algures a frase na voz rouca e entrecortada da minha mãe «Pensei que ia morrer».

O Miguel não percebia o que fizera, dava por si encurralado dentro do próprio raciocínio. «Estás a olhar para quê, meu idiota?», perguntei, dando-lhe um pontapé nas pernas.

O pontapé teve a força da minha frustração.

À frente, junto da rocha onde os meus pais se refugiaram, formou-se uma mancha que a água não diluía, de tão quieta. Parecia sangue mas era o vinho que a mãe ainda não bebera.

O copo perdera-se. De sangue, só mesmo os fiozinhos que escorriam pela cara do Miguel.

O Miguel tossia sem força para chorar. Eu, que tinha vergonha dele e de nós, também não conseguia chorar, embora o choro fosse a demonstração mais evidente dos remorsos. Ele tentava perceber o que se passara, via-se indeciso entre o arrependimento e o medo. As ideias levavam-no para o que era mais importante, os pontos centrais da sua vida, aquilo que poderia ter perdido caso a água o tivesse engolido. Murmurava «A Luciana, a Luciana».

No fundo, se ele deixasse de existir ela também desapareceria, como quando gostava das actrizes e não queria desligar a televisão para que elas não desaparecessem. Essa ideia de ausência, e as saudades que sentiria, não eram suportáveis. Embora a conhecesse há pouco tempo, nunca conseguiria separar-se da Luciana.

A minha mãe chegou por fim à margem retomando o sorriso de antes. Estendeu a mão húmida sobre a cabeça do Miguel, deu-lhe um beijo na testa e subiu devagar até casa.

Mas ainda não lhe agradeci as torradas como devia. As torradas que ele ofereceu a meio da tarde como desculpa para falar da Luciana. Sempre a Luciana. Mal volto a casa depois de levar o Quim, subo ao quarto e sento-me na cama. Já dorme. Faria melhor em não o incomodar e agradecer-lhe depois, embora sinta vontade de o arrancar a qualquer sonho bom.

Coço-lhe a cabeça e destapo o édredon o suficiente para lhe perturbar o sono. Acorda depois de uma emersão lenta de retorno à realidade. Vê-se pelas manchas de baba na almofada que demorou muito tempo a adormecer. Envolve morder os dedos, passar a palma da mão pelo cabelo e fazer das mãos fantoches que lutam uns contra os outros, às vezes com violência.

Provavelmente sentiu-se criança e adormeceu ao som da minha conversa com o Quim, tal como quando adormecíamos ao som dos grandes a jogarem bridge na sala.

Destapo o resto do édredon e abro a janela. O ar da noite depressa preenche o quarto, inclusive o interior das gavetas.

Abro uma delas por curiosidade: um relógio de corda que parou às três horas e dezassete de uma segunda-feira dia vinte e oito, um fio de prata com uma medalha do anjo-da-guarda, gravado à volta «A ver menino tão lindo, passarinhos vinde em bando», uma meia desirmanada, um livro dobrado na página trezentos e um com sublinhados no parágrafo que começa por

«Uma daquelas manhãs surpreendeu-se a chafurdar na arca que encerrava os agasalhos de Iluminata», uma fotografia de uma pessoa que não reconheço de imediato e só depois de observar melhor percebo que sou eu mascarado de chimpanzé, um bilhetinho sem data com os dizeres «Só para te lembrar que eu te adoro» assinado pela minha irmã Constança, um punho de enxada que o meu irmão costumava usar como brinquedo, uma tesoura com uma das pontas partida, um pano ainda entranhado de pó, um martelo, a bateria de um telemóvel e, por último, um anel de ouro da minha mãe em forma de cravo com o tamanho do dedo mindinho. Pego nele e penso dá-lo a uma das minhas irmãs. Depois, que se lixe, atiro-o outra vez para a gaveta, fechando-a.

Olho para o Miguel. A idade roubou-lhe a magreza, o corpo parece um conjunto de elementos que encaixam mal.

«Nao é gordo, é belo», costuma dizer quando lhe impinjo uma dieta. Ao que respondo, não porque o queira ferir, mas porque é melhor chamá-lo à realidade, «Não, és mesmo gordo. Um balofo».

Abre os olhos à chinês, aqueles olhos que costumavam rir em meia-lua sempre que acordava para ir para a APPACDM, mas fecha-os de imediato porque não me quer ver. Talvez sinta o cheiro a vinho. Quero dizer-lhe algumas coisas e acho melhor dizê-las já.

Eu de pé e ele deitado tentando cobrir-se com os próprios braços porque atirei o édredon para longe. Procuro reunir as palavras certas, ordená-las antes de as pôr em prática como os jogos de Tetris que mostram a próxima peça. No entanto, tal como nos jogos de Tetris, as peças nem sempre encaixam ou não temos habilidade para as jogar e por isso o Miguel fica à espera de que eu diga qualquer coisa, e espera com certeza que seja «Vá, volta a dormir». Depois penso que a ordem não importa, que o importante é o todo e mais vale falar.

São estes momentos que definem a vida familiar, embora não costumemos prestar-lhes a atenção devida.

Mas, enfim, tusso e começo quando percebo que ele abriu de novo os olhos fixando-me sem se mexer, sem dizer nada. Só olhando-me.

– Miguel, sabes perfeitamente que a Luciana não volta, certo? Ela tem a vida dela e tu estás aqui comigo. E gostas de estar comigo. E ficas aqui comigo.

Nisto, levanta-se, vai buscar o édredon e volta para a cama. Enrola-se de tal forma que a resposta surge como um fio de lã saído do novelo.

– É.

– Então porque insistes? Tu sabes que as pessoas não voltam. A mãe e o pai, por exemplo. A vida é assim, já percebeste isso. E eu não posso fazer nada. Não é?

Quer contrariar-me com os argumentos de que dispõe, os argumentos que porém não consegue tirar do sítio. Do cérebro para a boca e da boca para mim. Tal ultrapassa-o. Por isso submete-se, mesmo pensando que eu não tenho razão.

– É, sim. Ja sei. – E então, tentando explicar-se: – Mas a Luciana magoada, muito. Dói.

– Isso não importa. Se sabes, controla-te. É normal não termos o que queremos. O resto não interessa.

Depois uma pausa. Cubro as formas do corpo dele com o édredon. Ele estica-se na cama em sentido, como para receber o impacto do que acabo de dizer, ou para me desafiar.

Perceberá o Miguel que eu tenho sempre razão, pelo menos quanto a ele? Perceberá que é tudo para seu bem?

Quando recomeço a falar, ele interrompe-me, diz que não quer saber da Luciana, que está com frio e precisa de dormir.

Isto indu-lo em remorsos. Excita-se e desdiz-se, que afinal não, não quer dormir e ama a Luciana. «Ama» muito bem dito, a palavra redonda como abraçada. Esconde a cara na almofada e abafa um grito.

Eu calado, não sei porquê a achar graça, tal como as pessoas que sorriem nas situações mais inoportunas, num enterro ou numa cerimónia pública. Perante esta tendência que ele mantém há meses, esta fixação descontrolada – este insistir num amor que acabou –, primeiro, achei que era necessário tomar medidas; depois, uma vez que continuava fixado, achei que o melhor era apoiá-lo, dar-lhe a mão até que esquecesse. Agora permaneço indeciso entre o desejo de rir e o impulso de lhe bater.

Quando não há solução, enfrentamos a realidade, fazemo-nos homens. Adaptamo-nos. Sobrevivemos. Vencemos, lutamos, ou pelo menos somos derrotados em grande no combate que é a vida. Com o Miguel não se passa isso, ele mantém-se no mesmo estado de espírito, à semelhança de um pássaro de asa partida que ainda salta para voar. Salta e magoa a asa.

Digo

– Está bem, como queiras, mas está calado e não me voltes a chatear.

Nunca sentirei um amor de pai pelo meu irmão, embora saiba que de certa forma é isso que me constringe. Se conseguir amá-lo mais, reconhecê-lo como meu – fingir que desde sempre o vejo como criança, imaginar que lhe peguei ao colo depois de ele nascer –, talvez ultrapasse a distância entre nós.

Então, não encontro frases boas para o descrever, o Miguel começa a choramingar tal qual as crianças que fazem beicinho. Terá sido o que eu disse, ou até a lembrança mais presente da Luciana, quem sabe do episódio do anel. Quando a memória se excita, torna-se difícil para ele simplesmente acalmá-la e voltar ao estádio anterior. Sobrepõem-se imagens da Luciana na carrinha a caminho da APPACDM, no refeitório, na varanda à frente do jardim, parecia que estava mesmo no jardim (uma menina das flores), na sala a agitar as aguarelas, nas festas quando faziam teatros e ela não passava de figurante. Também por baixo do Masturbador, daquela vez. E sobretudo, mais recente, mais viva, mais dolorosa, a memória da Luciana e da porta do carro fechando-se no meio da estrada de terra batida.

Choramingar como uma criança num corpo de homem, num corpo de muitos quilos. Choramingar assim e não ser uma criança, não ter quem o console, quem lhe diga que tudo ficará bem mesmo que não seja verdade. Alguma mãe que apesar de velha encoste as rugas à cara dele recomeçando uma cantiga de infância como se nunca a tivesse interrompido.

Afasto de novo o édredon mas agora para me deitar ao lado dele. Abraço-o e assim ficamos uns momentos enquanto o choro passa. Um abraço de irmão serve de pouco, mas apesar disso o Miguel acalma-se, enxugando os olhos. Em menos de nada está feliz. Murmura «Bem, bem» provavelmente para me expulsar da cama.

Por muito que sofra, encontra sempre momentos de calma. Invejo-o, ou melhor, invejo esses momentos.

A barba meio crescida, o olhar infantil e já pacífico, os pêlos eriçados no queixo. Vejo-o assim na proximidade, tão próximo como a minha mãe quando ele a agarrou pelo pescoço para a meter debaixo de água.

Levanto-me e fecho a janela. Estou quase a sair quando ouço

– Mano, leite?

Pede uma torrada e um copo de leite quente, quer que lhos leve à cama. Estou demasiado cansado, só me apetece dormir, mas ainda assim desço à cozinha e arranjo o que ele me pede porque no fundo sempre fui bom irmão.

Manhã. Observo o Quim na várzea. Apoia-se no capot do tractor com a mão esquerda. Talvez devesse prevenir os pais dele, ou dissuadi-lo de tanta amargura. Que olhe para as coisas boas da vida, os livros dizem-me que existem tantas.

Porventura esqueceu-se da nossa conversa. Cá de cima parecem bichinhos a escarafunchar na terra. O tractor sobrepõe-se em tamanho. Não usam as mãos como antigamente, mas afeiçoaram-se tanto à enxada que a mão, tendo segurado tantas vezes no cabo, deixou aí impressa a sua forma e a sua carne. Por isso vai dar ao mesmo, estrumam a terra com as mãos, como antigamente.

Os berros da senhora Olinda saltam por cima do barulho do tractor e ferem os ouvidos do senhor Aníbal.

Mal os conheço e no entanto lembram uma multidão, é como se de súbito na várzea coubesse o mundo inteiro. E assim, também de repente, sinto que as minhas ambições de fraternidade se adequam mais a amar a humanidade, a tornar-me irmão da massa, do que a amar o indivíduo, mesmo que esse indivíduo seja de facto meu irmão. Seja o Miguel. É mais fácil amar o que não existe, ou o que existe apenas em nós (um sonho, uma ambição).

O Quim observa-os e eu sei o que isso significa. Trata-se de ódio, ou algo parecido, e esse ódio lembra-me as confissões de ontem. Assim, a pequena família passa do abstracto para o concreto. Tão subitamente como me interessei por eles enquanto multidão, deixo de me interessar por eles enquanto indivíduos. Se a primeira impressão tivesse durado mais, falaria com eles, com a senhora Olinda e com o senhor Aníbal, para os aconselhar, para os prevenir contra o filho, mesmo não tendo nada com isso. No entanto, agora que sob o olhar do Quim voltaram à categoria de Aníbal e Olinda, não me interessa o que lhes venha a acontecer.

Que importância têm bichinhos-de-conta?

Para mais, o Quim está tão doente que há-de morrer antes de conseguir fazer-lhes mal, se é que alguma vez teria coragem. Só em literatura dizer é fazer, e ele diz muito, porém faz pouco.

Por momentos a senhora Olinda agacha-se e alça o rabo para o ar. Um grande contorno. Os olhos do Quim desviam-se, talvez devido ao pudor. A enxada não alcança por baixo de um tronco raso, mas ela não tem objecção em estrumar de novo com as mãos, como antigamente. Usado desse modo, o estrume não é merda não é nada, só um amassado de terra e água e outros elementos vitais. Ela deita-se e envolve-se na terra como se fizesse um filho. Deitada no solo, preenche todos os cantos por baixo do tronco. Nisto pergunta «Que queres tu, Aníbal?» e bate com a mão na cintura para limpar a terra e o estrume. Aí sim, sobre o vestido, o estrume já é mesmo merda.

O que eu gostava de juntar as minhas mãos às dela. Penetrar na terra e entrar em contacto com o que é vital, mesmo que, no fim, a terra ficasse entranhada por baixo das unhas e a pele impregnada de cheiro. Fazer algo na vida em vez de me dedicar ao estudo do verbete.

O sol bate no campo acendendo a terra. Levanta-se ao nível dos joelhos uma neblina suada. Por hoje é tudo. Preparam-se para subir. A senhora Olinda pergunta

– O que é que tens, ó Quim?

e ele responde

– O mesmo de sempre.

Não falam mais porque o Quim engata a primeira. O manípulo das mudanças é longo e fino como as pernas do Quim, a lembrar um filme do Tim Burton. A senhora Olinda deve pensar que «o mesmo de sempre» é a doença e sente-se constrangida, não quer falar sobre isso. No fundo, arrepende-se de ter parido um doente, e de esse doente ainda por cima ser um triste. Uma mãe que ama, e ama muito, mas que preferia ter abafado o filho à nascença. Regressam pelo caminho de ontem. As pernas do Quim a pedalarem até ao fundo porque o disco da embraiagem gripou.

Leva sempre a bengala presa de lado à caixa do tractor, a mesma caixa onde voltámos do Paiva pelo espinhaço do monte.

Movimento na cozinha. O Miguel dormiu mal. Ouvi-o na casa de banho a ranger os dentes e a beber água da torneira. Reage como as crianças com febre que se levantam constantemente e sentem que os contornos dos móveis são definidos e ásperos, ou que a base da língua precisa de mais humidade.

Não sei porquê, nem se de facto é assim, mas existe um rácio entre a infelicidade dele e a minha felicidade. Não falo de um rácio de progenitor, tampouco de irmão. Chamemos-lhe só rácio. Quanto mais infeliz ele é, mais feliz me torno. Faço-me feliz em ajudá-lo, em tirá-lo da infelicidade e devolvê-lo à condição de anjo ferido, anjo na Terra, embora não saiba em que consiste essa condição.

Costumo adormecer mais reconfortado quando o ouço aflito na casa de banho, sentado na retrete só porque é um sítio como outro qualquer para remoer as mágoas. Sei que no dia seguinte entrarei em acção para resolver os problemas, para o aconselhar se preciso e amparar também, mesmo que isso vá contra a minha natureza, porque francamente penso que por esta altura o Miguel já devia ter superado a ausência da Luciana.

Como é que uma rapariga como ela pôde ser tão importante?

Hoje está melhor, como os doentes pela manhã. Sentou-se no sofá da sala e arranjou um local de trabalho. Folha A5 e um lápis roubado da minha pasta. Rabisca a folha tão fundo, com tal violência, que quebra a ponta mais de uma vez e vê-se obrigado a pedir que lhe apare o lápis. Não escreve, nunca soube escrever. Desenha na medida dos possíveis.

Já referi que um dia a Augusta lhe ofereceu um jogo de pintura. Bastava aplicar a moldura sobre uma folha e seguir os contornos com um lápis de cor. Ofereceu-me o primeiro desenho que fez, um cowboy com o chapéu bem desenhado, mas o olho esquerdo descaído até ao queixo em jeito de AVC.

Aproxima-se e entrega-me um papelinho mal dobrado em dois. Desenhou uma bola com muito cabelo à volta. Dois pontos por olhos e um traço por boca. Diz

– Ves, e a Luciana.

Respondo

– Sim... Bonita.

e ele remata

– Nita.

Coloca a mão sobre o meu ombro num gesto de camaradagem. Afaga-me três vezes o braço, com carinho, e sobe para o quarto. Liga a televisão.

Entretanto o tractor subiu e passou. O senhor Aníbal conseguiu sentar-se no lugar do morto em vez de se alojar na caixa.

«Vai-se bem aconchegado, não é, Olinda?» Excepcionalmente, os berros dele soam mais alto do que os berros dela. «É pois», responde a mulher, e conclui «Mas amanhã vou eu». Como tem pouco poder sobre o Quim, a senhora Olinda usa o poder remanescente sobre o senhor Aníbal. Bastava não ter dito «amanhã vou eu» para que ele se sentisse senhor do tractor, da estrada que o tractor sobe, do campo de onde o tractor veio e da mulher que o acompanha no tractor.

No ecrã, os braços, as pernas, o cabelo e o peito, sobretudo o peito, pertenciam a figurinhas virtuais. Figurinhas mesmo: mulherzinhas que se mexiam como se o seduzissem. O Miguel não as conseguia abraçar pela cintura porque o vidro escondia o calor da carne, só o som tomava dimensão na sala, enchendo-a. Por isso, costumava pô-lo o mais alto possível. Apostara consigo mesmo até que ponto a voz conseguia encorpar-se no quarto. Se crescesse, se ficasse sólida, então poderia ter de súbito a voz inteira daquela actriz de telenovela ao seu lado, tê-la a ela mesma junto de si. Raptá-la pela janela da televisão.

As primeiras paixões do Miguel foram através do ecrã.

Salivava, abrutalhava-se perante o ecrã, mas apesar de tudo mantinha algum tipo de suavidade, quer dizer, observava os gestos de mão em mão, a posição da cabeça em relação ao cabelo, o girar dos anéis num dedo mais fino, o respirar dentro do vestido. Um pouco como os aficionados de ballet, ou os que distinguem uma nota no meio de uma sinfonia. Para isso, colava-se à televisão e analisava cada tonalidade da pele das actrizes ou cantoras, principalmente das actrizes. Conhecia-lhes as rugas como um mapa para a terra prometida.

Primeiro afeiçoava-se a todas sem distinção. O grupo atraía-o, desejava-as como um único corpo de muitas cabeças. Depois, com o passar da trama na telenovela, prestava mais atenção a uma em especial, captando-lhe os gestos, o tom de voz e os tiques. Ficava a conhecê-la na medida de quem no fundo desconhece.

À noite adormecia a murmurar o que mais o cativava. Imaginava o cabelo, os ombros, os braços, e os olhos abertos e humedecidos que ela fixara nele ao olhar para a quarta parede.

Enternecia-me ouvi-lo a adormecer deste modo. Tão criança. Mas antes de adormecer evitava desligar a televisão. Isso significava abandonar a actriz, matar as figuras que viviam apenas do lado de lá.

Se o Miguel conseguisse, pararia cada imagem para a decorar, para estabelecer a diferença que vai entre a madeixa que escorrega pela testa e a que se mantém no sítio. Se conseguisse levar para a cama cada uma dessas imagens, se não as esquecesse, seria como plantar imagens que crescem em floresta durante o sono.

Eu gostava de pensar que fazia parte desse mundo, que algures lá nessa floresta seria, se não uma árvore, talvez um ramo. Mas por vezes parecia-me muito claro que um irmão tem pouco espaço na vida de um irmão, quanto mais de um irmão como o meu irmão. Grande merda.

No fundo aquilo era mais do mesmo. O Miguel e as exuberâncias dele, os caprichos e as iras. A realidade suspendia-se para abrir lugar à ficção. Elaborava fantasias, incluía a actriz do momento em cada respirar, em cada gesto e em cada palavra. Incluía outros, o pai e a mãe, a Constança, a Inês, vá, a Matilde. Incluía-me apenas às vezes, e sempre como rival. Eu opunha-me a ele, dominava-o de modo a vencê-lo, porém ele sobrevivia e suplantava-me. Ou seja, conquistava a rapariga. Tudo muito melodramático, ao jeito que ele adquirira ao ver telenovelas.

– Tu nao! Tu nao! – berrava em cada desenlace.

Eu aceitava este estado de coisas a contragosto. Por muito que o tratasse bem, por muito que o amasse, ele encarava-me sempre como rival. Por mim, detestava dar parte de fraco, mas suponho que o contrário, dar parte de forte, era o que eu fazia – alinhar. Sorria aos desmandos dele, fingia-me de mau, participava na fantasia. Era mau? Seria mesmo mau. Berrava «Nunca ficarás com ela» ou «Vocês estão condenados» porque sabia que ele ouvia frases semelhantes gritadas às actrizes. Os olhos do Miguel fixavam-me, surpreendidos: de súbito ele tinha razão e não sabia porquê.

O Miguel percebia que as efabulações eram brincadeira. No entanto, quando eu alinhava, deixavam de ser tão brincadeira e passavam a algo de mais real, algo além do monólogo.

Assim que ele julgava que tinha vencido, eu assumia o palavreado das telenovelas, contrapunha a minha inteligência e facilidade com as palavras à incapacidade e dificuldade dele com as palavras. Dominava-o no próprio jogo, tornava-o pequeno, encolhido, sem perceber se eu falava a sério ou a brincar, e sem perceber se ele próprio falara a sério ou a brincar. Confundia-se.

E temia que eu lhe roubasse a actriz, ou que lhe roubasse o comando da televisão.

Não a ligava comigo no quarto. As figurinhas pertenciam-lhe, só ele as podia ver. Sorte que por essa altura a Constança saiu de casa e o Miguel ficou com o quarto dela, com televisão própria e tudo novo à sua medida. Casacos pendurados na porta, uns axadrezados outros lisos, os armários só com T-shirts brancas e pretas, um poster da Segunda Guerra Mundial «Come into the factories» em que uma mulher acolhia de braços abertos uma fileira de aviões, fotografias dentro e fora de álbuns, um pufe sem uso, brinquedos quebrados pelo pescoço, uma almofada com um coração gravado, e autocolantes da APPACDM nos abat--jours.

Embora o Miguel quisesse privacidade, o som ultrapassava a porta como um cavalo a galope e todos sabíamos a que programa ele assistia.

Aproximava-me da porta para distinguir as palavras e ruídos de fundo. Discussões, copos numa cozinha, pássaros e esplanadas, buzinas de carros, saltos altos na madeira, água a correr. Sons de estúdio.

A forma como o Miguel saltava do chão para a cama e da cama para o chão num jeito de pernas, numa vontade de se exibir, metia pena e tinha graça ao mesmo tempo. É que a emoção acumulada precisava de escape e, assim, ao saltar, era como se dançasse ou fizesse um exorcismo.

Eu perfeitamente quieto à porta a ouvir os urros e a olhar para o meu reflexo distendido na maçaneta. Quando por fim percebia qual seria o próximo momento,

A actriz na casa de banho prestes a tomar um duche.

entrava no quarto, sorria, sorria sempre, e perguntava «Que estás a ver?», sabendo que o Miguel desligaria a televisão. As figurinhas eram só dele. Não saía antes de a telenovela acabar.

Olhava para mim sem fúrias e com inocência de achar que eu estava ali por algum motivo excepto o de levá-lo a desligar a televisão. «Que queres?», perguntava-lhe. Ele não respondia, mas eu sentava-me ao lado dele com o braço à volta dos ombros, já nessa altura era alto e ele baixo. Dava-lhe palmadinhas na barriga e dizia «Estás a ficar gordo». Ele encurvava-se e tentava perceber o tamanho da barriga no reflexo da televisão. «Mas és o meu mano», completava eu.

Antes de sair, o Miguel abraçava-me e dizia «Gosto muito de ti» comendo quase todas as consoantes.

Por fim a fase do ecrã acabou. Depois interessou-se pelas educadoras, secretárias e auxiliares da APPACDM, só que já não sabia olhar de forma natural. Olhava à procura do fotograma, como no ecrã. Fixava-as de modo impressivo, sinistro, não estivessem os olhos prestes a chorar de carinho.

Não fosse ele deficiente.

Claro, as funcionárias não se afeiçoavam como ele queria. De início engraçavam com as investidas. A secretária considerava curioso que ele ajudasse a carimbar os envelopes. A educadora surpreendia-se porque ele era sempre o primeiro a obedecer. A auxiliar do corredor nunca o vira atirar um pacote de sumo para o chão. Todas tinham a sua história com ele. Todas o achavam impecável.

Na idade em que qualquer um necessita de companhia, o Miguel isolava-se nalgum sítio do colégio, quer dizer, fugia logo depois das aulas e em vez de conversar com os amigos

Sempre me questionei sobre o que conversariam.

deambulava perto da cozinha para sentir o cheiro a comida esquecida. A dona não sei quantas, responsável pelas panelas, dava-lhe restos segurando a colher de pau de encontro à sua boca com cuidado para não pingar. Quando aparecia alguém, ela dizia-lhe «Chispa daqui» e o Miguel escondia-se perto da zona administrativa, onde o Diogo – exactamente igual a ele, só que em velho – descrevia o último golo que aplaudira e a última música que ouvira.

O Diogo ajudava a levar papéis da secretaria para o gabinete da directora e vice-versa. Nunca perdeu um papel porque os colocava sempre no mesmo sítio; e, ainda que o sítio tenha mudado ao longo dos anos, ele não mudara de sítio. Continuava a trasfega de papéis da secretaria para o gabinete da directora e vice-versa, só que a secretaria já não era onde ele ia buscar os papéis nem o gabinete da directora onde ele os entregava.

Directora e secretária depositavam os papéis no local onde o Diogo se habituara. A directora atravessava o corredor para o seu antigo gabinete e a secretária incomodava as pessoas na sala de espera ao pousar as folhas junto às revistas.

O Miguel e o Diogo não conversavam apenas de futebol e música. Este dizia-lhe que a mais carinhosa era a menina Júlia e o Miguel perguntava «Mesmo?» como se soubesse perfeitamente quem era a menina Júlia e o «Mesmo?» fosse mais um reconhecimento do facto do que uma pergunta. A menina Júlia seria um monstro mítico, uma devoradora fatal (para encanto do Miguel, um pouco como as actrizes a que estava habituado), e o Diogo descrevia-a à semelhança das histórias de juventude do pai, frequentemente exageradas. Mas enfim, o Diogo era um velho tarado e queria que o Miguel conhecesse a menina Júlia.

Um dia levou-o à sala onde essa potência do carinho trabalhava. «Aqui?», perguntou o Miguel perante uma sala vazia e escura. Sim, claro – ali. Era ao fundo. Mal entrou, o Diogo fechou a porta com destreza, escondendo a chave de imediato.

– É para aprenderes, seu puto. A menina Júlia é minha! – berrou.

O Miguel passou um mau bocado porque entretanto o intervalo acabara e só nas aulas conseguia um pouco de atenção da educadora. E também porque temia que a tal menina Júlia aparecesse meia louca a saltar de um armário.

Minutos depois a directora foi buscar os papéis ao gabinete do lado. No meio deles encontrou a chave. Percebeu o que se passara e libertou o Miguel.

Como castigo, proibiu o Diogo de deixar os papéis no sítio de sempre. Ele que os colocasse no sítio certo, como ela queria. Demorou meses a habituar-se e perdia papéis com frequência. Sofria porque gostava do trabalho bem feito e nunca concordara com aquela trapalhada de alterar procedimentos. Mas quem sofre com um objectivo sofre menos. O objectivo dele era agradar à sua Júlia, e por ela conseguiria colocar os papéis onde eles não pertenciam. Sacrificava os princípios pela menina Júlia; por ela conseguia mudar, mesmo estando velho. Meses depois já desempenhava a função como antigamente, da secretaria para o gabinete da directora e vice-versa, sem perder nenhum papel.

Quanto ao Miguel, nem sequer tinha uma menina Júlia. E necessitava tanto disso. Ele era amor em carne, amor em força bruta. Amor à flor da pele, como se o botão que gere a intensidade desse tipo de sentimento estivesse desregulado muito para lá do *on*. Seria pois difícil encontrar alguém que correspondesse a essa desregulação, alguém que por fim saísse do ecrã e o abraçasse.

Nunca, até à Luciana, se apaixonara por uma deficiente.

Ponte de Telhe é uma farpa humana nas costelas do monte. Quem lá vive frequenta o café. O café fica em frente à estrada, e do outro lado da estrada a terra cai até ao rio. Quem lá vive frequenta a igreja. A igreja fica em frente à estrada, e do outro lado da estrada a terra cai até ao rio. Quem lá vive frequenta o clube cultural. O clube cultural fica em frente à estrada, e do outro lado da estrada a terra cai até ao rio.

Os cinquenta e três habitantes de Ponte de Telhe prestam por isso homenagem à própria estrada. Todos os dias, caso não chova, sentam-se em cadeiras, em geral às três da tarde, e observam os poucos transeuntes como quem possui a estrada. Olhá-los é olhar a estrada, é ver o caminho.

Mas são mensageiros da desgraça. Está tudo velho, nada presta. Este país morreu. Fomos nós que o matámos, nós pomos-lhe as mãos ao pescoço. Apertámos sempre. A estrada não acaba ali, nada acaba ali, somos todos iguais e os políticos também, as mulheres perderam a beleza que nunca tiveram e os homens já não lhes conseguem prestar assistência, se é que alguma vez as assistiram. O café servido no Beira do Rio vem aguado, o filho da senhora do café foi para o Porto e vive com a namorada. Nesta vida só a bilha do gás é renovável e mesmo assim cobram taxa, e além do mais os pássaros já não podem cantar.

Por isso visito Ponte de Telhe como último recurso.

A farpa humana incomoda o monte, enfia-se na pedra como chaga cada vez menos aberta mas cada vez mais dolorosa. A cicatriz ficará suturada quando os velhos morrerem, os novos partirem e as viúvas se fecharem à janela até também elas morrerem na cama que partilharam com os que partiram. Aí, momentos antes, dirão «Meu querido, meu amor», mas ele morreu há muito e só agora, prestes a juntarem-se a ele, sentem a sua falta. Depois o monte e o rio lavarão os vestígios da farpa deixando uma cicatriz muito fina, e não sobrará nada além de ruínas onde nem o toque do homem será perceptível.

Dir-se-á que foi responsabilidade da natureza.

Chegámos há poucos dias ao Tojal e já estou farto disto. Trouxe livros, mas os livros não me interessam depois de vinte anos a lê-los como profissional. Finjo embrenhar-me nas páginas, mas na verdade toco-as mais com os dedos do que com os olhos.

Apesar de farto, só quero sair por uma hora. Descansar do Tojal e do meu irmão. Recuperar a distância entre nós.

Do Tojal a Ponte de Telhe vão sete quilómetros por aquelas curvas que já descrevi, por aquelas curvas que já percorri. As curvas do primeiro capítulo, segundo parágrafo desta espécie de confissão em forma de livro.

Estaciono ao lado das bilhas de gás protegidas por uma gaiola de ferro com o cadeado aberto. Pertencem ao café e a mulher que lá trabalha consegue alçá-las para a caixa de um camião ou para a mala de um jipe. Ela intimida os adoradores da estrada porque tem ombros largos, cabelo curto e talvez até tatuagens. Ninguém sabe aonde as vai fazer.

Os adoradores não a ajudam, deixam-na passar de bilha ao ombro, sorriem e dizem «Valente, força nisso!», mas entre si chamam-lhe «o mulherão». Já preparam as cadeiras perto da armação do gás. Observam-me enquanto saio do carro. Um deles move a placa dentro da boca, fazendo saltar os dentes. Diz «Botarde».

Entro no Beira do Rio. Na parede da esquerda, ao lado de um trofeuzinho de primeiro lugar num concurso de columbofilia, uma fotografia do Desportivo de Ponte de Telhe em 1978 com os jogadores de cabelo comprido.

Por baixo da fotografia, sentado numa mesa redonda que só comporta o copo de aguardente e os braços apoiados, um homem meio corcunda e de cabelo brilhante penteado para trás observa a orla do copo e passa a língua na zona pegajosa que ficou por lamber. Provavelmente foi um dos jogadores. Depois de lambuzar os dedos, disfarça um arroto.

Espero que não me incomode.

A mulher das bilhas de gás serve os cafés. Mantém-se atrás do balcão como um soldado na trincheira. Vê-me encolhido perante ela e tenta sorrir, pôr-me à vontade.

O zumbido da máquina de café antecede a mulher, que diz «Está avariada». Ao lado, a arca revela sardinhas bem alinhadas de olhos abertos e vidrados. «São espanholas. Este ano as nossas vieram magras», comenta ela apoiando-se na banca. Resta o naco de presunto esfiapado sobre a madeira, porém ela informa que «Está seco», e as batatas ensacadas a um canto, que «São cá da terra, mas estão greladas».

Pergunto

– Então, o que é que a senhora quer que eu leve daqui?

– Daqui? Acho que nada, a não ser aqueles restos de cebola. Está precisado?

Penso «Não estou precisado» sem alterar a expressão, não vá ela perceber.

O homem da mesa redonda levanta-se, coloca-se ao pé de mim e lança o braço sobre o meu ombro. Depois diz, olhando para a empregada

– Ó mulher, deixa lá o homem em paz. O que ele quer é pinga.

O líquido que lhe escorre do braço, algo como suor envolto em álcool, pinga no meu ombro.

– Não quero, obrigado – digo. – Só vim beber um café, mas pelos vistos a máquina está avariada, as sardinhas são espanholas, o presunto seco e as batatas greladas. E sei lá mais o quê. Não levo nada.

Desenlaço-me dele pegando-lhe no braço e colocando-o no balcão, mas ele continua

– Não não não. O que o senhor quer é aguardente da terra. Fazemo-lo do medronho, que nem ginjas. Mas olhe que eu conheço-lhe a cara. O senhor não é filho dos senhores que compraram uma casa no Tojal? Uns advogados?...

– Quais advogados... E o senhor fala como se isso tivesse sido ontem. Foi há mais de vinte anos.

– Pois eu sei. Mas compraram ou não compraram? E é filho ou não é?

– Sim, a casa é minha. Herdei-a dos meus pais, esses grandes advogados.

– Eu não dizia que eram advogados?

– Dizia e bem, uns excelentes advogados.

– Então a modos que está tudo certo.

– Está.

– Mas diga-me outra coisa – continua ele, pousando três copos desalinhados na mesa. – Não vinha cá há muito tempo.

– Não vinha, não.

– Até muito tempo antes dos senhores advogados não voltarem cá mais.

– Sim.

– E agora volta. Veio sozinho.

– Vim com o meu irmão.

– Também é advogado?

– Também sou advogado.

– Não... O seu irmão. Eu perguntava o seu irmão.

– Também é advogado. E eu vou aconselhar-lhe uma coisa. Beba menos.

– Mas se não beber isto não é bom para mim.

– Talvez os outros lidem melhor consigo se não beber.

Aqui a mulher intervém puxando-me pelo braço. «Não me estrague o negócio, senhor doutor.»

Olho pela primeira vez para a cara do homem e digo

– Está bem, então quer beber. Beba lá uma por minha conta. Eu acompanho-o. Diz que a aguardente daqui é boa?

– Pois está claro que é boa, senhor advogado. Tudo o que eu bebo é bom.

– Então bota abaixo – remato.

O ácido entra-me pela garganta e domina as vias respiratórias e espreita por trás dos olhos. Mal consigo respirar.

– É muito bom, pois é – tusso.

Mas o homem insiste.

– Ora agora diga-me uma coisa. O senhor que é de famílias de advogados, irmão e tudo, o que é que acha que eu devo fazer com um terreno que tenho ali do outro lado da estrada?

– Do lado de lá da estrada?

– Sim, do outro lado da estrada.

– Do outro lado da estrada, na queda de trinta e tal metros para o rio?

– Sim.

– Bem, venda-o a um palerma qualquer.

– Mas fui eu que o comprei!

– Ah, bem... Venda-o, seja como for.

– Onde é que eu vou arranjar alguém, agora do pé para a mão? Já tentei arranjar um comprador e foi como andar de Pôncio para Pilatos.

– O quê?... Enfim, ponha na Internet, sei lá, no OLX, ou vá a Arouca ou ao Porto falar com alguém. Pesca-os de certeza, com algum jeitinho.

Viro-me para sair. Não compro nada mas pelo menos já paguei dois copos. Contudo, o homem agarra-me no braço.

– Sim – diz. – Ainda para cima o terreno era da minha falecida mãe. Coitadinha, só nos deixou aquele bocado de terra.

– Então não o tinha comprado?

– Comprei-o ao meu irmão.

– Menos mal, só gastou metade do valor.

– Metade?

– Sim, o terreno era dos dois.

– Não não, veja lá. Isso estava muito claro. Eu paguei o terreno todo, porque era o terreno todo que eu queria. Não queria só metade. E ainda lhe dei mais uns trocos, porque ele ficou muito triste de perder assim o terreno da nossa mãe. Foi uma grande castanhada para nós. Ainda me lembro dela no terreno sentada numa cadeirinha a ver o rio.

– Só pode estar a brincar... O senhor está a gozar comigo?

Reprimo gargalhadas das mais genuínas.

– Não estou. Ela sentava-se ali mesmo na beira a ver o rio. Era uma cadeira pequenina, mas ela conseguia ajeitar-se entre a estrada e onde começa a cair. A minha mãe sempre foi para o gordo, mas aviava-se bem.

– Eu estava a falar do dinheiro que pagou pelo terreno, não da agilidade da sua mãe.

– Paguei até ao último cêntimo, não me venha dizer que não pago as minhas dívidas. Os advogados sempre à procura de...

– Mas o seu irmão aldrabou-o forte e feio. Só tinha de pagar metade do terreno.

– Eu queria o terreno todo!

– Sim, mas metade já o senhor tinha.

– Pois sim. Isso até pode estar muito bem, mas eu tinha a metade que caía, portanto não me servia de nada. Eu queria era a outra, onde a nossa mãe se sentava na cadeirinha a ver o rio.

– Meu Deus, homem, ouça o que está a dizer.

– Eu ouvi muito bem. Ouço sempre com muita atenção o que digo. Vamos lá ver se o senhor percebe. Se entende. – E usa os copos para marcar cada argumento. – Ponto um. Eu queria o terreno todo. Ponto dois. Quem quer o terreno todo, paga o terreno todo. Ponto três. Mesmo que isso da metade é verdade, a metade do meu irmão era onde a nossa mãe se sentava na cadeirinha a ver o rio. Ponto quatro. Como era a metade mais bonita, tive de pagar-lhe um bocado mais porque ele também gostava de ter o sítio onde a nossa mãe se sentava na cadeirinha a ver o rio. Ponto cinco. No fundo, aquilo valia tão pouco que eu acho que ele saiu a perder. Ele podia ter plantado lá alguma coisa, sabe? Para render aquilo.

Fecho os olhos porque quero absorver cada palavra. Pergunto

– O quê, no sítio onde a sua mãe se sentava na cadeira a ver o rio? O espaço que vai entre a estrada e a queda? O lugar onde a sua mãe se equilibrava?

– Sim, mas não está a ver bem. A nossa mãe era muito grande.

– E você, já tentou plantar?

– Já.

– E então, deu alguma coisa?

– Deu.

– O quê?

– Muito trabalho.

– Em termos de colheitas, homem!

– Isso é outra coisa. Está a ver aquelas batatas ali ao canto? São as batatas do terreno onde a minha mãe se sentava na cadeirinha a ver o rio.

Sim, as batatas greladas.

Interrompo-o olhando para as batatas.

– Pois não interessa. O seu irmão passou-lhe a perna.

– Passou o quê! Ele é honrado. Cachaporra. Todos os irmãos devem ser assim honrados. E é tão homem de honra que ainda me fica com metade das batatas porque eu não dou vazão àquilo e não tenho onde as pôr.

– Vou dar-lhe outro conselho de advogado. Sente-se numa cadeirinha como a sua mãe e vá mas é ver o rio.

O homem fica visivelmente desiludido comigo. Bebe uma garrafa de água num movimento; água a pingar-lhe sobre a camisola, e conclui

– O senhor não deve ser muito bom advogado. Não sabe dar conselhos. Isso que diz é muito perigoso. Foi de lá que a nossa falecida mãe caiu.

Desisto. Despeço-me do homem, mas antes compro um saco de batatas para levar como recordação.

Entro no carro, atiro o saco para o banco de trás e arranco na direcção do Tojal. A meio do caminho, as gargalhadas que reprimi voltam e rebentam umas sobre as outras, duas e três vezes em cada rajada.

O riso afina a estabilidade da alma, mas a gargalhada exalta-a. Se não me controlar, daqui a pouco estou aos saltos e comigo o carro.

Mas de súbito lembro-me do Miguel e de que já é noite e de que não o avisei de que ia sair, nem aonde, e nesta hora e meia ficou sozinho sem saber de mim, talvez sem saber como agir, ou mesmo se eu voltaria. E, quando não está comigo, a memória da Luciana torna-se mais premente, mais incomodativa.

Era um jogo de pintar com as mãos, o Miguel tinha dezassete anos e na APPACDM faziam muito daquilo. Só não usavam batas de criança porque já sabiam, mais ou menos, como não entornar a tinta na roupa. E eram demasiado velhos. Davam-lhes uma folha branca e esperavam que desenhassem, mas eles preferiam molhar as mãos nas tintas e passar os dedos na cara a desenhar lágrimas, ou a imitar índios.

Depende do risco na vertical ou na horizontal.

O Miguel gostava de sentir a tinta primeiro na cara e depois no papel de péssima qualidade, daqueles papéis reciclados que todos amassámos em criança. Comparava a superfície da cara com a do papel e por vezes confundia as duas.

Fazia parte da turma dos semis, aqueles que ficaram a meio caminho entre os ocupacionais e os produtivos. Eram demasiado activos para se distraírem com bolas e brinquedos, mas não conseguiam embalar sabonetes ou encaixar molas de roupa. Assim, dedicavam-se às «manualidades».

Nos produtivos, sempre que alguém novo entrava, um deles levantava-se, endireitava a bata e mostrava a mão coberta por uma luva de pano áspero. «Quem tem a luva, pega no sabonete», e de facto pegava no sabonete, introduzindo-o dentro da embalagem com o logótipo da marca virado para cima. A sala cheirava a concentrado de sabonete.

A turma do Miguel não era só de trissómicos vinte e um. Havia de tudo: paralisados cerebrais com atraso (os profundos), síndromes do X frágil, síndromes de Joubert, síndromes de Rubinstein-Taybi; e, claro, atrasados mentais sem diagnóstico definido, profundos, agudos, graves, moderados e leves.

A Sala do Arco-Íris (grupo dois, turma doze) media trinta metros quadrados bem limpos e ataviados, mas com falhas na pintura das paredes, manchas de humidade e bolas de pó onde parava a brisa levantada pelo fechar das portas. Particularmente, incomodava uma mancha cinzenta que se diluía sobre qualquer cor que tentasse nascer, como aquele vento norte que corta as primeiras hastes que despontam da semente. A mancha estendia-se ao resto da APPACDM e até à sopa da cantina, aguadilha quase incolor. E isto apesar das gargalhadas ou dos corrimões às cores ou dos quadros nas paredes.

Para a actividade juntavam-nos aos pares à volta de uma mesa. As mãos atacavam o papel ao mesmo tempo.

Parecia a linha de montagem dos *Tempos Modernos.*

Os dedos cruzavam-se com dedos, as primárias misturavam novas cores e o produto escorria pela folha e pelo chão, exausto e satisfeito como um corredor depois da meta. Só não se ouvia arfar. Por acaso às vezes fazia-se arte. Em todo o caso, não sei como, apesar da cor no papel, a mancha cinzenta persistia.

Todos os esforços se goravam, porque embora houvesse alegria também esta era cinzenta, e deixara de ser possível distinguir onde acabava o cinzento e começava a cor dos jardins em volta. Quanto mais para dentro nos corredores, mais cinzento.

Os ânimos levantavam-se a correr quando alguém divergia na estética. «Ah, badocha!» «Grande porco.» «Pára, estúpido.»

«Ele mordeu-me!» Nos dias mais artísticos, o Miguel chegava a casa com dentadas nas mãos.

Por isso desenvolveu um horror à arte.

Subia as escadas da entrada desanimado, sem berros de olá e a colocar os pés em cada degrau mais lentamente do que o costume. Vinha com o humor igual a um bafo de cão. Queria resmungar, queria desabafar, queria simplesmente comunicar, só que não conseguia e chicoteava a raiva em nós.

Estava fechado dentro da preocupação e a única escapatória era o ataque.

A Augusta sofria sempre – e sofria mais. O Miguel entrava na cozinha e apanhava-a a engomar as camisas num esforço para desenrugar os colarinhos e as mangas. Costumava abrir a porta do pátio por causa dos abafos. Queimava-se frequentemente e berrava os seus ais para dentro. Não queria incomodar, nem sequer deixava a tábua de ferro ranger. Engomando perto da janela, o vapor traçava-lhe o perfil no vidro e por momentos eram duas que passavam a mesma roupa a ferro, mas depois um vento mais forte borratava o desenho. Saía às seis da tarde e dela só sobravam as camisas mal engomadas.

Era tão boa que sorria e o apaparicava quando ele se sentava ao pé dela só para impor a sua presença e resmungar frases desagradáveis. Por vezes ele perguntava-lhe o que jantara no dia anterior e ela respondia

– Empadão.

porque sabia que era desse prato que ele mais gostava.

Boa pessoa, sim, mas pagávamos-lhe bem. De qualquer forma, acho que passou pela vida num deslize direito ao céu.

Foi assim até muito tarde, aqueles dias deixavam-nos loucos. No entanto, passado algum tempo, deu-se o inevitável: o Miguel regressou feliz das aulas de pintura. Inexplicavelmente, chegava a casa com uma expressão de contentamento, um peito cheio de ar projectado para a frente. Felicidade mal disfarçada.

Até subiu as escadas sem pensar nos degraus.

A cara estava pintada de uma maneira especial, como se cada traço de dedo significasse um carinho. Dedos haviam passado por cima das suas sobrancelhas, ao de leve, em ambas as bochechas, quase ao mesmo tempo como mãos de carícia, e até na periferia da boca. Ficava bonito, mas de aspecto incompleto.

Como um pássaro mal emplumado.

O sorriso parecia sobretudo de regalo, como quem encontra o que procura. Foi com esse sorriso que se sentou na sala

Quer dizer, foi nesse sorriso que se sentou.

e nos explicou o que se passara. Eu traduzia, sempre acedi directamente à linguagem do Miguel. Tirava informações da voz e dos gestos e preenchia o resto com a minha imaginação. Nem sempre fui um tradutor fiel, mas isso agora não interessa.

Voltara às aulas de pintura logo pelas nove da manhã. Mordiam-lhe, queriam arrancar-lhe os pincéis. A tinta diluíra-se muito e por isso não servia para empastelar nas mãos. Desânimo como uma película de suor por todo o lado, o tipo de desânimo que nos mantém pregados ao chão.

Designaram os pares e o Miguel não queria sentar-se com o balofo mais velho que lhe punha a mão na perna e apertava.

Chamavam-lhe «o Caranguejo». O mais incrível era o seu esgar de pena e dor quando fazia os outros sofrer. Parecia que apertava a própria perna. E berrava ao mesmo tempo «Está quieto, está quieto», como se não concordasse com a própria mão, ou achasse que assim disfarçava a sua maldade.

Neste ponto da história, o Miguel calou-se e suspirou. Uma pausa para recuperar o fôlego. Olhou para os quadros da sala com um meio olho fechado e um meio olho atento. Depois continuou, enquanto prensava os dedos uns nos outros, estalando-os.

Acontece que ao lado dele, em vez do Caranguejo com a sua mão-pinça, sentou-se uma rapariguinha cheia de cabelo e já com as pontas dos dedos manchadas.

Andara a brincar com a tinta às escondidas.

Era enfezada em tudo menos no cabelo e tinha uns olhos muito definidos e azuis que, apesar dos óculos, fixavam com atenção, sempre à espera de agarrarem qualquer coisa. Olhos como um anzol, e ela fisgava-os directamente nos olhos castanhos do meu irmão. Vestia uma camisola cor-de-rosa bordada com bainhas de ursinhos e árvores e de resto não sei, talvez colmeias penduradas nas árvores. O corpo perdia-se na camisola.

A auxiliar rodava de sala em sala e estava entretida noutro sítio qualquer. Não os incomodou, embora fosse má política deixar um conquistador como o meu irmão à solta. Sabia-se que ele importunara a auxiliar da secretaria.

Ela vinha de outra turma, parece que se cruzavam nos corredores. Eram desconhecidos de vista. Devem ter reconhecido uma certa afinidade na conversa, não sei se de gostos, se de quê. Entenderam-se bem, quer pelo toque das mãos em busca dos pincéis, quer pelo sorriso atrapalhado. Podem nem ter trocado uma palavra, a verdade é que não sei.

O processo habitual.

Ficaram os dois isolados no seu canto, ao mesmo tempo no centro do mundo e fora dele – um pouco como agora no Tojal estamos no interior e no exterior da acção. Ela provocava-o ao apertar-lhe o cachaço, mas o Miguel não se importava e sorria porque naquela zona do cabelo cortado à escovinha a pele era mais sensível. Ele brilhava. Ela brilhava.

Pouco depois, a educadora disse para pintarem a cara uns dos outros. Claro que queria dizer um retrato no papel, mas foi o bastante.

Apetecia a ambos o que fizeram.

Os dedos cruzaram-se, ela aplicava uma cor e ele outra, as cores misturavam-se tanto quanto os próprios dedos. As caras ficaram coloridas de parte a parte e a folha permaneceu branca.

Aquele cinzento que, como um lobo, pousava a pata na APPACDM desaparecera e agora só havia cor por todo o lado, nas paredes, no tecto e no chão, na ponta dos pincéis (onde ela é mais óbvia), nas cadeiras em renque, na comida do refeitório e até nas retretes.

Nesse momento, se o Miguel soubesse escrever, teria aproveitado a folha em branco assim: [Amo-te.]

O relato acabou e os meus pais sentaram-se mais juntos e deram as mãos. Eu orgulhava-me da tradução, de como conseguira acrescentar substância e cor local e por isso julgava que aquele dar de mãos se devia a mim. Uma reacção muito comum, confundir a minha vida com a dele, ou querer sobrepor a minha vida à dele.

Perguntámos-lhe qual era o nome. O Miguel respondeu «A Luciana, a mnha Luciana», e foi à cozinha ter com a Augusta para lhe dar um beijo na mão que segurava o ferro.

Regresso de Ponte de Telhe. Deixo o carro no caminho que leva ao cemitério.

Chamo-lhe caminho mas nem isso é. No Tojal nada honra o significado das palavras. Quero descrever o que há por aqui e não consigo; mas não são as palavras que me traem, são as coisas que as palavras dizem.

O cemitério do Tojal parece uma caixa de sapatos embutida na terra à força. E nem sequer é uma caixa direita, porque falham os ângulos. Os construtores devem ter erigido as paredes à pressa depois do primeiro morto e não conseguiram manter os ângulos das quatro paredes por causa do desgosto. De certa forma, queriam que as paredes se juntassem mais umas às outras para se consolarem num abraço de terra, pedra e argamassa.

A senhora Olinda costuma acender uma ou duas velas naqueles invólucros de plástico que tombam ao vento mais fraco, e o Tojal é atravessado pelo vento norte. Talvez por isso tenham construído as paredes tão altas. Nos últimos tempos deu-se a novidade das velas a pilhas, mas a senhora Olinda insiste nas velas originais porque gosta do aconchego da luz que emitem por oposição à luz eléctrica.

O cemitério é o que há de mais triste no Tojal, mas não por ter pessoas dentro. Os cemitérios reflectem a vitalidade das povoações. Há que enterrar os mortos. É triste porque quase toda a aldeia decidiu saltar lá para dentro.

Os que sobraram levaram as mãos à cabeça, olharam para o lado e comentaram «Aonde é que foi toda a gente?».

No lado oposto ao cemitério, o caminho passa por minha casa e segue para o único largo do Tojal. Ao fim do dia de trabalho, o senhor Aníbal costuma colocar as socas dentro da fonte, a meio do largo. Durante a noite, a madeira das socas incha e entrega a porcaria à água da fonte, a mesma água que usam para esfregar as portas em dias de festa e que lançam sobre o Camões sempre que este ladra sem motivo.

Para lá da cancela do terraço, um vulto de um metro e sessenta move-se por baixo do chorão que os meus pais plantaram há mais de vinte anos. É o Miguel.

Quem havia de ser?

Entrelaça renques de folhas como madeixas. Algumas folhas soltam-se e colam-se às mãos.

Os dedos devem ter as articulações elásticas porque vergam para trás quase até ao punho na base do indicador, calos com a forma de dentes, pois desde os dez anos que morde os dedos até adormecer; os dedos têm o mesmo comprimento, acabam na mesma linha imaginária. Excepto o polegar. As mãos amareladas por falta de sangue.

As raízes do chorão colhem água, sobem pelos interstícios da terra, tornam-se tronco, fazem-se ramo, terminam em folha e de cima mergulham até deslizarem pelo chão. A árvore é como a terra a respirar. Dentro desse fluxo, o Miguel agarra-se às folhas mais compridas, quebrando-as com as pontas dos dedos.

Nem deu pela minha falta, o estupor. Esteve quase duas horas sozinho e não reparou que o irmão tinha saído.

Entro nas folhas da árvore afastando-as com a mão. Caem pingos sobre a minha cara e a cara dele. Folhas seguem o exemplo dos pingos e detritos seguem o exemplo das folhas. A árvore abana com o vento, mas não muito. Mesmo assim, a agitação à volta denuncia o vento, até a armação dos candeeiros, que bate contra as lâmpadas apagadas. Por causa das nuvens, não existe lua para meter luz por entre as folhas e fazer desta árvore uma pequena ave-maria iluminada pela fé.

Quer dizer, não me explico bem. Partindo do princípio de que a fé se parece com uma luz fraca pela qual temos de lutar, e assumindo que dois juntos fazem mais santuário do que um só, parece-me que uma árvore com dois irmãos dentro é uma forma de rezar tão válida como outra qualquer. Mas de facto não me explico bem: estamos às escuras e o Miguel nunca soube rezar, nem nunca precisou.

Ao ver-me, não percebe logo que sou eu. Dá um salto e larga as folhas, que caem aos nossos pés e abrem uma brecha no lado da árvore. O vento afunila-se por essa brecha. Encosto-me ao tronco e pergunto

– Então, Miguel, que estás a fazer?

– Vista – responde.

– Mas vês melhor da janela. E está escuro, não há nada para ver. Não tens frio?

– Nao, calate – responde.

A voz dele, agora que a ouço neste «calate» saído tanto da garganta como do coração, é muito parecida com a do pai, mas a do pai dizia as coisas mais espantosas e elaboradas. Nas noites de grandes conversas, referia a grandeza do ser, a ascese da alma. E citava o exemplo do Miguel, que Deus destinara ao paraíso à nascença. Eu, ao contrário do meu irmão, não fora destinado ao paraíso, aliás à semelhança de toda a gente. Ao Miguel bastava existir, os outros precisavam de lutar.

Se pensarmos bem, isto é um pouco injusto. Ainda hoje, ao lidar com o meu irmão, não me consigo desligar dessa ideia.

Depois, o pai entrava no quarto e abraçava o Miguel à minha frente, abraçava-o bem, enquanto dizia «Que lindo que tu és! Mesmo lindo!». A voz, que antes soara poderosa, desencastelava-se sobre ele como natas batidas em demasia.

Mas enfim, a voz do pai sobrepunha-se às outras, até à minha, e julgo que ainda hoje, já ele morto há mais de um ano, essa voz continua a pairar sobre mim por vezes para apoiar, por vezes para contrariar. Nunca falo sozinho, por assim dizer. Só que a voz do meu irmão é apenas um simulacro da voz do meu pai: falta-lhe o conteúdo, é uma réstia, um fundo de voz.

Como a árvore, que também é um resto, um testemunho daqueles que nos antecederam dando o corpo à terra. Quando o chorão ainda era pequeno, os nossos pais chamavam-lhe «o bebé». Agora tem pouco de bebé. O tronco cresceu e enrugou, os ramos distenderam-se e taparam a vista das janelas, mesmo quando o vento oeste os empurra para o lado, e as raízes devem alcançar fundo e quem sabe já andaram a mexer na fossa séptica por baixo da casa.

Sobre restos, testemunhos do que já passou, parece-me que o Miguel, não somente a sua voz, também se enquadra nesta categoria. Isto porque não o consigo admitir sem a existência dos nossos pais, ou não o compreendo sem eles.

Aquele que sobrevive, mesmo que seja apenas um simulacro, tem afinal vida própria. No entanto, estranho vê-lo sem logo de seguida surgir a nossa mãe a perguntar se ele lanchou, ou se tem frio. E também estranho que ele mantenha a língua para dentro sem a ordem do meu pai «Miguel, língua para dentro», ou que consiga viver a mais de três quarteirões da Constança.

Porque a vida dele alimentava-se da vida deles. Não nasceu apenas deles, viveu da soma dessas duas pessoas, a mãe e o pai. Agora que não há elementos para somar, como subsiste?

Bem, mas nada disto interessa perante as coisas do dia-a-dia. O que interessa é persistir num caminho que siga sempre em frente. Cada dia representa uma etapa. Já ultrapassámos muitas etapas juntos. Vivo com ele há mais de um ano. Resgatei-o às irmãs. Elas queriam lançar-se sobre ele, cada uma a puxá-lo para seu lado. Queriam alimentar-se dele, dividi-lo entre si.

Mas eu não deixei e combati-as.

Suponho que ainda não chegou a altura de falar sobre essa fase da nossa vida, mas dá-me um gosto especial ter conseguido afugentar as minhas quatro irmãs quase tão facilmente como o «Xô!» do Miguel ao paralisado cerebral que quis tocar no cabelo da Luciana.

O Miguel continua a quebrar a ponta dos ramos e a soltar as folhas mais fracas. O vento encarrega-se do resto.

Há qualquer coisa de pouco honesto em seguir em frente e ao mesmo tempo olhar para trás, como se não estivesse certo do caminho. O caminho é em frente, o que ficou para trás já não existe ou foi destruído (existe mas está em ruínas). E há qualquer coisa de pouco viril em olhar para trás. Só as mulheres o fazem e morrem em sal. Por isso a obsessão da memória é uma impureza, infelizmente uma impureza à qual não consigo fugir desde que chegámos ao Tojal. Sim, como se não estivesse certo do caminho. Por isso preciso de disciplinar a memória, ordená-la conforme me parece mais lógico e prosseguir até que tudo esteja sobre a mesa.

Só assim me livrarei da voz do meu pai e da expressão das minhas irmãs quando lhes disse «Ele é meu» e fiquei com o Miguel.

Seguro-lhe na mão e arrasto-o para casa. Não quer sair de baixo da árvore mas eu aperto-lhe a mão com força, magoando-o tanto como a mim mesmo. Durante segundos as nossas mãos fundem-se. Os meus dedos pertencem à mão dele e a mão dele aos meus dedos. Ele percebe que não o vou largar e mexe o pé direito, depois o esquerdo. Ainda volta atrás antes de me seguir. Dá pancadas leves no tronco.

Vai resmungando. Por vezes dialoga a dois tempos, ou a duas vozes. Uma voz mais rouca pergunta e uma mais fina responde. A rouca muito rouca e a fina muito fina. Deste modo, marcando as duas vozes, é como se o diálogo se dividisse em itálico e em redondo. Discute, narra, sentencia. Até pode faltar o contexto, como em «*Não, já disse não!* Oh, e eu sim, eu disse sim!», desde que a parte se oponha à parte. O resto não interessa.

Muitas das discussões abordam a Luciana.

Claro.

E às vezes reproduz conversas do passado. Nessas ocasiões, nunca conseguirei perceber como, articula as palavras com mais perfeição do que o habitual.

Por exemplo, uma dessas memórias.

– *Miguel, agora a Luciana acabou.* Nao acabou nada! A Lucana é o meumor. *Eu sei, eu sei. Não há nada a fazer.* Nao acabou nada. Fim-de-semana talvez acabou, mas segunda colegio nao acabou. *Tenho muita pena, Miguel.*

Temo que ele viva mais o passado do que o presente, mas sem disciplinar a memória como eu ou como qualquer pessoa normal. O agora deixa de ser ponto de referência. Os episódios vão e voltam e ele vive-os quase com a mesma intensidade.

Para ele existem segundas oportunidades para primeiras impressões.

Neste momento resmunga porque não quer voltar para casa, mas recorre a memórias que nada têm que ver com não querer voltar para casa. Resmunga sobre o sumo concentrado que a minha mãe fez e não estava bom, e ele avisara que a mãe pusera concentrado a mais e depois teve de beber tudo até à última gota. «Uma porcaria» em redondo e «*Não está nada, está óptimo*» em itálico.

– Miguel, vamos lá – interrompo-o.

Um espelho decorava uma parede da nossa sala de jantar, reflectindo as luzes do hall, dos candeeiros e das velas, assim como a mesa e os pratos a fumegar. O Miguel pausava as discussões virando-se para o prato na pergunta e voltando-se para o espelho na resposta. A cara dele esbatia-se entre as luzes e os braços dobrados sobre o tampo davam aspecto de tasca a uma mesa com castiçais de prata. A Joana deixara de viver connosco muito cedo e já não estava habituada àquilo. Quando jantava connosco, murmurava «Seu maluco» enquanto o marido assentia «Sim, de facto».

Assim que os nossos pais morreram, o espelho foi a primeira coisa que vendi.

Antes de entrarmos em casa, o vento intensifica-se e insufla o meu casaco, mexe-me no cabelo e levanta a camisa. No entanto, passa pelo Miguel e desvia-se, talvez porque usa um pijama justo e o cabelo à escovinha. De qualquer forma, parece que não lhe toca, parece que se destina apenas a mim. O Miguel arrasta-se e eu arrasto-me com ele.

– Anda lá, despacha-te. Vamos para dentro! – berro.

Ao olhar para mim, começa a rir, e ri a valer. É que devo lembrar um quadro esborratado. Não só ainda sinto o efeito da aguardente de Ponte de Telhe, como o vento desarranjou-me ao ponto de ficar com o casaco meio despido.

Ri com os olhos em meia-lua. Está velho, mas, se o fitar só nos olhos, parece que tem quinze anos e, pela lógica, eu voltei aos dezasseis. Somos outra vez irmãos na idade em que é bom ser irmão. Mas rir é sempre bom, não interessa a idade. Limpa-nos. Por segundos, a voz do Miguel deixa de se assemelhar à do nosso pai. Passa a ser apenas a voz dele, ainda que a alterne em grave e agudo para discutir consigo mesmo.

Não interessa que se ria de mim. Penteio o cabelo para a frente com a palma da mão e ele ri ainda mais. Quase nos atiramos para os braços um do outro, mas não pelos mesmos motivos. Ele para se agarrar e descomprimir o riso, eu sem motivo para além de o ajudar a rir mais e a rir melhor.

Depois entramos em casa. O Miguel vai direito à casa de banho.

Nos tempos depois de conhecer a Luciana, ao regressar a casa, o Miguel atirava-se para os braços da minha mãe com entusiasmo de inocente. Corrida e salto em frente ao espelho da sala de jantar, enquanto olhava para as costas da mãe reflectidas no espelho e metia a língua repleta de nervuras para fora. Babava-se sobre o cabelo que a minha mãe se esforçava por manter loiro. Adaptava a posição do corpo às zonas de maior visibilidade, por entre as manchas do espelho antigo.

Chegava às cinco da tarde e, mal saía da carrinha branca com letras azuis da APPACDM, berrava para o nosso primeiro andar «O Miguel chegou!».

Chegara, pois.

Entrava tocando às campainhas, batendo às portas do prédio, e quando a Augusta abria a nossa, suspirava «Menina Augusta!» como quem diz «Minha nossa». Por vezes simulava um abraço, porém arrependia-se acto contínuo e admoestava-se «Nao, nao. A Luciana».

Era como se voltasse de uma ausência prolongada num país distante, como se chegasse a casa às cinco da tarde depois de ter ultrapassado provações impossíveis de descrever e agora devêssemos acolhê-lo como o mais sofrido dos homens. Um homem que esbanjara tudo com todos, melhor, com a Luciana, para depois voltar a casa acolhido pelo pai. Sim, porque de certa forma dava-lhe o que tinha para dar, esbanjava a boa-disposição e alegria com ela, regressando apenas com forças para descrever o dia, falar da Luciana, aceitar o abraço do pai e da mãe e fechar-se no quarto sem mais. Comigo não falava.

Uma espécie de filho pródigo que é recebido com as melhores vestes no corpo, um anel no dedo, sandálias nos pés e banquete de novilho, apenas para não agradecer ao pai e voltar à rotina.

Ninguém entrava no quarto com o Miguel lá dentro. Ele não permitia. Lançava urros de «Sim, a Luciana!» contra a parede e enchia o peito para a defender, a ela que não estava ali, contra inimigos imaginários que ali estavam afinal com muito mais presença. Mantinha assim a Luciana junto de si, era sempre a ela que devotava os pensamentos, e mesmo quando observado, por exemplo quando a minha mãe entreabria a porta e lhe dizia «Calma, Miguel», ele não ligava e respondia «Nao, a Luciana!».

Nestas ocasiões só o meu irmão importava, era só com ele que se preocupavam. Colocavam-no numa custódia. Nunca entreabriam a porta do meu quarto para dizer «Calma» porque, enfim, não era preciso. Só que também eu, o filho mais velho, queria alguma atenção e no fundo era mais merecedor dessa atenção. Ficara sempre em casa. Nunca me esgotara tanto noutra pessoa que deixasse de pensar nos outros, como o Miguel com a Luciana. Eu era atento, eu vivia além do egoísmo, superava o que era estritamente meu. Pensava nos outros.

O mundo sofrera um cisma antes e depois das cinco da tarde. Antes das cinco, conversávamos sobre mim, sobre as minhas aulas, sobre as minhas ambições, que no fundo eram tantas que não as conseguia definir. Depois das cinco, falávamos sobre o Miguel, sobre a Luciana, sobre o raio que o parta.

Refugiava-me nos livros. Mais do que um escape, e se a vida é feita de locais, os livros eram um local onde eu ouvia as vozes dos outros como se fossem ditas por mim. Deste modo, não representavam bem um refúgio, mas sim o sítio aonde voltava a casa. Uma parcela da vida que dava para muitas outras parcelas que eu nunca poderia conhecer, ou sequer perceber.

Nunca ouviria o grito «O horror! O horror!» no meio de uma selva.

Porém, o lugar dos livros tornar-se-ia o cercado do animal que defeca onde vive, do animal que julga ser capaz de abrir a porta e sair, mas nunca tenta, como os viciados que afirmam «Deixo quando quiser». Neste local confortável, o refúgio dos livros, nasceria um lugar de desconforto, a inevitabilidade dos livros. Eu sabia já naquela altura, ou penso que sabia, que era apenas um escritor não praticante, e nunca passaria disso.

Enfim, em consequência, naqueles tempos o que eu dizia era cada vez menos oral, cada vez mais composto e artificial, embora ninguém percebesse. Soava esquisito. Por exemplo, num dia de maior frustração «E eu, pai? Não estou sempre em casa contigo?». O meu pai sorria, ele que estava sempre nas leituras talvez percebesse a referência. Despenteava-me o cabelo, dava-me uma palmada no ombro daquelas «segue o teu caminho» e depois respondia com o mesmo sorriso, mas ainda mais amplo

– Cala-te. Porco. Cão.

Se tivesse algum poder de encaixe, teria respondido «Mas, filho, tudo o que é meu é teu».

Eu pensava na beleza do quotidiano. Abria outro livro e embrenhava-me nele. Ocasionalmente, acontecia frustrar-me com o próprio livro tanto como com a porta fechada do Miguel ou o despentear de cabelo do meu pai. Então, sim, podia actuar. Arrancava as páginas com lentidão quase até ao fim, para doer, depois puxava com força, para matar. Arrancava as páginas dos livros como se arrancasse as penas a um pássaro vivo e palpitante nas minhas mãos.

Num desses dias depois de conhecer a Luciana, deu-se a frase. O Miguel chegou a casa mais tarde, a carrinha atrasara-se. Foi pouco mais de uma hora, mas para mim o cisma quebrara-se e nessa hora conquistei o lado dele, imiscuí-me no tempo que seria só do meu irmão.

Telefonemas de lá para cá. «Mas então, quando é que chega?», ao que a secretária da APPACDM respondia «Desculpe, minha senhora, mas já lhe disse. Não sei ainda. A carrinha apanhou muito trânsito, mas acho que está por minutos». A minha mãe sabia perfeitamente que não havia qualquer problema, no entanto permanecia aflita a olhar pela janela com o telefone na mão.

Se existe alguma idade em que é necessário deixarmo-nos de fantasias, eu já a alcançara, mas apesar disso mantive durante essa hora a fantasia de que dominara o tempo do meu irmão, como se o tempo tivesse rédeas e eu as pudesse agarrar; e também a fantasia de que me havia alojado dentro da custódia dele. Ultrapassara a fronteira, tornara-me filho único.

E então, como é lógico, um chiar de travões na rua, uma porta a bater e o berro de sempre, «O Miguel chegou!».

Um trambolhão nas escadas, trac trac em cada degrau, a porta fechada apesar dos toques na campainha, ninguém em casa e ele lá fora. Saltar da carrinha em andamento e deslizar intimamente no chão, um trânsito que nunca mais acaba e dá voltas sobre si mesmo, o motorista que desiste a meio e parte levando as chaves, a APPACDM que continua as actividades do dia ininterruptamente e ninguém sai das salas, um quarto sempre fechado onde alguém esconde Gregor Samsa, a Augusta na cozinha a engomar um braço, o jardim no fundo do pátio à noite quando eu era pequeno, uma rua que só de olhar para ela nos perdemos. Tudo imagens que desejei como cenário para o meu irmão no momento em que ouvi «O Miguel chegou!».

Abri-lhe a porta apontando com o dedo mindinho para o relógio. Talvez percebesse o gesto, embora nunca tenha usado relógio. Saltou num abraço, desta vez para cima de mim, mas eu não deixei que olhasse para o espelho nem que pusesse a língua de fora. Não queria ver as nervuras nem adaptar a minha posição às manchas do espelho. O Miguel fervia de ânimo.

Dera-se qualquer novidade na APPACDM, o Miguel dizia que defendera alguém, que ajudara, que realmente ajudara, fizera-se homem. De facto, uma cor roxa instalara-se nos dedos, a cor depois do murro.

Faltava dizer quem, embora pela lógica das coisas não fosse difícil de adivinhar.

– Sabs? – perguntou.

– Sei, Miguel. Vais dizer «a Luciana», não é?

– Sim.

Não resisti, pelo menos por uma vez queria largar um pouco de fel, purificando-me. Nada de especial, disse-lhe apenas

– Pois sim, essa grande porca.

A cara dele fechou-se em duas voltas. Subitamente percebia muito bem o valor das palavras. Abri num sorriso de quem vai a dizer «era na brincadeira», mas depois calei-me, e o sorriso permaneceu especado num lugar impreciso. Claro que, comparada com as imagens que figuraram na minha mente ao ouvir a campainha, esta frase pouco significativa era só um abcesso que eu tratava pela boca.

Não foi apenas a cara do Miguel que se alterou, a própria expressão corporal, de manteiga, derreteu no calor da frase para cima de mim, sem resistência, no prolongamento do abraço.

Como as coisas podem ser quentes e frias.

– Vá, larga – disse-me.

Percebia-se que ele necessitava de se desatar de si mesmo, dos maus sentimentos que eu lhe passara, porém não conseguia porque não encontrava a guita por onde puxar. Simplesmente não estava habituado ao sofrimento, ou à dúvida, ou a algo que saísse do mundo dele, que não estivesse dentro do que pensava e calculava que o mundo fosse. Nesse mundo, a Luciana não era uma porca, pelo que não fazia sentido que eu o dissesse. E, ao dizê-lo, eu, irmão, era como se ele mesmo pensasse também que a Luciana era aquilo, daí a necessidade de se desatar, de se confessar.

Largou-me por fim. Refugiei-me. Encontrava-me a meio de um livrinho dos anos setenta com aquelas capas de fotografias recortadas e recompostas sobre um fundo branco. Não me lembro do título, nem do autor, que era português, lembro-me apenas de um *W* semi-manuscrito e das figuras na capa: um tanque cansado e impotente, uma mulher gorda com o peito gordo à mostra, toda ela a sair de uma boca Rolling Stone, ela era a língua Rolling Stone, uma tabuleta de hotel diminuta pendurada no peito da mulher, um qualquer Serpa Pinto a julgar pelo chapéu colonial e pelo capim à volta, uma narceja à espera de que ele passe, a palavra PORNO algures entre o colono e a mulher, um generalzinho irritado, a águia dos EUA que de tão pequena parece um colibri, um monstro inofensivo sentado na legenda «This one's for you baby».

Os murmurinhos da casa para além do meu quarto, e os murmurinhos do andar de cima. Alguém a esmifrar a parede com um berbequim. No quarto ao lado, o Miguel saltando repetidamente para cima da cama, as vezes necessárias para se cansar.

Senti uma grande paz em não me mover, em colocar a mão sobre o livro e sobre aquelas imagens como se as tentasse baralhar com os dedos, e em ouvir a agitação do Miguel no quarto, porque apesar do cisma, e mesmo girando tudo em torno dele, agora era ele que girava em torno de mim. Controlava-o a partir dos bastidores.

Consolava-me dominar a acção sem fazer parte dela. Era como dar um abraço ao próprio corpo e imaginar que outro o dava, mas sem o embaraço no momento de largar.

Depois, claro, o Miguel foi queixar-se aos pais. Decidira por fim que a culpa era minha. E eles, então, recorreram às minhas traduções. E eu, naturalmente, respondi

– Não percebo nada. Desculpem. Devem ser invenções dele. Pelos vistos anda sempre à volta da Luciana, até para dizer estupidezes.

Assim deixava-o trancado no seu mundo sem comunicação com o exterior, como o Quim a fixar-me atrás da janela e sobretudo através das cortinas, e mantinha-me em obscenidade, quer dizer, fora de cena.

Mas não foi a minha frase que ocorreu verdadeiramente naquele dia, fujo ao assunto. Foi sim uma frase dele que surpreendeu.

No fundo, eu sei que a frase não lhe pertencia. Nunca uma frase tão direita, tão bem dita, poderia ter saído dele, não a conseguiria montar. Ele é mais de desmontar frases. De qualquer modo, foi a resposta que encontrou para a minha afronta.

Deve tê-la ouvido numa telenovela e agora que se sentia feliz mas oprimido, que se sentia superior a mim em muitos aspectos, por eu não ser feliz nem oprimido, pelos vistos por eu ser infeliz e oprimir, entrou no quarto muito depois das cinco da tarde, tirou-me o livro das mãos interrompendo a frase «Toda esta fastidiosa série de eventos me impelia a meditar, e não pouco, sobre a»

e disse, aproximando-se da minha cara com os olhos secos.
– E tu, e tu não vales nada.

A seguir à morte dos nossos pais, reuni-me na APPACDM com a responsável pelo Miguel, uma mulher gorda de vestido cor-de-rosa que enfeitara a secretária com orquídeas. Como se não bastasse ser gorda, vestir cor-de-rosa e gostar de orquídeas, enlaçara os vasos com fitas. O escritório pertencia a uma burocrata alegre: fotografias de amigos e família, bonecos do Gil, gatos de porcelana, capas brilhantes de telemóvel, desenhos das aulas de pintura dos «meninos», pompons na ponta das canetas, pirilampos mágicos. A alcatifa, igual às das repartições, fora manchada pela tinta dos tóneres.

E de resto, apesar das cores, a decoração parecia-me esbatida e triste como as próprias manchas dos tóneres.

Encontrara-me com aquela mulher para tomar decisões importantes quanto ao Miguel, aliás já falara com ela ao telefone. Contudo, a bugiganga miudinha e sentimental distraía-me. Sentia um certo asco, um certo nojo daquela intimidade atirada à cara dos outros. Apeteceu-me perguntar-lhe «Não tem vergonha?», mas de que serviria confrontar aquela senhora retesada e com certeza solteirona?

Ela olhava para mim de caneta sobre o bloco de notas Cavalinho. As próprias orquídeas olhavam-me. E nisto um cheiro a embrulho de florista e a perfume cobriu a sala como se estivéssemos dentro do diário de uma adolescente apaixonada.

Fora, berros e chiar de sapatos. Antes de entrar no escritório, parei no meio desses sons que denunciavam alguém semelhante ao Caranguejo ou ao Masturbador. Esses dois, no entanto, haviam saído da APPACDM e que eu saiba não deixaram qualquer marca, nem mesmo um eco de terem passado por lá. Nada ficou, mas no fundo nada mudara porque a deficiência e a loucura não têm história. Jack Nicholson a voar sobre o ninho de cucos ou Murray Abraham como padroeiro dos medíocres vai dar ao mesmo.

Em bom rigor, o que me impressionou mais foi não perceber quem era quem, mesmo observando com atenção. Num momento tomava uma assistente por deficiente, e noutro uma deficiente por assistente.

Percorri o caminho até ao gabinete sem me dirigir a ninguém, pondo os olhos no chão com medo de ofender ou ser ofendido.

Enquanto eu não falava, a gorda

Não me lembro do nome.

entreteve-se a rabiscar pombas de leque no bloco de notas. As pombas debicavam milho entre árvores e prédios. O pescoço tremia-lhes ao abrir e fechar o leque. Murmurava «Esplêndido, esplêndido» ao retocar as rémiges afastadas no impulso do voo.

Acariciando uma folha de orquídea, perguntei «Afinal quem é essa Luciana?», como se não soubesse, como se não ouvisse o Miguel falar dela há mais de vinte anos. Como se os meus pais, interrompendo os poucos telefonemas que trocáramos nesses vinte anos, não dissessem «Lá está ele outra vez a palrar sobre a Luciana».

– Esplêndido, senhor doutor. Óptima pergunta. E eu digo-lhe. É uma amiguinha do Miguel.

– Isso sei eu.

A mulher anotou «Isso sei eu» no bloco à frente de um smiley.

– Bem, mas que precisa de saber? – acrescentou.

– Quem é, o que faz...

Óbvio: queria saber mais, porque apesar de tudo sabia pouco. Nem conhecia as suas origens, por exemplo. Não que isso interessasse, não que nada daquilo interessasse. Contudo habituara-me a engolir, a sorver informação, e já que marcara aquele encontro com intuitos tão sérios convinha primeiro perceber se a gorda poderia influenciar as minhas decisões.

– Muito bem, esplêndido – respondeu depois de uma pausa. – Mas isso é mais complicado. Está a ver, não gostamos de expor os nossos utentes, senhor doutor. Veja lá se alguém fizesse perguntas sobre o Miguel.

– Grande coisa. Era-me indiferente. Mas diga-me, se faz favor. Só pergunto porque o Miguel tem um interesse especial por ela.

Especial também quer dizer exclusivo.

– Sim, esplêndido. Muito especial e já há muito tempo – comentou, levando a mão ao peito em demonstração de sentimento.

Como não lhe respondesse, sorriu a dizer «Desses já não há muitos» e, enternecida, secou a ponta da caneta que mastigava.

– Como não consigo saber pelo Miguel, acho lógico vir falar consigo, que é a responsável.

E a mulher escreveu «acho lógico» no papel. Nada a demovia. Rebuscou termos como o direito à privacidade e o resguardo dos utentes. E depois não era responsável pela Luciana, só pelo Miguel. Podia falar com a colega, mas achava que não adiantaria.

– Pois, compreendo.

Não avançávamos. Deveria haver outra forma de lhe desatar a língua. De certo modo, sentia pena dela por não se solidarizar comigo. Ser-lhe-ia mais fácil. E também sentia pena de mim por ela não se solidarizar comigo, por colocar entraves. Ou talvez sentisse até pena do Miguel, não sei e não importa.

Então disse «Mas que lindas flores a senhora tem!» e a mulher veio logo comer-me à mão.

– Ai muito obrigada. São orquídeas. Tenho mais em casa à minha guarda. Gosto de dizer «à minha guarda» porque são minhas companheiras, em vez de propriedade. Estas são as verdadeiramente bonitas. As que eu gosto mesmo.

– Bem escolhidas, bem escolhidas. Vê-se que as cuida com muito carinho, muitas horas. Quantas estão à sua guarda?

– Precisamente dezasseis.

– São esplêndidas, caramba. Precisamente dezasseis...

– Eu não diria melhor, senhor doutor.

– Dezasseis, de facto! – Depois voltei à carga. – Sem querer mudar de assunto, estava aqui muito bem consigo a falar só das flores, mas e a Luciana?

– Bem, bem. Já que insiste. A Luciana, coitadinha...

Foi direita ao tema mais escabroso.

A mãe da Luciana vivia num daqueles barracões de metal que existem onde há espaço para se alojarem os que são miseráveis, numa transversal esconsa à Rua da Constituição. De manhã apanhava o autocarro que ia pelas ruelas mais apertadas da cidade, ultrapassando rente o jardim, virando à direita e seguindo pela rua que levava aos Aliados. O autocarro abanava por todo o lado e ela às vezes magoava-se porque batia com a cabeça no vidro, aquele vidro onde lia «aicnêgreme ed osac me rarbeuQ» por cima de «Quebrar em caso de emergência».

Os motoristas cruzavam-se e, quando calhava, paravam lado a lado e perguntavam «Como está, ilustre?». Ela gostava destes diálogos antes de prosseguirem a marcha.

E arranjava sempre lugar porque a ensinaram a sentar-se nos bancos da frente para deficientes.

– Compreende, senhor doutor, ela lia aquilo ao contrário – interrompeu a mulher para explicar melhor.

– Sim, não se preocupe, tinha percebido.

A mãe da Luciana vendia lenços de papel Renova de porta em porta. Nos Aliados, percorria os restaurantes, as lojas de roupa, os antiquários, os alfarrabistas, os quiosques para turistas, os emolduradores, as padarias, as tascas, as butiques de mezinhas, as lojas de botões, as joalharias, as lojas de cerâmica, os correios, as tabacarias, os mercados de esquina, as lojas de decoração, as drogarias. Enfim, o comércio da zona.

Muitos conheciam-na, outros faziam por não a conhecer. Por exemplo, o alfarrabista de esquina onde ela entrava para conversar com o empregado. Ele não percebia o que ela dizia, as palavras desencaixavam-se-lhe ao sair da boca e mesmo só «Olá, lenços?» parecia uma escalada à Torre de Babel.

Falar com ela era mais difícil do que ler Heidegger, ou qualquer outro dessa laia.

Depois o funcionário reparou que a camisola de gola alta às riscas era sempre a mesma e passou a comprar os lenços, embora não precisasse. Ela aparecia todas as semanas. A certa altura dava-lhe abraços e dizia que gostava muito dele e que os lenços eram realmente bons, que ele era muito ajuizado em comprá-los, precisasse ou não.

Isto numa das lojas. Nas outras dizia frases semelhantes mas a pessoas diferentes.

– Ou seja, eu a bem dizer não sei nada de muito pormenor, mas podia ter acontecido assim. Ela conhecia muita gente nos Aliados – completou a mulher.

– Mas aonde quer chegar? – perguntei.

Os lenços Renova eram mais passatempo do que necessidade. Recebia o cheque do Estado nos últimos dias de cada mês e não pagava renda naquele sítio entre sítios mais decentes. Não vivia com muito, mas não precisava de muito. Como desconhecia o valor do dinheiro, achava que cada moeda era um tesouro muito grande, e como gostava de tesouros, grandes ou pequenos, queria ter o seu.

– E veja, senhor doutor, que a própria Luciana dá valor em demasia ao dinheiro. Não sabe que um euro é só um euro. Coisa engraçada.

No entanto, soubesse ou não o valor do dinheiro, com o tempo a mãe da Luciana acumulara um montante que já fazia tesouro.

Chamava tesouro a um saco de lona para onde atirava as moedas da Renova. Encheu-o quase até cima e não lhe mexia porque achava que um tesouro requeria um sítio fixo – como no mapa o local marcado com um *X* – e porque o saco pesava vários quilos. Alimentava-o todos os dias. O saco era um animal faminto. Por mais moedas que ela lhe desse, queria sempre mais.

De certa forma, tinha-lhe um amor muito próprio, construído à força da dedicação, e só falava dele aos passageiros do autocarro. «Levo comida para o meu saco.» Mas as pessoas percebiam sempre «Levo comida para o meu gato» e achavam-na ainda mais atrasada por chocalhar os cêntimos do bolso referindo-se ao gato.

A maioria desviava os olhos para a rua, o mais fora do autocarro possível, onde o espaço é livre de anomalias, ou pelo menos onde elas se mantêm longe. Mas alguns olhavam directamente, sorriam e diziam «São como nós», o que é muito pior porque estabelece uma fronteira. Eles como nós – ainda assim eles e nós.

– Mas a mãe da Luciana tinha que deficiência?

– Não lhe sei dizer. Era apanhadita do cérebro. A Luciana é como ela. Não se sabe bem e pronto.

– Continue lá, então.

Num desses dias, ao voltar para casa de autocarro, um homem de bigode sentou-se ao seu lado e varreu-lhe o corpo com os olhos. O corpo lindo apesar da deficiência. «Vives sozinha? Aposto que consegues tratar de ti todinha.» Ela respondeu que sim, claro que conseguia. E vivia muito bem. «Só vendo, mostras-me?» Agora era uma questão de honra, tinha de lhe mostrar.

O autocarro parou e eles os dois juntinhos. O homem coçava o bigode murmurando obscenidades que ela não ouvia.

Começou a chover quando entraram no barracão onde ela vivia, na transversal sempre deserta. Parecia que o som da chuva no telhado de zinco os atirava ao chão, por isso, quando realmente ele a atirou ao chão, ela não estranhou. Já estava habituada a sentir-se oprimida pelo som da chuva, tanto lhe fazia sê-lo pelo corpo de um homem. A água embatia repetidas vezes no zinco, aos sacões. Só quando a chuva parou e ele continuava em cima dela, mas imóvel, já acabado, é que sentiu falta de ar e um desejo estúpido de não existir, de se enrolar dentro de si mesma e expurgar o mal para fora. O homem apontou o bigode para o canto das moedas. «Que tens ali, minha boneca?» «Não é nada, é só o meu tesouro.»

O homem levantou-se e enfiou devagar as mãos no saco para guardar punhados de moedas nos bolsos da frente, de trás e da camisa. Algumas moedas rolaram para baixo do fogão. Depois conseguiu atar as alças e levantar o saco num gesto de balanço. Quando saiu, a chuva recomeçou.

A mãe da Luciana não reagiu. Permaneceu deitada a ouvir a chuva e queria ficar assim até que nascesse outro tesouro.

– Claro que a Luciana não percebe nada disto, não lhe faz diferença. Não sabe que é uma filhinha da violação. A mãe morreu quando ela tinha catorze anos e desde aí tem estado sempre connosco... Antes vivia naquele sítio, no fim da Constituição. Fomos lá buscá-la. Uma coisa que nem lhe digo. Porcaria por todo o lado – concluiu a mulher, esborratando o caderno.

A conversa continuou, já não sobre a Luciana mas sobre o Miguel. No fim, o bloco de notas encheu-se de apontamentos e desenhos e insultos anotados nas margens, talvez insultos que ela, sem coragem, me quisesse dirigir de viva voz.

Eu dissera tudo e decidira tudo. E soubera-me bem dizer por fim o que pensava, sem rodeios. E actuar consoante o que pensava. Lembro-me da cara da mulher fixada em mim num espanto, num esgar de burrice. Gostei. Por vezes há que ser brutal e directo. Mas agora não quero falar disso. Fica para quando for mais oportuno.

Olho para a porta. Só a porta. Abstraio-me como a ouvir uma música, mas fixado na maçaneta com falhas no verniz, baça e brilhante ao mesmo tempo. E fria. Num ponto único, na maçaneta, mas sobretudo na fechadura. Lá dentro, a mancha escura da chave que trancou a porta.

O Miguel está deitado e não se quer levantar. Três da tarde e ele metido na cama. Quer dizer, acho que está deitado porque, quando bato à porta, responde «Embora! Estou dormir!». Há meia hora que insisto sem efeito. Não há pachorra. Tento abrir a porta com uma das chaves penduradas no armário da cozinha, porém do outro lado a chave resiste presa à fechadura.

Agora como o tiro de lá?

Talvez consiga com um clip ou uma chave de fendas. Em último caso arrombo a porta. Mas onde é que arranjo um clip? E a única chave de fendas que aqui tenho é de cruz e muito grande, nem sequer cabe na fechadura. Aliás, provavelmente não consigo arrombar a porta.

Ouço o tractor, o Quim no campo, qualquer coisa de selvagem no rio.

Coloco o olho na fechadura. Não consigo ver para dentro. Encosto a boca à porta mesmo na junta com a ombreira e digo de forma calma e simpática, tentando esconder a fúria

– Então, meu malandro, não te queres levantar?

– Não.

– Porquê?

– Nao sei.

– Levanta-te.

– Embora!

– Vá lá, Miguel, meu querido, abre a porta ao mano, abre. Tens de comer qualquer coisa. Estás aí há muito tempo. Não brinques comigo.

E penso que, quando ele sair, lhe dou um murro entre os olhos, ou na barriga, ou num sítio qualquer, desde que lhe dê um murro, desde que o domine.

– A Luciana! – continua.

– Ela não está aqui, certo? Não te adianta de nada falar agora da Luciana.

– Mas Luciana! Porta ou Luciana!

– Miguel, caramba, vá lá. Estamos no cu de Judas, achas que a Luciana pode aparecer assim de repente?

– Nao sei.

– Mas sei eu. Abre a porta, por favor.

– Nunca.

O barulho do édredon a cobri-lo, a escondê-lo ainda mais como se não bastasse estar fechado. Não quero esmurrá-lo para o magoar, apenas para lhe arrancar a tristeza à força, colocar as peças no sítio à paulada, já que nada funciona.

Desisto por agora e desço ao terraço. A senhora Olinda ainda trabalha na várzea, no campo do meio. O rio quase lhe chega aos pés escorrendo entre os troncos dos salgueiros e alagando as cercanias do campo. Ela não sabe nadar, «P'ra quê?». O Quim reclina-se no tractor como a apanhar um raio de sol na cara, só que não há sol, e o senhor Aníbal dá pontapés nos pneus e aperta as cordas da caixa para segurar o entulho que insiste em cair.

Cada um faz o seu trabalho sem falar.

No pátio, reparo que a janela do Miguel se encontra aberta. Qual clip ou chave de fendas ou arrombamento ou quê. Vou buscar um escadote ao barracão e tento não fazer barulho enquanto o desdobro e encosto firme à parede. Subo a tremer mas evitando qualquer ruído.

Isto até tem piada. Eu, um homem feito, a subir a uma janela para o pôr na ordem, a ele, que também deveria ser um homem feito. O problema dos mundos alternativos. Num mundo alternativo eu não estaria aqui a equilibrar-me, a tentar não fazer barulho, não estaria sequer no Tojal com o Miguel. Ou talvez estivesse no Tojal com o Miguel, mas para conversarmos sobre as coisas grandes da vida, sobre nós próprios, sobre os interesses dele, sobre os sonhos que deixou morrer e os que conquistou, sobre a saudade dos pais que angustia qualquer homem, mesmo homem feito, mesmo homem com a sua própria família, como eu suponho que o Miguel tivesse nesse mundo, talvez com alguém chamado Luciana. Conversar como dois homens que se reencontram, mesmo que o reencontro não faça sentido porque nunca nos teríamos apartado, e subitamente eu perceber sem inveja que ele é mais homem do que eu, e subitamente até ter orgulho nisso, em ele ser mais homem do que eu, e dizer-lhe «Miguel, és melhor do que eu». E depois um daqueles momentos em que nos entendemos à volta de um copo de vinho, sem palavras porque não servem para nada, e o olhar dele e o meu, e sabermos que somos iguais e diferentes e isto constituir uma homenagem aos pais que já morreram, e à família da qual viemos, e a sei lá eu mais a quê, a nós. À vida. Contudo, os mundos alternativos pendem para a perfeição, pendem para o ideal. E o ideal, tal como os mundos alternativos, não existe. Existe o que existe: eu, um homem feito, a subir um escadote tentando não fazer barulho para o apanhar desprevenido.

Salto os últimos degraus de modo a surgir como facto consumado, isto é, aparecer inteiro no parapeito da janela e atirar-me logo sobre ele para depois abrir a porta e resolver o assunto. Controlá-lo. Mas o Miguel vê-me antes que consiga descer do parapeito e num berro «Querias!» levanta-se da cama e avança para mim com os braços estendidos. Pretende empurrar-me da janela. Atiro-me para dentro, bato com o queixo, torço o braço. Ele ri-se, sai do quarto trancando a porta e corre para o andar de baixo.

Dói-me o corpo e o orgulho, não sei qual deles com mais intensidade. Fico estendido um ou dois minutos no chão a recuperar a coragem. Agora só me resta sair pela janela. Nisto, sons de metal contra metal e depois metal sobre pedra, de uma vez. Quando por fim consigo levantar-me, olho à janela e confirmo o que já sabia: o Miguel atirou o escadote ao chão e olha para cima a desafiar-me.

– Abre a porta! – berro.

– Querias!

– Eu salto pela janela, Miguel.

– Pois saltas. Alto.

E pronto, o gajo fechou-me no quarto.

Meto-me na cama ainda quente do corpo dele. Tal como o Miguel há pouco, também me apetece ficar assim fechado não interessa até quando, até acabar tudo. Um sono de cansaço e desistência. Deixar o tempo correr, dormir. Enrosco-me no édredon como numa mulher, cada vez mais próximo e cada vez mais quente. «Querido, vem a mim.»

No fundo, ele trata-me mal porque sofre. Se pensarmos nos vários tipos de sofrimento, três destacam-se por motivos semelhantes.

O primeiro é o dos animais. Sem noção de futuro nem de alma, o animal até pode sentir uma dor ligeira, por exemplo, uma pata roçada nas silvas. Mas essa dor, por lhe faltar o contexto, vai crescendo e torna-se o único foco de preocupação, toma o lugar onde devia estar a alma. Só ela existe.

Basta olharmos para um cão depois de lhe darmos um pontapé.

O segundo tipo é a dor das crianças, e pode dizer-se que mais ou menos pelos mesmos motivos, mas sobretudo por inexperiência. Para quem nunca a sentiu, e não sabe se vai acabar ou quando, uma dor de cabeça deve ser igual a levar marteladas nos dentes. A criança fica reduzida ao medo e ao presente, e esse presente é uma cabeça que dói. Actuando numa alma assim tão fresca, a dor funciona como um diluente.

O terceiro tipo de sofrimento é o dos deficientes, já que se assemelha muito ao dos animais e ao das crianças em simultâneo. Ao dos animais, porque se encontram presos dentro da sua própria condição. Ao das crianças, porque é a alma que sofre. E neste (três ponto um), o sofrimento do Miguel. E não há muito que o irmão mais velho possa fazer. Os pais mortos, as irmãs ausentes, a Luciana. Parece que o Miguel se vai apagando de dia para dia, e apagando-se – como agora – em luta contra mim. Mantém-se vivo na aparência mas as saudades da Luciana já o mataram. É possível que coisas mortas, como ele, pareçam coisas vivas. Um dia quis recuperar das brasas um maço de papel manuscrito que atirara à lareira. Porém, ao pegar-lhe, desfez-se em pó porque era apenas cinza. Ele é apenas cinza.

Também me vou apagando, desistindo, adormecendo. Os sons do tractor a subir o monte quebrando galhos apagam-se na minha consciência.

...

Acordo com o tumulto do Miguel aos saltos acompanhado pela televisão. O ruído entra pela porta e pela janela em momentos diferentes. Uma grande confusão e uma grande raiva por continuar fechado. Quanto tempo passou? Fim de tarde? Já noite?

Depois o tumulto acalma e os passos do Miguel sobem as escadas até ao quarto. Abre a porta e aproxima-se em três saltos. Cerro o punho. Penso em colocar as peças no sítio à paulada, mas sem mais o Miguel abraça-me e eu desisto do murro, aceitando o abraço.

Intervalo. Na sala de estar os utentes sentados nos sofás, nas cadeiras de rodas ou no chão sem tapete. Olhavam uns para os outros à espera de qualquer coisa. Também assistiam ao programa da manhã na televisão mas só para distraírem os olhos com uma cara mais bonita ou rirem do apresentador.

O Caranguejo aprendera a não magoar as pernas dos outros, mas, como não conseguia reprimir o desejo de prensar, começara a apertar a própria perna e sentia dores ao mesmo tempo na mão e na perna. Tinha pena de si mesmo, mas era isso que fazia: apertar cada vez mais. Talvez assim aprendesse. Uma X-frágil costumava sorrir-lhe e dar-lhe pancadinhas nas costas. «Mais força», aconselhava ela.

A sua perna continuava com nódoas negras, mais valia que a dele também sofresse, mas não o aconselhava a apertar por maldade, pois não sabia o que era a vingança.

Depois da resignação do Caranguejo, abriu-se um vazio na APPACDM. Deixou de haver quem oprimisse. Permanecia a opressão genética de sempre, a que a natureza esborratou em cada um deles, a que a natureza jogou ao calhas e falhou, mas já ninguém se encolhia quando o Caranguejo dava apertos de mão.

A Luciana e o Miguel passeavam pelos corredores. Amavam-se assim, passeando pelos corredores. Ela pequenina e ele cada vez maior. Ou cada vez mais gordo. Ocasionalmente frequentavam as aulas juntos, excepto as de pintura porque a auxiliar enfurecera-se e agora não os deixava à solta com os pincéis. Mas sobravam muitos exercícios que podiam fazer juntos: terapias criativas, relation play, ténis adaptado, terapia ocupacional, AVD, natação adaptada, reabilitação psicomotora, comunicação táctil, psicomotricidade.

Inevitavelmente, com o tempo proibiram-nos de participar juntos em todas as actividades. Eles levavam as tarefas sempre um furo acima do que era previsto, envolviam-se de mais no que faziam porque se envolviam de mais um com o outro. Tornaram-se inconvenientes.

Andavam pelos corredores numa valsa estranha. Primeiro, o Miguel sempre arrastou os pés com os braços descaídos e a barriga para a frente. Depois, não se acompanhavam lado a lado, ela colocava-se atrás dele e usava-o como escudo. Em fila indiana, ele esticava o braço para trás e agitava os dedos em busca dos dedos agitados dela. Seguiam caminho e, como um fole, aproximavam-se e afastavam-se ao ritmo do andamento.

Pior era quando tinham aulas separados, ou quando a Luciana, enfim, decidia socorrer-se de outro. O Miguel perdia a cabeça, agarrava-a e dizia que só junto de si, só os dois no corredor e por aí fora. Chegava a casa e pronunciava a palavra «ciúme» tal como ouvia nas telenovelas: CIÚME.

Também queriam passear pelos jardins, mas as auxiliares não permitiam porque era mais seguro entre paredes, não fosse um deles fugir, ou fugirem os dois. Punham-se à janela da entrada, a maior, e imaginavam o ar de fora lá dentro. E realmente os jardins não eram mais do que três ou quatro canteiros, uma árvore e o alcatrão do estacionamento, mas eles imaginavam uma floresta encantada, um jardim antes de Deus ter expulsado os homens de todos os jardins.

Entretanto, como o horror ao vazio também ocorria na APPACDM, cedo sobre todos passou a reinar um em substituição do Caranguejo.

O Masturbador era um rapaz desproporcionado. O cabelo caía-lhe para os olhos. Vestia a roupa velha das instituições de caridade.

Certas partes do corpo sobrepunham-se às outras. Por exemplo, a mão muito maior do que o cérebro. E o pénis ainda maior do que a mão. A sua alma fora engaiolada num corpo de poder e desejo. Nada comandava a máquina, ela comandava-se autonomamente e por isso fora escravizada pelas próprias engrenagens, pela própria pulsão. Tanto em público como em privado, nada do que ele quisesse era deixado por saciar e, assim, o pistão accionado perante as mulheres imperava no sistema da máquina. Babava-se, murmurava «Anda cá, minha panelinha de água quente».

Excitado, escondia-se nos corredores mais obscuros e baixava as calças. O resto passava-se como sempre, com excepção de que aquele monte de carne se abstraía do que o rodeava e, se por acaso o apanhavam em flagrante, prosseguia no vaivém aos urros. As educadoras fugiam também aos urros a chamar o contínuo, e este sabe-se lá quem chamava. Não chamava ninguém. Corria mais perturbado do que elas, dizendo para si «Ó menino, ó menino! Valha-me Deus!».

Depois de apanhado e obrigado a parar, desistiu de ao menos se recolher nos corredores e passou a tratar da excitação em público. Tanto lhe fazia, mesmo que uma ideia de consciência atirada para o fundo do mecanismo (talvez a alma na gaiola) lhe dissesse que estava errado. Tudo desde que o deixassem fazer o que queria. E assim, apesar do «Ó menino, valha-me Deus!», baixava as calças sempre que o pistão era accionado. E era accionado nem que fosse à manivela.

Quando o impediam, arranhava a cara, atingindo os olhos. É que não haviam equipado a máquina com válvula de descompressão e a energia acumulada necessitava de dispersar. Atacava os olhos, o mesmo canal por onde entravam as imagens que o excitavam. Cegou do olho direito. Uma geleia branca alojou-se na cavidade macerada.

Já que precisava de arranhar, as educadoras aconselhavam-no «Faz isso no olho mau», tentando evitar que cegasse por completo.

A máquina queria primeiro as raparigas mais pequenas. Era isto: obliterar o que as tornava femininas, o desejo que ele sentia por elas. Para tal bastava ceder. Só assim a máquina deixava de sentir desejo, porque a presença feminina desaparecia pelo menos durante algum tempo depois de a máquina ter processado a paz dos fluidos.

Nisto, será escusado dizer que a Luciana, uma das rapariguinhas mais pequenas, de mãozinhas diminutas, era a primeira que a máquina desejava.

Ela temia-o e todos os dias desejava que o Caranguejo voltasse ao poder, que tornasse a ser mais forte do que o Masturbador. Que o Caranguejo lhe apertasse a perna. Mas nada feito. Espiava os olhares do Masturbador e temia-lhe as intenções sem no entanto perceber ao certo o que ele pretendia. A mãe avisara-a quanto aos homens, só que ela não compreendera. Queria-o longe e por isso mantinha-se longe, mesmo sabendo que os corredores são rectas que levam as pessoas ao encontro. Inevitavelmente, um dia haveriam de se cruzar.

Era acautelar-se.

O Miguel mantinha-se longe disto, mas sabia que o Masturbador a importunava, tal como importunava os outros, e decidiu pôr cobro àquele reinado. Que surgisse a ocasião. Tinha crescido, acumulara força nos ombros e nas pernas – era baixo mas concentrado na energia.

«O nosso herói», quando lhe pedíamos em casa para abrir latas e arrastar móveis. Ele enchia-se de orgulho e berrava «Eu, eu». A nossa mãe entregava-lhe uma lata de mostarda de Dijon, respondendo «Sim, tu, tu», enquanto ele franzia os olhos por causa do cheiro.

Quase ninguém passava pelo corredor da sala catorze. Dentro da sala, as luzes, os projectores e a parafernália do Snoezelen desactivados por falta de orçamento. Com a sala fechada, aquele fim de corredor tornara-se tão inútil como qualquer beco sem saída.

As empregadas costumavam manter as persianas a meio e fechar as cortinas. O corredor tornara-se uma extensão de sombra. Várias tonalidades de sombra: sombras de móveis que foram retirados, sombras de pessoas que já não passavam por ali, sombras das esquinas em ângulos de noventa graus. Mesmo com o decorrer do dia e da luz a forçar as cortinas e as persianas, as sombras pareciam dispersar-se apenas um pouco mais no sentido longitudinal, mas continuavam agarradas ao chão, às paredes e ao tecto.

Acontece que todos berravam no recreio e a Luciana queria descansar. Participava sempre na berraria, mas no meio daquela gente era como emprestar a voz a quem não sabia falar com ela. A voz misturava-se com outras mais graves, mais finas, mais neutras. Indignas do que achamos que é a nossa própria voz.

Entrou no corredor às apalpadelas no corrimão porque via mal e esquecera-se dos óculos na residência.

Pouca sorte.

Na última esquina, recuou e tentou não fazer barulho. Vira uma sombra mais branca. O Masturbador tratava de si próprio. Mantinha um olhar triste enquanto o fazia – talvez percebesse que não passava de uma máquina –, mas nisto viu a Luciana e a expressão alterou-se por completo. Agora era de vitória. Apanhara-a sozinha.

Agarrou-a pela camisola cor-de-rosa, puxando-a para si. Abria muito a boca e mostrava os dentes.

– Olé! – berrava.

Usava aparelho, o que significava que alguém se preocupava o suficiente com ele, com aquilo, para o querer bonito quando mostrava os dentes. Provavelmente uma mãe, ou até um pai. Para eles, quem sabe, fosse recompensa suficiente ver os dentes arranjados num sorriso de agradecimento, muito embora ele mostrasse esses mesmos dentes a raparigas como a Luciana.

Juntou-a ao seu peito e ela estrebuchou como um coelho encurralado. Enrolou-lhe o cabelo à volta da mão e abanou-a, arrancando algumas madeixas. A Luciana segurou-se ao corrimão e ele foi descendo para a agarrar pelas pernas. Puxava-a aos poucos para si, tossindo.

A máquina em propulsão geral contra a delicadeza daquelas pernas contorcidas.

Até este ponto, a Luciana não se lembrou de berrar ou de premir as campainhas que pendiam ao longo do corredor. De facto, não conseguia fazer nem uma coisa nem outra. A garganta sufocara com cuspo e a campainha mais próxima encontrava-se fora do alcance da mão. E estava muito agitada para pensar. No momento em que o Masturbador conseguiria por fim atirá-la ao chão, a Luciana engoliu o cuspo e projectou por fim gritos de encontro às paredes.

Correndo aos ziguezagues, o Miguel afastou-o da Luciana e esmurrou-lhe a cara em dois movimentos: movimento de braço muito para trás e movimento de punho muito para a frente. Com gestos desconexos, conseguiu mesmo assim pegar-lhe pelo pescoço e atirá-lo contra o chão, uma e outra vez. Depois aplicou-lhe pontapés onde calhava, nas pernas, entre as pernas e no tórax. Sob os pontapés, a roupa amassava-se no corpo do Masturbador e empapava-se de suor e começos de sangue. Estendido sem se conseguir levantar, o Masturbador arfava de medo enquanto sentia a redução da máquina a peças quebradas. O Miguel mantinha um silêncio de pugilista e saltava de roda dele até que deixou de haver por onde atacar. O inimigo fora reduzido a um corpo inútil.

A Luciana ainda berrava mas já não havia motivo para isso.

Quando os auxiliares chegaram, o Masturbador só conseguia mexer uma das mãos. Não que estivesse muito ferido, mas a humilhação constrangia-lhe os movimentos. O tronco e a cabeça apoiados à parede, o resto do corpo estendido porém em busca de movimento, não interessa qual, para dispersar a dor.

Então, mostrando que ainda era capaz, e que no fundo não lhe haviam retirado o domínio da máquina, perante todos, ergueu a mão até ao olho bom e arranhou o mais fundo que a sua força permitia. Daí escorreu um líquido que pingou no chão.

Reencontrei-me com o Quim depois de o Miguel ter aberto o quarto. Foi lindo vê-lo descer a rua que leva à minha casa. Uma espécie de trapo – digo, uma espécie de bandeira escalpelada – descia segurando-se a uma bengala sem borracha na ponta. Batia com a bengala no chão de pedra como se espicaçasse a barriga de um animal morto. Usava luvas por causa do frio, mas também porque não queria mostrar os ossos dos dedos e o punho, tendão sem nada a revesti-lo, género marioneta.

Ajeitava as luvas como uma mulher, com a ponta dos dedos, e cheio de medo de que um gesto indelicado lhe descompusesse os ossos.

Lascas de gelo substituíram a poalha de água que durante a noite assentou e se tornou orvalho. A bengala batia no chão para quebrar o gelo. Ao longe, o vento estalou os eucaliptos e os pinheiros e vergou a urze. O mesmo vento desceu ao rio e voltou, embatendo no Quim, qual homem que tropeça e se apoia noutro.

E o Quim manteve-se firme na tripeça.

Atrás dele, uma das casas abandonadas mostrava no frontão A.1857 (A. corresponde a ano), uma data sem significado perante aquela descida às arrecuas com medo de cair. Quer dizer, a bandeira que descia, o Quim, podia ser de 1857 como de 1504, 1143 a. C. ou 2027. No fundo, é um homem sem data ou terra. Não pertence ao Tojal e não pertence a ninguém ou a nada, nem aos pais nem à doença, embora ambas as pertenças sejam por demais evidentes.

Num momento parecia cair, noutro que já tinha caído e se levantava. E quando parava para respirar melhor era como se enchesse os pulmões à pressão. De qualquer forma, avançava encaixando os pés nas pedras que conhecia melhor, apoiando-se à parede da igreja em que deixava dedadas ao nível dos ombros.

Não conseguia aproximar-se mais da igreja porque, embora quisesse ultrapassar a porta, um medo infantil e mal instruído controlava-lhe os movimentos. Não queria sentar-se na igreja, nem que fosse a um canto por baixo do coro, nem mesmo junto à porta como por engano e prestes a sair. Depois dizia «Sou doente, não tenho de ir», mas no fundo sabia que não era livre ao recusar-se, que era dominado por um asco do qual, em suma, não sabia determinar a origem, um asco sem fundamento. O que interessa é que não transpunha a porta e por isso, ao colocar a mão na parede para se apoiar, entrava por procuração.

Vestia fato de treino. A bengala brilhava na pega húmida. As pernas abanavam nas calças lembrando canas a baterem contra tecido.

Cuspia para purgar o interior da boca. Mesmo depois de me ver, continuou a cuspir, até mais e com maior intensidade. Reparou em mim já muito próximo, ia eu a entrar em casa. Puxou outra vez as luvas para cima, segurou a bengala mais firme e endireitou as costas. Levou a mão ao cabelo para o alinhar, mas nisto lembrou-se de que era careca quase por inteiro.

Não conseguindo deter o movimento, passou a mão pela careca.

Pareceu-me mais fraco do que o normal. Demorou muito tempo, demasiado, a percorrer trinta metros. Chegou ao barracão ao lado de minha casa como depois de trinta quilómetros.

Nem sempre os fortes nos intimidam (os demasiado fortes são um pouco ridículos), mas por vezes os fracos fazem-no. O Quim intimida e fascina, integra as coisas que não conheço e me seduzem e repulsam ao mesmo tempo, como o sexo quando somos mais novos.

Está doente dentro da doença. Tomara a ele libertar-se, despir-se dos braços gelados e azuis, da magreza, dos próprios ossos, da pele que o envolve e que o agarra. Mas não basta despir-se. Tem de desaparecer, ir todo ele com aquele vento que antes quase o derrubou. Passar. Deixar de se consumir e de consumir os outros, viver pelo menos uma segunda-feira sem dizer «Aí vem mais uma semana».

Entrou no barracão e destapou a lona que protegia um Smart. Não sei porquê, colocou um autocolante de bebé a bordo no vidro traseiro. O sol queimou a cara do bebé.

Tornou-se maior, mais encorpado, dentro de um carro como aquele. Os dois têm um caso: o carro leva-o para onde ele quer e, em troca, o Quim cuida dele sempre que tem forças, sempre que não está atirado para a cama a murmurar «Filho-da-puta» a si mesmo. Adora aplicar óleo nos «Pneumáticos da minha viatura», e spray de brilho no tablier. Sempre que o faz, por muito que se estafe, sente que a vida vale alguma coisa.

Sente que a vida é um tablier que brilha.

Dizem que as sinapses do cérebro criam vícios, afundam os caminhos por onde as enviamos. Não é tanto uma questão de realidade, mas de insistência numa determinada realidade.

O Quim afocinha na sua, e só pensa noutras coisas quando trata do carro.

Depois sobrevém mais uma crise e desilude-se, mas, enquanto o sentimento de tratar o tablier perdura, é como se vivesse sobre rodas. No entanto, nunca apreciou o vento no cabelo, a brisa do mar e o vento no cabelo, o cheiro a caruma, o resfolgar de terra e pedras na carroçaria. Segundo me disseram, nunca vai além de Ponte de Telhe, nunca passa dos quarenta e nunca abre os vidros em andamento.

Era de esperar que fugisse, que uma vez por outra visitasse a costa, ou subisse à Freita, de onde se vê o mar em Aveiro.

O Miguel apareceu à janela. Disse «De todo! De todo!», sei lá porquê, e enrolou um pano de cozinha, torcendo-o como a espremer água. É assim. Conversa no seguimento do que está a pensar, como tantas vezes, e cabe-me adivinhar a que se refere «De todo! De todo!».

Os travões chiaram e o Quim travou ao meu lado, quase sobre os meus pés como os condutores que são mandados parar por um polícia e por centímetros não lhe esmigalham os pés na ânsia de perguntar «Que fiz, senhor agente?». Desceu o vidro até meio, subiu-o e só depois o abriu na totalidade. Parecia irritado por me ver. A minha presença ofende-o como ofende a presença de um irmão com o qual andamos às avessas.

Esperou trinta segundos puxando catarro, desengatando e engatando a primeira. Ligou a música, o segundo andamento da Nona Sinfonia (como é que Beethoven chegou aqui?), e comentou o tempo

– Está de chuva.

– Muito bem. Vai à sua voltinha? – perguntei.

– Pois sim. Ponte de Telhe, vou ter com os dos carros.

Passou os dedos pelos nódulos do volante, estendeu a mão e tirou o pó do lugar do morto. É ele quem domina. Depois calou-se para me manter em suspenso.

No outro dia dei-lhe demasiada confiança. Onde é que já se viu, levar aquele trapo ensopado de vinho até casa? Levá-lo aos ombros.

Apesar de tudo, reparei em algum entusiasmo. Notei algum descanso. Até acenou ao Miguel, que entretanto comia um pão à janela.

Nunca lhe tinha visto gesto tão simpático, e logo para com o Miguel. Porque merece ele, mais do que eu, um aceno de olá e simpatia? Porquê a afeição imediata dos outros?

Virei-me para mandar o Miguel para dentro. Acrescentei «Mas fecha a janela». Ele desapareceu mas não fechou a janela.

Entretanto o Quim puxou pelo motor, colocou o conta-quilómetros a zeros e engasgou-se no que ia a dizer. Então, sim, conta-quilómetros a zeros, motor ainda a arfar, olhou para mim, fixo, e disse

– Ah, já tratei deles.

«Deles» não teve entoação especial. As frases importantes são ditas tantas vezes entredentes. Percebi de imediato que foi por causa dessa afirmação que ele se dirigiu a mim com calma, como a saborear o que diria.

– Deles? – perguntei.

– Sim, estão para lá.

Ligou os faróis e apitou três vezes já depois da primeira curva.

O Smart meteu-se pela montanha.

Assim que o Masturbador ficou cego, passaram a obedecer ao Miguel. Sucedeu com naturalidade. Deixaram de temer o opressor para admirar o libertador, mas era o mesmo sentimento, olhar de baixo para cima, temer e amar, não saber ao certo a quem pertencem as próprias acções, se a nós se a ele, ao que manda. Pelo menos o Miguel era justo, queria saber da Luciana e pouco mais.

Embora passeassem pelos corredores como sempre, os dois formavam um par diferente, um par pelo qual os outros se mediam.

Quando se cruzavam com o Masturbador, aqueles que ainda se lembravam da coça do Miguel olhavam-no com desprezo; cuspir-lhe-iam caso não arriscassem traçar de cuspo a própria cara. Torna-se complicado quando ao cuspir também se quer projectar o ódio acumulado nas paredes do estômago. Muitos continham-se e não faziam nada porque, se por exemplo lhe pregassem um pontapé por trás, seriam tão pouco eficientes que mais valia deixar que os fortes e entendidos tratassem do assunto. Mais eficaz.

O Masturbador já não possuía uma máquina bem engrenada, não desejava as rapariguinhas, nem as conseguia ver nem nada. Tornara-se só o mais puro em si, aquilo que até então os mecanismos da luxúria reprimiam. Tornara-se outra vez menino quando, cego, se vira forçado a olhar para dentro de si próprio.

É impressionante como até o miasma pode ser lavado de nós. Basta deixar que o tempo actue como maré. O Masturbador deixara a maré entrar por ele e agora, renascido, fazia por apalpar os corredores de modo a ir para o canto mais recatado, onde as miudinhas não apareciam.

Quando os outros aproveitavam os intervalos para lhe pregarem rasteiras e ele caía com o nariz no chão e ficava esborratado de sangue entre os olhos brancos, não era no Masturbador que se vingavam. Espancavam um arrependido, muito mais do que aquele que assediara a Luciana no corredor do Snoezelen. Não sabiam que o nariz que espalmavam contra o chão, de certa forma, não era o nariz que fora apanhado a cheirar as mochilas das mulheres à procura de alguma peça de roupa perdida.

O Masturbador ainda possuía um corpo mecânico e fatal, é certo, mas faltava-lhe o volante. Guiava às apalpadelas, devagar, tocando com a palma da mão nas paredes, nos objectos, nas saliências, nas almofadas dos sofás e nos braços dos cadeirões. Irritava-se e dava murros nas paredes para fazer barulho e assinalar onde se encontrava, só que também acertava num quadro, partia o vidro e cortava a palma da mão em dois riscos que não deixavam cicatriz.

Nestas condições tornava-se fácil antepor um pé à perna dele, dar-lhe um encontrão de passagem, colocar um banco caído no meio do corredor, deixá-lo entrar numa sala e fechar a porta – até tinha piada. Era um jogo.

Na manhã da ida ao circo, os passos do dia-a-dia foram alterados. Ninguém estava onde era suposto. O porteiro andava pelo jardim, o contínuo fumava nas traseiras ao pé dos contentores, as educadoras conversavam, o motorista estacionou a carrinha à frente da porta em vez de a estacionar nas traseiras, as mulheres da limpeza varriam juntas um canto do corredor, a directora procurava as pessoas nos sítios onde supunha estarem, e uma mãe esperava à porta da secretaria para ser atendida. A funcionária pediu-lhe «Só um minuto, querida». Isto perturbava os utentes da APPACDM, que precisavam de estabilidade nos espaços e nos procedimentos.

E os objectos também não estavam onde deviam, quer porque a agitação deixara para trás mochilas e casacos, quer porque uma das deficientes que o Masturbador assediara se entretinha a derrubar obstáculos para ele tropeçar. Dispôs um banco no ângulo certo, fechou e abriu as portas, enrolou um tapete e espalhou folhas de jornal e livros infantis como *Um Conto para Cada Dia do Ano*.

Ficou a olhar para o campo de obstáculos e então, com calma, chamou o Masturbador. «Ó! Aqui!» Mas nem isso o Masturbador conseguia fazer como lhe pediam. Foi direito à voz e ultrapassou os primeiros obstáculos sem cair. «Não! Ali», corrigiu a rapariga. Ali era onde um banco se atravessava no corredor. Ele seguiu para onde a voz mandava porque ficou contente por alguém falar com ele. Seguiu quase a correr, mas nisto os pés bateram em madeira, ou em algo com a consistência da madeira (ele não via), os joelhos no chão e a cabeça arrastou-se pela parede até esbarrar num caixote do lixo.

Muitos soltaram as gargalhadas mais bonitas.

Depois de cair, o Masturbador foi à casa de banho limpar o sangue que pingara sobre e entre os olhos. Aí mediu as suas misérias, choramingando sentado na retrete. Queria contá-las, a ver se eram tantas ou tão poucas que desse para as apontar pelos dedos de uma mão, mas nunca acertava nas contas.

Levantou-se, enxaguou a cara e os restos de sangue escorreram pelo ralo, acumulando-se nas falhas da porcelana. Assim que a água limpou o último vestígio, já não se lembrava do que sucedera. Acontecia sempre assim, ele esquecer-se. Limitou-se a sair da casa de banho guiando-se pelo corredor até à recepção onde a secretária fingia que não ouvia o telefone. Dirigiu-se à sala de convívio.

A Luciana ocupava um sofá. O Miguel ainda não se sentara. Um paralisado cerebral tentou estender a mão atrofiada em gancho. Quase a tocar no cabelo da Luciana, esta disse «Xô!» e o Miguel disse «Xô!» logo de seguida. O paralisado afastou-se. Os utentes aguardavam a carrinha para irem ao circo. Queriam ver o maior espectáculo do mundo.

O Masturbador passou pelo Miguel e apoiou-se nele. O Miguel ajudou até perceber quem era, depois deixou-o encontrar um lugar sozinho. Demorou muito tempo à procura, pedindo um espaço sem que ninguém lho cedesse.

O Miguel nunca alinhara no linchamento. Arrependia-se um pouco de ter batido no Masturbador, embora soubesse que dadas as circunstâncias fora a única hipótese. Não valia a pena pontapearem-no todos os dias, ou entregarem-no ao Caranguejo para que este se satisfizesse. Era bonito de ver, o Caranguejo a fechar a pinça naquela perna desorientada, o Caranguejo a andar de lado e a voltar para mais uma apertadela.

As educadoras gostavam; quer dizer, fechavam os olhos. Na perspectiva delas, quanto mais ele apanhasse, mais cedo o poriam dali para fora. Queriam-no na rua porque, enfim, de facto não tinham condições para uma pessoa daquelas: deficiente, cego e infeliz, para mais gerando tanto incómodo.

Por essa altura, a vida do meu irmão estava muito cheia. No colégio, lidava com os ciúmes que sentia da Luciana, lutava para manter a Luciana, evitava o Caranguejo e evitava as educadoras. Também evitava o Masturbador. As actividades continuavam iguais a sempre, mesmo estando mais velhos, só que agora nem sequer deixavam o Miguel e a Luciana juntos na mesma sala. Encontravam-se nos corredores e isso sabia a pouco.

Em casa entediava-se porque não queria ver televisão, não fosse sentir atracção por alguma actriz, como dantes. Embirrava com os nossos pais, à vez, e comigo sempre. Perguntava «Vais embra?» e eu respondia «Em breve», mas sabia que ir embora não significava nada para ele, era só a reprodução do que eu conversava com os meus pais, o meu desejo de seguir Literatura. Decerto ele não entendia o que isso implicava, embora escolhesse sempre o contexto mais adequado para o perguntar, por exemplo depois de uma discussão. «Vaite embora», sugeria.

Eu era qualquer coisa a mais, como os morcegos na biblioteca do Convento de Mafra.

Dava-me algum gozo pensar que sim, que mais cedo ou mais tarde me punha a andar e então o Miguel perceberia o que representava eu viver em Lisboa, longe dele. Mas também temia que a minha partida não mexesse com ele, ou que mexesse para o lado da felicidade.

O Miguel sentou-se por fim no sofá ao lado da Luciana. Detestava o circo, ainda se lembrava da jibóia que lhe tinham atirado para os ombros da última vez. Não sabia o que o repulsava mais, se a pele fria, se a falta de ânimo daquele animal que parecia uma corda grossa e não lembrava a dúvida entre chapéu ou elefante a ser digerido. O réptil nem levantava a cabeça.

A entrada custava na altura uma nota inteira. No dia anterior, a minha mãe, muito zelosa de lhe explicar o valor de uma nota, segurara-lhe na mão.

– Fecha os olhos. Assim. Toma.

Era suposto que o meu irmão ficasse contente por transaccionar em nota. Até aí transaccionara sempre em moeda, com a minha mãe ao pé da caixa do supermercado à espera de que o Miguel aceitasse o troco sem confusões. Mas não ficara contente. A nota não pesava tanto como a moeda: valia menos.

Com ou sem nota, não gostava do circo e não gostava que o obrigassem a ir. Não queria, não queria e acabou. Não o iam obrigar, não o iam obrigar – e continuava este discurso de criança até que um berro do pai o calava.

Mas já não era criança. Tinha dezassete anos.

Decidira fazer alguma coisa. Não ir ao circo, ficar no colégio. Na sala de estar, prestes a sair para o circo, levantou-se e escondeu o envelope com a nota e a autorização dentro das calças, através da braguilha. Os utentes seguiram para o estacionamento. Enquanto ele esperava à frente da carrinha, sorria por ter resolvido o problema sozinho, por ter obedecido à sua própria vontade. Saltitava e coçava a nuca de satisfação. A Luciana sorria também, mas sem saber porquê. Sorria porque ele sorria. Sorria porque gostava dele.

Gostava dele muito menos do que ele gostava dela.

À espera, cada um para seu lado, os deficientes abanavam as notas sobre a cabeça, metiam as notas na boca, debaixo dos braços, dentro das mochilas. Queriam brincar e queriam muito ver o circo e portanto não conseguiam ficar sossegados até entregarem a nota ao motorista. O Miguel contrastava com os outros porque não segurava na nota e porque permanecia sossegado, mesmo quando a Luciana se virava para trás e lhe atirava beijos.

O motorista perguntou

– O dinheiro?

e o Miguel respondeu

– Nao ha.

– Muito bem, vá, raspa-te para dentro.

A Luciana já entrara e nem reparou que o Miguel não seguia atrás dela.

Quando regressou à sala, o Miguel só encontrou o Masturbador. A auxiliar dissera-lhe «Tu não sais daqui» e sentara-o num banco ao lado do sofá.

O Masturbador adorava o circo, era a única ocasião em que se sentia apaziguado. Batia palmas como verdadeiro deficiente. Fora apenas uma vez ao Victor Hugo Cardinali mas divertira-se para o resto da vida. Agora seria impossível voltar ao circo. Só iria se os pais lhe dessem dinheiro e os pais tinham-se cansado dele. Gastaram fortunas no aparelho sem resultados. «O gajo nunca se ri», dizia o pai. Naquele corpo, só os dentes ficaram perfeitos e, apesar disso, ele mantinha a boca fechada. Não autorizaram que ele fosse. «É que não abre mesmo.»

O Miguel sentou-se ao pé dele. Gente ainda à frente da carrinha. Carregar as cadeiras de rodas tomava o seu tempo. O elevador elevava o paralisado que tentara tocar no cabelo da Luciana e o seu barulho lembrava uma engrenagem a moer os elos.

Ouvi o mesmo som numa rua de Lisboa, pouco depois de me ter mudado para lá. Às nove da manhã, uma carrinha igual ia buscar um paralítico a uma rua estreita. Chegava sempre antes de um homem gordo acompanhado por uma mulher gorda. «Todos os dias esta merda! Despachem lá isso!», berrava, apitando. O barulho da buzina sobrepunha-se ao barulho do elevador.

O Miguel fizera planos. Ia comprar um anel para a Luciana com aquela nota. De preferência um anel como os da mãe, daqueles de ouro que faziam olhar para os dedos. Entregava o dinheiro à nossa irmã Matilde, que comprava o anel às escondidas. Depois o Miguel metia-o na mochila e dava-o à Luciana durante o almoço, a seguir à sopa. Ela gostava imenso de sopa. De certeza que ficaria feliz. Isto é, ficariam os dois ainda mais felizes porque o anel solucionaria os ciúmes. Funcionaria como a assinatura «Miguel» no dedo dela.

E ninguém se atreveria a passar por cima de uma assinatura.

A imagem da Luciana com o anel dissipou-se e sobre ela apareceu de novo a cara do Masturbador. Ninguém o importunava e ele sentia alívio misturado com tristeza, já que entretanto percebera que ninguém o importunava porque iam ao circo. Ele não. Os pais não quiseram mandar o dinheiro. Mas ainda que fosse ao circo, de que lhe adiantaria? «Tu não vais porque não consegues ver», disseram-lhe.

Não estava resignado porque desconhecia o significado da resignação, mas o corpo resignara-se por ele. As mãos estendidas como a mostrar duas chagas, a cabeça recostada e esquecida, as pernas ainda a mexerem, mas a mexerem apenas no movimento de parar. Não pretendia tocar nos olhos, não os queria arranhar, não desejava nada, excepto que o deixassem em paz. Ao menos ficara sozinho sem ninguém para o chatear. Não percebia o que se passava, nem percebia o que sentia. Por isso desistiu como uma pedra que se atira para um charco – desistiu até ao fundo.

O Miguel sorriu àquele gigante sentado. Parecia uma barriga gorda enrolada sobre o próprio eixo, ou um saco fechado num nó estreito. Metia dó, mas não o suficiente para manter os olhos nos olhos dele quando as duas órbitas baças paravam na sua direcção.

Suponho que sentir dó é sentir empatia com o outro, é colocarmo-nos no lugar do outro, e o Miguel começara a fazer isso sem entender.

As educadoras passavam, mas o Miguel não deixava de olhar para o Masturbador. O sacana não se mantinha direito, escorregava pelo banco e levava as mãos à cara para limpar o suor, a baba, o ranho, mas não chorava. Limpava o suor na testa e depois limpava a mão à camisola e às calças. Muito devagar. Mesmo devagar, por preguiça ou inércia. Se dispunha do sofá ao lado, porque é que escolhera o banco? E além disso, ao menos que se sentasse bem. «Costas direitas, língua para dentro», como mandava o nosso pai.

O Miguel levantou-se e deu-lhe um empurrão para o lado do sofá, que foi como quem diz para ele se sentar no sítio mais cómodo. Nisto, ouviu as únicas palavras da boca do Masturbador, dois restos de frase que terminavam em

– O circo? O circo?

Era como se ouvisse uma música com a qual se identificava.

Numa demonstração de ternura, abriu a braguilha, tirou o envelope de dentro das calças e fechou-o na mão do Masturbador. Levou-o pelo pescoço até à carrinha. Só faltavam quatro pessoas.

– Aqui. Espera aqui – murmurou.

Quando a carrinha arrancou, já o Masturbador começava a bater palmas.

Depois disto teriam ficado amigos, mas no dia seguinte o Masturbador não voltou ao colégio.

Não sei o que pensar de «Estão para lá» e «Já tratei deles». Suponho que não queria dizer nada. Ou seja, não quero que signifique nada. Com certeza o episódio do tractor, «aquilo não ia para cima deles», foi mais devaneio do que realidade, assim como o ódio pelos pais apenas consequência do mau vinho. «Olá, mãezinha!»

Apetece-me fumar. Nunca fumei. Apetece-me o gesto da mão a fumar, o fogo controlado das mortalhas a consumir-se em cada passa, o tabaco a morrer por mim, a entregar-se na brasa diminuta, a cinza que fica agarrada ao cigarro até que lhe dê uma pancada na berma do cinzeiro, o acto de esfregar a beata, de dar o ritual por concluído. A minha mulher fumava cigarrilhas na cama antes de adormecer e depois de acordar.

Apetece-me sobretudo porque o cigarro distrai e não quero pensar em «Estão para lá» e «Já tratei deles», mas fumar e pensar em fumar é quase o mesmo, distrai da mesma maneira. O fumo dos cigarros da minha mulher subia pelo abat-jour ao lado da cama e a luz definia o seu fluxo como uma performance em palco, diferente das baforadas cinzentas que ela lançava quando tossia.

O barulho da televisão interrompe-me. De tão alta, a voz de uma Maria do Céu Guerra palpita nas paredes e perturba a superfície das folhas, nos livros. Perturba tudo.

– Mais baixo, porra!

– Hum!

Ainda consegui observar pela janela os faróis do Smart em plena estrada a subir os montes e a apitar nas curvas, como em celebração. Observei-o e sobre ele, no rasto, surgiu a frase «Estão para lá».

Vai longe. Decido que preciso de ir à casa.

Como não quero deixar o Miguel sozinho, obrigo-o a acompanhar-me. Subo ao quarto, faço-o desligar a televisão e vestir calças e uma camisola. Quer vestir as calças com as duas pernas ao mesmo tempo. Ajudo, deixando-o apoiar-se nos meus ombros.

– Despacha-te. Vamos à senhora Olinda.

– Qué?

– À senhora Olinda.

Saímos. Temos de ser rápidos para regressarmos antes que o Quim apareça. Levo o telemóvel no bolso caso seja preciso fazer um telefonema. Os pauzinhos piscam, a rede nunca chegou ao Tojal. Ao passar pela igreja, toco com os dedos no mesmo sítio em que o Quim se apoiou. O Miguel imita-me e reparo que o braço estendido sobre a parede está despido. Apesar da temperatura, vestiu uma T-shirt.

No Tojal qualquer lugar fica à distância de um minuto a pé. A casa da senhora Olinda encara a igreja do outro lado do largo.

Bato à porta. Ninguém responde. Rodo a maçaneta e a porta abre-se. Entramos. Digo ao Miguel que esteja calado e levo-o pela mão. Arrasta as pernas. Um cheiro a coisas esquecidas e acumuladas. Fétido, é o que é.

A cozinha fica à esquerda de quem entra. O zumbido do frigorífico. Tudo quieto e ninguém lá dentro. Rebentam algumas fagulhas na lareira. O fumo espalha-se pelo tecto ainda aquecendo restos de carne. Apesar disso, lembro-me de a senhora Olinda dizer «Não precisamos de fogão» enquanto uma camada de fumo lhe envolvia os olhos. Ao lado da mesa, uma gaiola de canário e dentro um canário com a cabeça metida na asa.

À direita, o corredor leva ao quarto da senhora Olinda e do senhor Aníbal, se bem me recordo. O cheiro vem de lá. Não ligo as luzes e vamos pelo corredor espreitando às portas antes de alcançarmos o quarto principal. Digo ao Miguel que não faça barulho. Ele não faz barulho. Aperto-lhe a mão com força e mesmo assim continua calado. Vamos espreitando. Não há nada dentro dos quartos, uma cama, um quadro, um móvel ao menos.

O quarto do Quim, no andar de baixo, deve estar cheio. Imagino-o com vuvuzelas por baixo da cama, dentro dos armários e atrás da porta. Vuvuzelas imensas e uma profusão de outros objectos como mochilas velhas, três ou quatro bengalas, luvas, cachecóis intermináveis, almofadas, binóculos, revistas, canetas, porta-chaves com carros em miniatura, quarenta e três livros que ele nunca leu guardados em duas caixas de cartão, uma revista pornográfica, uma roda de bicicleta, dois ratos de computador.

Não ligo as luzes porque sou levado por um desejo de manter o ambiente o mais soturno possível. Aquele desejo característico de perdido por cem, perdido por mil.

O Miguel não se assusta. Não está, como eu, à espera de que um corpo rebole até aos nossos pés.

Por fim, estico a mão e empurro a última porta, que se abre sem ranger. Silêncio. No centro do quarto, uma cama de casal. No centro da cama, o casal. Distingo a forma de uma caçadeira encostada a um banco. Roupas sobre o chão ao pé do banco. Mais algumas peças, calças, em frente de um armário em forma de caixão.

A janela aberta dá para a várzea. Ouve-se o resfolgar do Paiva. A caçadeira é a mesma de quando foi preciso abater o cão Átila depois de o carro o ter atropelado. O senhor Aníbal deu-me a caçadeira e disse «Não tenho coragem», enquanto a senhora Olinda repetia «Deus meu, os olhos mesmo à banda». Eu disse que tinha coragem, mas não sabia mexer na caçadeira. O cão sofreu durante dois dias porque o senhor Aníbal tinha como mas faltava-lhe a coragem, e eu tinha coragem mas faltava-me como.

Não consigo identificar manchas no corpo da senhora Olinda, mas a sua posição, como se estivesse a dormir, parece ao mesmo tempo natural e mais do que natural, como arremessada por um impacto. O cabelo, normalmente agarrado, queda-se solto numa onda uniforme. O corpo do senhor Aníbal tem o braço estendido por cima da mulher, a mão torcida sobre o cabelo dela. Está de barriga para baixo e o pescoço e a cabeça forçam o colchão. A cara quase enterrada. O mais estranho é que, apesar de não usarem os cobertores, não consigo distinguir mais do que formas e sulcos.

Do outro lado da cama, o Camões lambe as patas durante o sono. Quase não tem pêlo. Tenta aproveitar parte de um cobertor caído, mas não se enrosca devidamente.

O Miguel resmunga atrás de mim. Não percebe o que se passa, onde estamos, e quer ir para casa. Enfia o indicador nas minhas costas. Empurro-o em direcção à cama e digo

– Põe lá a mão.

Quando o Miguel está prestes a tocar no cabelo da senhora Olinda, dou-lhe uma pancada leve para que se despache, para que ponha por fim a mão no corpo. O braço dele paira sobre a cama, desce sobre as formas, afaga já os primeiros fios do cabelo da senhora Olinda, quando se ouve um ronco vindo do emaranhado dos dois corpos e logo de seguida «Tá quieto, Aníbal!».

Estavam só a dormir.

Puxo o Miguel e saímos tão silenciosamente como entrámos. Encosto a porta e eles nem percebem que lá estivemos.

Apressamo-nos de regresso a casa. O Miguel fica para trás mas também corre com os braços por cima da cabeça.

Sempre correu atrasado em relação a mim.

Atiro-me para o sofá. Parece que levei uma coça do Quim. Agora é que me apetece fumar e já nem sequer penso no raio das cigarrilhas da minha mulher. Fumar só por fumar, como quem procura conforto e precisa de carinho.

O Miguel vai a subir as escadas. Antes que desapareça, pergunto

– Gostas de mim?

e, como sempre, ele responde

– Da Luciana.

A partir de Março o sol entrava pela janela da sala num feixe que se estendia desde o tapete até ao sofá. Como animais de sangue-frio, deitávamo-nos no tapete de barriga para cima e deixávamos que o sol varresse o desânimo e a letargia que se haviam acumulado em nós. E era bom e animador porque o corpo desaparecia na luz e só os sons e os cheiros contavam. Sons como a respiração e cheiros como a ráfia que protege a varanda, e até o cheiro da terra em processo de secagem. A luz, os sons e o odor anunciavam o fim do Inverno e o início da felicidade.

A minha mãe costumava instalar-se no centro do sol, no centro do tapete. Por vezes quebrava o silêncio ligando a televisão em algum programa de debate político. Estendia os braços para trás, deixava que também nos deitássemos e quase adormecia. Suponho que nesses dias de Março se sentisse feliz porque o sol apagava as imperfeições do Miguel, podendo entregar-se à fantasia de ter dois filhos com o mesmo número de cromossomas. A luz queimava as arestas, arredondava os factos e reduzia a vida ao mais essencial: dois filhos.

O Miguel chegara a adulto mas sentia como criança. Por exemplo, tinha medo de entrar no quarto dos pais. Lembrava-se de algum episódio da infância, de algum berro «Não entres aí!» ou qualquer ânsia de ficar trancado. Talvez por isso, o instinto impedia-o de entrar sem ir de frente contra si próprio.

Como, no escuro, sentir que a qualquer momento bateremos numa parede imaginária.

E agia como criança, embora a barba por fazer disfarçasse mal a idade. Ainda subia as escadas de casa com a mesma ânsia e ao mesmo ritmo, às cinco da tarde depois de a carrinha o deixar. Comportava-se como sempre, inclusive não entrava no quarto dos pais sem autorização.

Eles eram ao mesmo tempo a chave da vida e a chave do quarto e a chave de outras coisas como o almoço e o jantar.

Foi nessa altura que assumi que ele nunca viveria de A a Z, porque habitava num tempo sem evolução e sem objectivos para além dos imediatos. As coisas estavam bem como estavam, ele não sentia aquele impulso típico de quem sonha. De quem pretende evoluir. Ansiava apenas a Luciana e já a conseguira, desejando sem reservas a vida que levava. Ou talvez nem desejasse, porque desejar implica não ter e querer. Era feliz como um bicho satisfeito com a toca e a comida, e essa felicidade plena começou a despertar em mim uma espécie de contraste, um cisma, uma aversão que não conseguia qualificar sequer em sentimentos, quanto mais em palavras. Era difícil admitir menoridade face a um deficiente, sim, porque nessa altura o Miguel passou a ser menos irmão e mais deficiente, como se não houvesse diferença entre ele e os outros mongolóides.

Eu nascera inteligente e perfeito, ele nascera inimputável e incompleto. Sendo irmãos, não podíamos ter nascido em lados mais diferentes da vida e, no entanto, um de nós conquistara o centro da vida e o outro não. O Miguel abdicara de todos os dons antes de nascer e por isso conquistara o paraíso na terra e Deus guiava-o pela mão, aceitando o que ele oferecia. Crescera anjo ferido, na expressão do nosso pai. E eu acrescento:

crescera anjo ferido e não sabia disso. Bastava-lhe existir para existir bem, em paz.

Já eu não abdicara de nada, permanecia inteiro e guardara os meus dons, motivo pelo qual talvez sentisse dificuldade em encontrar a mão a que me agarrar. Porque eram meus, oferecer os dons parecia um sacrifício grande de mais, como desperdiçar o melhor de mim. E temia que os meus dons não fossem aceites, mesmo procedendo sempre bem. Temia que alguma voz, fosse de quem fosse – de um amigo, de uma mulher, dos pais e até de um desconhecido –, me perguntasse «Estás zangado porquê?», descobrindo o reverso das minhas qualidades.

Pelo menos, eu sabia que precisava de entregar qualquer coisa em troca, e essa coisa pedia perfeição, por isso ainda não a encontrara. Viver sem retribuir é inútil, mesmo que a retribuição seja insignificante: a senhora que aprende ponto de cruz no YouTube porque ninguém a ensinou, o professor que tenta decifrar um incunábulo, o empregado que aumenta a dosagem e a pressão da máquina para tirar o melhor café da cidade, o revisor de provas que não quer perder uma gralha e para isso cansa os olhos porque elas voam e pousam sempre em palavras diferentes, o motorista de autocarro que faz as curvas com suavidade, o calceteiro que martela a pedra estritamente dentro do desenho, enfim, algum gesto que distinga pela excelência, mesmo em circunstâncias corriqueiras.

O Miguel nunca pensou nesta necessidade de retribuição e apesar disso entregara tudo, trocando a vida pela moeda boa.

E, para mais, ninguém lhe perguntava «Estás zangado porquê?», ninguém esperava nada dele. Qualquer acto ou frase, por não serem esperados, excediam a falta de expectativas. Não ser esperado era nele a causa de ser querido. Se pensarmos bem, a Luciana também não esperava nada dele. Mesmo que o Miguel não lhe desse um anel, não deixaria de o amar, nem o julgaria menos apto a amá-la.

Justamente nesse último Março antes de eu me mudar para Lisboa, há vinte e tal anos, enquanto a luz nos cobria secando a pele da cara, aprendi a dar outro nome ao cisma: a designação correcta encontra-se na página 2156 do Dicionário da Academia, sob a letra «i».

O Miguel não desistira do anel. Abdicara de uma oportunidade pelo Masturbador, mas não desperdiçaria a do quarto dos nossos pais, mesmo tendo de entrar sozinho. Aliás, o Masturbador nunca mais apareceu na APPACDM, pelo que a nota fora mal gasta num idiota que ainda por cima tentara qualquer avanço com a Luciana.

Se ao menos tivesse mantido a braguilha fechada, agora poderia usar a nota do circo para comprar um anel de ouro como os anéis de ouro que as actrizes rodavam nos dedos. Mesmo inevitavelmente mais largo do que o dedo de osso da Luciana, como seria bom deslizar aquele metal na pele dela e em simultâneo observar a reacção, um grunhido, um salto, um «Obrigada!» na voz sumida mas inebriante. Depois ouvir «Gosto de ti», e abraçá-la.

No fundo, a Luciana assemelhava-se a um estado de espírito que insistia em perdurar e que lhe consumia a alma e picava a carne. Ela embrenhara-se tanto nele que se tornara difícil perceber o fim de um e o começo do outro. Nascera como uma coisa pequena dentro dele que fora crescendo para os lados, ratando e fazendo-se notar até que só ela pulsava intensamente. O que era dele era dela; ele era ela. Isto porque a coisa pequena que se insuflara dentro dele se chamava amor.

E assim urgia marcá-la com um anel. Precisava de demonstrar que o amor significava posse.

Com ou sem anel, a Luciana já vivia em cada gesto do Miguel. Se a Augusta olhava para ele com ternura, e olhava-o muitas vezes desse modo, ele chamava-lhe cabra, uma palavra que decorara mais pela expressão de quem a dizia do que pelo significado. Só a Luciana podia olhá-lo com ternura e, se ele percebera a ternura da Augusta, a Luciana também perceberia e sentir-se-ia triste e traída.

Das poucas vezes que eu lhe perguntava «Miguel, gostas de mim?», ele respondia

– Da Luciana, da Luciana.

visto que o único amor é o amor pela Luciana. Não gostava de mais ninguém, nem do irmão.

Nele, a mente de criança dirigia o corpo de adulto. Assim, fixou a ideia no quarto dos pais, onde a nossa mãe guardava cachos de anéis. De ouro, de prata, de pechisbeque. Anéis enfiados em mãos de manequim aparafusadas à parede e anéis em estojos guardados nas gavetas.

Chegou à porta do quarto. Vencera o medo em prol da Luciana. Empurrou a madeira primeiro com uma mão, depois com as duas e prosseguiu com o ombro. Sabia que estávamos deitados na sala a apanhar sol e por isso tomou o seu tempo. Sentou-se no chão e pressionou o rodapé da porta com os pés. Era uma porta antiga e bem trabalhada, cheia de ferros por dentro, quase incrustada na ombreira. Por trás da porta, tantos anéis quantos ele quisesse oferecer à Luciana.

Faltava a chave. Encontrou-a numa estante, mas não tinha altura suficiente. Quase despejou a fúria na colecção *Vampiro* guardada nas estantes do meio, mas depois pensou que seria mais fácil encontrar um anel noutro sítio. Sabia que não podia pedir as chaves a ninguém, muito menos a mim. Perante uma contrariedade, por regra cedia à fúria, mas desta vez controlou-se porque a importância do que procurava exigia calma.

Ainda insistiu rodando a maçaneta, mas nada feito.

Entrou na sala e perguntou «Estao dormir?». Como não obteve resposta, apenas o ressonar baixo da mãe, sentou-se ao lado dela e pegou-lhe nas mãos à procura de um anel. O cabelo louro e dormente da nossa mãe integrava-se no sol de tal modo que a sala parecia uma cabeleira a toda a volta.

A mão esquerda vazia. Já era uma mão de velha. Pousou-a devagar, afagando-a, dando beijos nas unhas e sorrindo de tanta ousadia. Porém, na mão direita, os dedos vazios excepto um, o segundo depois do mindinho, onde encontrou um anel perfeito, liso, de ouro. Salvo erro, o único anel que a mãe usava sempre.

Eu quieto mas a observá-lo pelo canto do olho.

Não conseguiu retirá-lo porque estava muito justo, prendia-se ao dedo numa ondinha. Parou por alguns segundos com medo de que a mãe acordasse. Depois encontrou a solução. Cuspiu no dedo e rodou o anel sobre si próprio para que o cuspo entrasse. Então, sim, sem ondinha, o anel escorregou. Guardou-o no bolso e refugiou-se no quarto.

Eu devia ter-lhe tirado o anel ou acordado a mãe, mas preferi deixá-lo viver um pouco a fantasia. Enquanto guardasse o anel no bolso sentir-se-ia senhor de si mesmo, senhor da Luciana, senhor do mundo. Como os heróis da literatura fantástica, ele descera ao submundo e regressara com o talismã. E, como esses heróis, o orgulho era sinónimo de descanso e felicidade. Decidi por isso deixá-lo alimentar-se da fantasia até não a conseguir distinguir da realidade.

Quanto mais tempo decorresse, mais a sua vitória pela Luciana seria um facto consumado.

A Augusta tirou o pó à casa terminando na sala. O Miguel tomou banho e a Constança visitou-nos. A Inês apareceu mais tarde com o marido e os filhos. A filha mais nova brincou com o Miguel e levou-o ao pátio. Não interessava que o tio estivesse de pijama, só queria brincar. O sol desapareceu. As minhas irmãs foram-se embora antes do jantar. O Miguel pôs a mesa sem esquecer os castiçais. Durante o jantar o nosso pai descreveu um incêndio numa mata seca. Dava nome a cada chama e atribuía intenções às rajadas de vento. Depois do jantar regressámos à sala.

A cara do Miguel disfarçava mal o desejo de chorar. Sentia-se feliz com a perspectiva de entregar o anel à Luciana, conquanto soubesse que para ele tanto fazia porque já estavam casados, ou algo semelhante. A sua felicidade era apenas perturbada pela dúvida de ser correspondido em pleno, o que o impelia a marcar a Luciana como sua. Assim que lhe desse o anel, todos saberiam o que significava e ninguém ousaria intrometer-se.

Antes de se deitar, escondeu o anel bem fundo na mochila que levava para o colégio. Guardava-a sempre junto à porta da rua para não a esquecer. Adormeceu logo devido à exaustão de pensar coisas felizes e porque queria que o dia seguinte chegasse o mais rápido possível.

Mal adormeceu, remexi na mochila em busca do anel. Encontrei-o embrulhado numa folha do *Expresso*. Desdobrei o jornal

Página trinta e dois, notícias internacionais.

e coloquei o anel à vista, em cima da mochila.

A minha mãe passou quatro vezes pela porta antes de olhar para a mochila. À quinta, sorriu e disse

– Que disparate, deixei cair a aliança na mochila do Miguel.

Quando chegámos, o Tojal cabia num bolso. Agora cabe num porta-moedas dentro do bolso. É que não quero cruzar-me com o Quim e num sítio assim tão pequeno, tão repetido, basta pôr os olhos na rua para o encontrar. Estou sempre à espera de que a bengala surja numa esquina, ou de que o Smart saia da garagem e ele me diga mais qualquer coisa perversa como o «Estão para lá» de ontem.

Ou que use as mãos de corda com outros intuitos que não guiar, comer, agarrar-se à bengala e soprar a vuvuzela. Não consegue repousar as mãos: mesmo agarradas à bengala, não param de estalar os dedos.

Pensando melhor, nem sequer preciso de olhar para a rua, basta permanecer atento que a qualquer segundo o grito da vuvuzela solta-se no Tojal como uma praga, uma peste, algum tipo de miasma que entra pelos ouvidos, pela boca, pelos olhos, tanto faz, mas que se impõe, que nos viola.

Só que, porra, não posso ficar encurralado na minha própria casa. Num sítio como o Tojal, um cerco é qualquer coisa de notável, um feito de malabarista sem corda, sem rede, sem nada. Sem entusiasmo.

Basta abrir a porta, respirar um pouco de ar, esticar as pernas, ir até à fonte e voltar. Aliás, o Miguel sentou-se ao meu lado, em frente da televisão, e agora estala os nós dos dedos como o Quim, mas sem a mesma intensidade. O som dos dedos lembra os estampidos de uma lareira quando as achas amansam. Quase com o braço sobre o meu, murmura frases sem sentido, que é como quem diz «Vai-te embora». À nossa frente, os bailarinos do poster Decca. As mãos dele também dançam.

Numa aflição, ou em qualquer constrangimento, o Miguel reduz-se ao mínimo. Encolhe os ombros, esconde-se num canto, reprime o choro até ser inevitável chorar.

Quero sair. O Quim não importa. Esta agora, chegar ao fim do mundo e não poder aproveitá-lo. Tudo porque o Quim é aquilo que há de pior no ser humano: sendo igual a mim, não é meu irmão. Por isso não percebo as pequenas perversões e as amarguras. Ou melhor, percebo mas não sinto empatia e julgo-as como se lhes faltasse contexto. Julgo-as pelo que valem, não pelo que significam. Interessa-me lá bem que ele tenha nascido fraco no pior sítio para se ser fraco. Situação ainda melhor para se superar, diria. E ainda sinto algum ressentimento, talvez até mais do que em relação ao «Estão para lá», por ele ter dado o assento do tractor à minha namorada daquela vez em que nos foi buscar ao Paiva. Eu bem vi a alegria dele em tê-la ao pé de si, em poder espiá-la no contraste do pôr-do-sol. Por outro lado, o «Estão para lá» espicaçou apenas a minha imaginação, por si só não significou nada. E mesmo que «estivessem para lá», que mal viria a este fim de mundo?

Se de facto fosse meu irmão, talvez o percebesse e tolerasse.

Por fim saio. O Miguel desata às palmas mal fecho a porta. Quer a casa só para si.

Sem mim, é-lhe mais fácil imaginar que a Luciana regressará a qualquer momento.

E quer a casa só para si por outro motivo. Comigo fora, pode aumentar o som da televisão e ver telenovelas como se a voz das actrizes detivesse corpo, tal como fazia antes da Luciana. É assim que a substitui enquanto ela não volta. As actrizes servem de paliativo, amparam-no pela imagem e pela voz, embora não possam entregar-lhe o tal corpo que cresce através do som. Ficam sempre atrás do ecrã.

No Porto proibi-o de ver telenovelas, mas aqui deixo, para que se entretenha.

Cá fora, o primeiro sol quente do Tojal desde que chegámos. Um som de vara a bater na pedra, os berros do senhor Aníbal «Agora sou eu, agora sou eu!» e a resposta da senhora Olinda «Isso é que tu querias. Tira daí!». A voz dele é mais vazia, a dela mais cheia.

A igreja tapa a vista do largo mas eu sei que a vara bate na fonte. Contorno a igreja pelo lado do rio. O Paiva escava a sua cama numa torrente cada vez mais volumosa.

A senhora Olinda coloca as socas na fonte, substituindo as do senhor Aníbal. Este calça as socas, que pingam água escura sem fazerem barulho no chão, embora os passos caiam pesados. Desce para o campo deixando um rasto de água no xisto. Acena-me sem dizer uma palavra ou atrasar o passo, sem murmurar ao menos um «Então vá». Fico a sós com a senhora Olinda mas ela ainda não me viu. Entretém-se a mergulhar as socas bem fundo com a vara.

Imita o gesto de quem afoga o cachorro que nasceu deficiente.

Mergulha a vara uma e outra vez até que, tal como o cachorro, as socas desistem, batendo no fundo com a sola virada para cima e a madeira dilatada. A senhora Olinda observa-as com a mão na cintura, a mesma mão que segura a vara, mas fica imóvel quando uma delas liberta um cacho de bolhas e sobe até meio da fonte, dando duas voltas e tornando a mergulhar para o fundo. Ela sabe como se faz. O bocal da fonte, uma mangueira de borracha cortada na diagonal, expele fios de água aos arremessos.

Como num documentário da vida animal, o ser observado não sabe da existência da câmara, e isso gera uma intimidade de outra forma impossível. Vejo-a como se ela estivesse só. Veste um tecido preto enrolado várias vezes à volta da cintura. Os braços brilham de água e suor à medida que ela desarregaça as mangas. Tem dificuldade em lidar com os botões, não acerta à primeira e larga um «Ai» de irritação consigo mesma e com o botão. Mais com o botão do que consigo mesma.

Continua sem me ver, embora eu esteja a dois metros dela. As mãos permanecem encharcadas e os olhos espiam as socas no interior da fonte. Dali já não saem, mas ela observa-as como pretexto para não fazer nada. Aliás, a esta hora costuma entregar o corpo à terra através da enxada, ou partilhar o mesmo caminho das ovelhas por entre os pinheiros, os eucaliptos e as silvas que ladeiam o Paiva. Caso não tenha nada para fazer, entretém-se a arrancar as ervas daninhas que crescem na parede da casa.

Entretém-se sempre com algum afazer insignificante. Hoje lembrou-se das socas, talvez para provocar o marido. Por norma, só o senhor Aníbal lava as socas na fonte.

Dou-lhe um toque nas costas e ela deixa cair a vara, engasga-se, vira-se e diz, assustada

– Ia agora falar consigo!

O cabelo desprendeu-se com o susto. Não foi o cabelo todo, só uma madeixa deslizou sobre a testa e ela agora consegue enfileirá-la numa mola. A mão até parece outra, mais esguia, mais de mulher.

Demoro algum tempo a responder. A senhora Olinda baixa-se para recuperar a vara, mas contrabalança as costas com o braço. Agora sim está recomposta. E continua

– O meu Quim acordou muito mal. Veio-lhe as tonturas e não sabe o que diz. Não quer a ambulância nem nada. Eu que lhe dê as injecções e assim, mas não resulta. Está pálido, quer dizer, ou isso ou azul. Tosse muito e não sai da cama. Digo-lhe para se virar para o lado mas ele tosse para cima de mim.

E acrescenta depois de uma pausa para verificar se o cabelo permanece agarrado

– Está para lá. O que é que eu faço?

O mais sensato é chamar a ambulância, mas, em vez de a aconselhar nesse sentido, respondo

– Faça a vontade do doente. Deixe-o em paz, que amanhã fica bom. Já ultrapassou crises assim, não?

Outra pausa antes da resposta. Conta as crises pelos dedos, mas depois dobra a conta e perde-se entre o indicador e o anelar.

– Sim, mas o senhor é que é doutor, deve saber. Daí perguntar.

– Não sou esse tipo de doutor. Sou das letras.

A senhora Olinda não percebe a diferença porque no fundo não interessa que tipo de doutor. Só interessa que o Quim está pálido ou azul e lhe tosse para cima e ela não consegue evitar sentir repulsa pelo cuspo do filho sobre o vestido preto e sobre os lençóis emaranhados.

– Mas não faz mal perguntar. Não ofende – conclui ela.

– Suponho que não, senhora Olinda.

Depois volta a mergulhar a vara na fonte. Está muito cansada e o gesto de mexer a água é quase maternal, como se misturasse uma sopa. Ser-se maternal é ser-se cansado e mesmo assim misturar a sopa. A senhora Olinda não parece mulher suficiente para ser mãe, nem no corpo nem na fala. Talvez no caso dela a maternidade seja um segredo bem guardado, uma matriosca bonita dentro de uma matriosca feia.

As mãos continuam sujas de ter trabalhado no campo e é assim que as vai levar ao quarto do filho. A terra meteu-se ainda mais por baixo das unhas porque a água enrugou a ponta dos dedos. Imagino o Quim a olhar para as unhas da mãe e perguntar «Que está aqui a fazer com as mãos assim?» e ela fingir que não ouviu, escondendo as mãos. A porcaria dele é que conta, a dela não. Pode suportar restos de vómito na cama, mas não tolera as unhas pretas da mãe. E não sabe em que medida a mãe é mesmo mãe, embora se reconforte todos os dias com uma sopa quente acabada de fazer. Às tantas julga que a mãe faz a sopa por pena, e às tantas é também isso que ela pensa.

Observo os vestígios de terra nas mãos, o vestido envolto na barriga, o cabelo atirado para trás, o embaraço. A senhora Olinda pergunta

– Está a olhar para quê?

Num momento de fraqueza,

No fundo trata-se de uma mulher, e é preciso ter sempre pena e carinho por uma mulher cansada.

digo-lhe para não se preocupar que ainda hoje irei visitá-lo,

Aqui está, basta sair à rua para me cruzar com ele.

que ainda hoje irei chamá-lo à razão, fazê-lo aceitar a ambulância.

Aquele mundo fugia ao entendimento do Miguel com a força de uma enxurrada, deixando-o limpo por dentro, mas vazio. Um mundo localizado no oposto dele. À falta de designação melhor, tratava-se do mundo intelectual, ou coisa parecida.

Corredores apertados por onde pulsava gente em busca das secretarias dos departamentos, dos horários dependurados em pioneses, dos professores, dos papéis por preencher que se afiguravam imprescindíveis ao estudante inscrito, das salas sem identificação, do refeitório onde serviam macro. Gente que chamava pelo amigo perdido no andar de cima enquanto esperava pelo orientador das licenciaturas para o encontro que abre o ano lectivo. Gente que fumava atirando as beatas para as casas de banho. E raparigas que se queriam parecer com mulheres – e homens que se queriam parecer com rapazes. Também rapazes que se pareciam com raparigas – e raparigas que se pareciam com rapazes.

Ouvidos em paralelo, os berros e conversas assemelhavam-se aos da APPACDM.

Grupos de três ou quatro pessoas entravam a medo nas salas. Ao nível da cintura, a cor da parede mudava para branco cada vez mais sujo, marcado por dedadas, por tintas diversas e com teias de aranha eivadas de pó, como se estivéssemos dentro de uma sala ainda em construção, mas à qual embargaram as obras por falta de dinheiro ou competência. Como nos liceus, alguém cravara nos tampos das mesas frases como «Xavier loves Helena» e «Sinto-me triste».

A universidade ainda não fora entregue às mulheres, pelo menos não de forma assumida, embora desconfie de que, segundo a estatística, tal já ocorresse. Hoje sem dúvida que elas dominam as humanidades, as ciências, e o mundo de uma assentada. No entanto, a minha primeira aula foi dada por um professor velho, magro como um cínico, que se sentou e, sem uma palavra, abriu o *Palomar* do Italo Calvino e assim permaneceu durante dez minutos até que a minha tosse o guiou de novo à realidade, longe dos queijos de cabra que o senhor Palomar não se decidia a escolher.

– Pois então vou apresentar-me. Como sabem, em Barthes o acto de ensinar (leiam a *Lição*) é um acto de poder, talvez quem sabe uma prepotência. Eu não estou ao vosso nível – e não é que deva estar, mas as nossas realidades cruzam-se neste local e quero que o façam gentilmente, digamos.

A funcionária do departamento entrou de rompante sem bater à porta. O olho esquerdo, em cujas olheiras pontilhavam protuberâncias de gordura, apontou para o professor numa rajada.

– Ó professor, não assinou a folhinha – disse.

– Mas agora, mulher? – perguntou ele.

– Sim, sem folhinha não há aula. Ordens de cima, sabe como é.

– Se tem de ser, passe para cá.

E a mulher estendeu-lhe um maço de papel com diversos formulários que ele assinou um a um, com calma, depois de lidos. Antes de sair, informou a turma «Olhem que este é dos bons», sorriu e fechou a porta com estrondo.

Perdido, o professor ficou a olhar para nós sem prosseguir.

Então, sim, abriu de novo o livro e voltou ao problema dos queijos. À minha esquerda um colega enfiava o dedo no nariz enquanto uma morena, perto, tirava já apontamentos de tudo o que fora dito. Éramos pouco mais de quinze na sala. Os da fila de trás, ao estilo de quem pertence à associação de estudantes, sacavam de um baralho. E os da frente esforçavam-se em permanecer direitos, até mesmo hirtos perante o professor, que passou mais dez minutos sem despegar os olhos do Palomar, o qual por essa altura já devia ter escolhido o melhor queijo e saído da loja.

– Por isso, quer dizer, para vos mostrar que não estamos ao mesmo nível, mas que no fundo somos do mesmo nível (todos humanos, sabem?), vou arriscar uma confidência – recomeçou enfim, repuxando as peles do pescoço. – E aqui está. A minha vida sexual começou quando sem querer a Rosa tropeçou para cima de mim e fez-se luz.

As cabeças da assistência, que descaíam, levantaram-se num ímpeto. O baralho voltou para a mochila. À frente levaram as mãos à boca em simultâneo e a morena engasgou-se e engoliu em seco depois de limpar a garganta.

– Foi isto em mil e novecentos e qualquer coisa... Não me lembro quando, já lá vai. Sabem, já lá vai. – E depois, insistindo: – Sabem ou não sabem? Tu aí, sabes ou não sabes?

O dedo apontava para mim.

– Não, professor. Quer explicar-nos? – respondi.

– Bah, não vale a pena, só vos digo que hoje estou velho quase jubilado e agora não se faz luz. Não vão por aí dizer, mas a luz é o que é: uma porra. Apaga-se como por nada e chega-se à minha idade e parece que entrámos nas trevas, como se nos tivéssemos extinguido aos poucos.

Eu ouvia-o à espera da viragem (como o barco que bolina), da conclusão para a literatura, ou até para a teoria da literatura. Qual seria o significado daquela impotência no próprio acto de ler, por exemplo, ou em que medida a Rosa era, afinal, uma metáfora enviesada para a musa, para o intelecto?

– Vocês desculpem esta introdução, mas gostava de falar um pouco mais da Rosa. Quando era nova, a Rosa usava saias rendadas e já naquela idade se regava com perfume em todos os cantos. Infelizmente hoje em dia falar da Rosa, como diria a Gertrude Stein, é só falar da Rosa, da Rosa, da Rosa. As saias rendadas deixaram de fazer luz.

De repente, a mulher do departamento surgiu de novo ao lado do professor, de certo modo também ao lado da Rosa, e puxou-lhe pelo ombro, dizendo baixo

– Desculpe, mas faltou um papel. Este aqui. Dão muita importância a este, tem mesmo de assinar.

O professor rabiscou o nome aos suspiros, continuando logo após a secretária sair.

– E a Rosa foi boa comigo toda a vida, estão a ver, a culpa afinal não era dela. Conheci-a não me lembro quando e fomos até ao fim da vida. Só com ela fui ao fim da vida. Houve outras que também me acompanharam, mas a Rosa perdurou. Ela é que era a minha mulher. Porque a Rosa...

E então não conseguiu, engasgou-se, tapou a cara com as mãos e prosseguiu entredentes. Lembrava uma peça de teatro, como se ele figurasse num palco a fingir pudor, mas no fundo comprazido perante o público.

– Deixem estar, deixem estar, não se incomodem. É que a Rosa morreu há duas semanas, estão a ver, e eu pus-lhe os cornos sempre que houve ocasião.

Fora, cabeças de estudantes cortadas pelo pescoço, como luíses XVI e marias antonietas, passavam rente à janela, em procissão.

A morena traçava e destraçava a perna. O escarafunchador do nariz semi-ergueu-se como a interpelar «Desculpe, isto assim não», mas o professor concluiu antes com «Bem, por hoje é tudo. Leiam o capítulo das ondas, no *Palomar,* e para a semana discutimos a problemática aí implícita».

Decorreu assim a minha primeira aula.

Entretanto, a vida que deixara para trás permanecia inalterada. Ao contrário do Miguel, eu conhecia perfeitamente o mundo do meu irmão, que era bem diferente do meu. Nada mutável, perfeito, diria até *florido,* se essa palavra não fosse um recurso rebuscado para descrever algo que não cresce, que não evolui, que simplesmente é como é.

Às segundas-feiras de manhã, a APPACDM levava-os aos jardins de Serralves para amanharem uma horta. Ou seja, as educadoras semeavam, regavam e tratavam das plantas; eles limitavam-se a sujar as mãos na terra, atirando punhados uns aos outros. O Miguel só atirava terra à Luciana. Fora-lhes entregue a zona das couves, que ficava ao pé do viveiro dos faisões dourados, porque o Miguel reagira com violência à ideia de partilhar a horta com outros colegas. Apenas admitira partilhá-la com a Luciana.

Costumavam esgueirar-se dos afazeres e fugir para os jardins. O Miguel pegava-lhe na mão, aguardando o momento mais apropriado, e enquanto todos se entretinham com os ancinhos, piscava o olho e sussurrava «Ja!». Então corriam desenfreados por entre as sebes, lagos e teixos de Serralves.

Sempre que paravam para descansar a seguir à corrida, ele arrancava a vegetação que crescia junto ao caminho e entregava-lha num gesto largo, com raízes e tudo. De todas as vezes surpreendida, a Luciana recebia o ramo também com um gesto largo, enfiando-o a custo no bolso das calças como os primeiros movimentos de uma valsa.

Seguiam a passo lento pelas áleas, ouvindo os berros das educadoras, que chamavam por eles em vão. Indiferentes, prosseguiam até ao terreno dos burros mirandeses em busca do cheiro a feno, hortelã e pêlo molhado que aí pairava. Regressavam quando os seguranças de Serralves eram chamados, e apenas porque os uniformes escuros com letras encarnadas da Securitas os intimidavam.

Os outros deficientes, que haviam sido abandonados na horta, impacientavam-se rompendo num gemido colectivo, um gemido em abraço que afugentava os transeuntes. Alguns não se ficavam pelo gemido, fugiam também, largavam a correr mas mantinham-se nas imediações. As educadoras, voltando com a Luciana e o Miguel, precisavam então de os reunir, o que envolvia mais berros, mais procura, mais Securitas, mais reprimendas.

Depois de vários minutos, já agrupados junto à horta, os fugitivos choravam manso, como a chuva miúda que conclui a tempestade.

Davam-lhes sempre o mesmo raspanete. Eles lado a lado perante as educadoras que se dispunham em bloco, afirmando «Isto não volta a acontecer, para a próxima ficam no colégio, assustam toda a gente, que mania!».

Perante a fúria das educadoras, o Miguel e a Luciana davam as mãos atrás das costas e riam por dentro, desinteressados e aptos a repetir a façanha.

Quando ele regressava a casa, o meu pai sentava-o na sala e perguntava

– Então, Miguel?

– Quefoi – retorquia ele.

– Não sabes que, para fugir, o melhor é ser mais discreto?...

A veia romântica do meu pai nunca se extinguira, apesar de a idade o ter desmotivado a ponto de se sentir jovem e forte, mas preso a um corpo que não o acompanhava na força e juventude. Por isso condescendia nas aventuras do Miguel, talvez revendo-se nelas, embora o romantismo do meu pai fosse uma canção de Aznavour, sempre bela mas fora de moda, e não uma fuga por Serralves.

Ele, claro, não reagia à subtileza, era como se o pai conversasse sozinho, obtendo respostas pela expressão do corpo. Qualquer conversa com ele era solitária. Apenas entregava o verbo à Luciana.

Não sei até que ponto a situação da Luciana preocupava os meus pais, se é que alguma vez pensaram nisso. Que consequências teria aquela obsessão? É que a ideia romântica de fuga podia ultrapassar os muros de Serralves. Quem sabe um dia o Miguel decidisse que os pais eram no fundo como as educadoras da APPACDM, sempre aos berros, ou que o amor que sentia pela Luciana impunha ser correspondido com mais intensidade e solidão – só a dois, como os outros casais. E aí não haveria agentes da Securitas em busca dele, só a angústia de ninguém saber para onde fugira, que era feito dele, inclusive se regressaria. Mas estas questões não se colocavam, já que, a par do amor pela Luciana, existia o amor aos pais que o mantinha em casa. Se esse amor acabasse, ou eles morressem, seria provável ele desaparecer nas ruas do Porto, como nos jardins de Serralves, em busca de um ramo para dar à Luciana.

Não trouxe o Miguel comigo. Devo poupá-lo a espectáculos que não compreende. Melhor, gosto de reservar alguns espectáculos só para mim, saber que ele não é capaz de os perceber e não ser generoso a ponto de lhos explicar, mesmo aceitando que de qualquer forma não os compreenderia. Um pouco o inverso do que se faz com as crianças, quando lhes explicamos «Aquilo é uma central nuclear».

O senhor Aníbal deixa-me entrar e aponta para as escadas que levam ao andar de baixo. Usa boné dentro de casa. «Então vá», diz, mas não me acompanha até ao quarto do filho.

No quarto, tosse abafada uma e outra vez. A porta quebra o som, mas uma frincha deixa escapar um pouco de luz, uma luz muito vaga e muito triste. «Então vá», repito ao colocar a mão na maçaneta.

Entro e é como destapar um quadro do qual já vi o esboço. Duas vuvuzelas escondidas por baixo da cama, quatro bengalas encostadas à parede, uma delas acabada em tripé. Um par de luvas roxas e um copo vazio na mesinha-de-cabeceira. Duas mochilas velhas penduradas numa cadeira, cachecóis enrolados nas mochilas. Almofadas a tombar da cama, binóculos no sítio ao qual pertencem, no parapeito da janela. Canetas Bic por escrever, porta-chaves com carros em miniatura atados ao puxador do armário, vários livros com títulos como *A Princesa e o Caubói* ou *Paixão do Passado* guardados em duas caixas de cartão sem tampa. Ele nunca os leu mas gosta das ilustrações da capa.

Mal escondida entre as almofadas, uma revista pornográfica repleta de dedadas. Uma roda de bicicleta atrás da porta, dois ratos de computador que se encontraram, como por magnetismo, num canto do quarto e lá permaneceram em casal.

Mas não imaginava uma cama com os lençóis assim tão direitos, engomados em permanência, apenas preenchidos por uma forma pouco volumosa e esguia ao centro. E quieta. Mal se nota a respiração na zona pouco mais alta da caixa torácica. Tanto respira como não respira, e entretanto tosse.

Não o sabia tão extinto.

Sentada ao lado do filho, a senhora Olinda parece um exagero, um absurdo de pessoa e de mulher em tamanho e agilidade. As mãos seguram nos joelhos. Alinhou o cabelo para trás num puxo tão contido como ela. Observa o filho mas não diz uma palavra. Mesmo nestas circunstâncias, não costumam falar. Nada do que ela diga lhe interessa, nem tampouco ela percebe o que ele diz. Nunca se esforçaram por aprender as mesmas palavras e agora é tarde de mais.

O Quim está acordado mas não se apercebeu da minha chegada. Limita-se a olhar para a mãe e para a cama. Tem os braços nus fora dos lençóis e une as mãos sobre o peito. Quer ao menos acariciar as próprias mãos, mas recusa as da mãe sempre que ela lhas estende. Esfrega os dedos com mais intensidade do que numa carícia.

Muito devagar para que ele não repare, aproximo-me da senhora Olinda, coloco a mão no seu ombro e não sei porquê mantenho-a aí.

– Ah, é o senhor – diz ela sem virar a cabeça. – Que veio cá fazer?

– Não queria que eu visitasse o Quim?

– Queria.

– Pois aqui estou... Ele percebe o que dizemos?

– Não.

Neste «Não», o Quim volta-se para nós e contrapõe um «Sim» que sai aos bocados. É a sua maneira de contrariar a mãe, de mais uma vez não lhe dar o gosto de ter um filho que já nem consegue perceber que o visitam e que por isso necessita da mãe sem reservas. Ele bem vê a alegria e o entusiasmo da mãe quando a doença o leva à cama, ele bem sabe que ser doente é torná-la útil – como a pega de madeira, útil na panela por causa do fogo. E repete aos poucos «Sim, percebo» até ficar animado o suficiente para se recostar na cama. Os lençóis, contudo, permanecem esticados.

Dirijo-me a ele sem retirar a mão do ombro da senhora Olinda

– Como está?

– Estou como vê, como havia de ser? Cada vez melhor!

A voz corresponde ao que se vê – dois braços azulados, uma cara quase inexpressiva e um corpo encurralado no peso dos lençóis. Impressionado, pergunto

– Homem, porque é que não chama uma ambulância?

– Preciso lá de médico. Estou como vê, muito bem. Habituado. Daqui a três dias volto a andar por aí. O bicho hoje atacou forte, mais nada.

Enquanto isto, retira filamentos brancos da boca e coloca-os na borda do colchão. No entanto, a tosse deposita mais filamentos nos cantos da boca. Não tem forças para retirar todos, pelo que desiste e mantém a mão sobre a boca como aquelas pessoas que, embora educadas o suficiente para não falarem de boca cheia, põem a mão à frente quando querem falar e por acaso algum pedaço de carne as impede.

A única posição natural do Quim é deitado. Além de assim não parecer um trapo, deitado assume uma submissão que condiz com a doença. Tal porventura significa nele uma forma de combate, de rendição absurda e violenta. A dor e o sacrifício tornam-se vitórias quando os assumimos como derrotas, e ao assumi-lo desistimos por completo e entregamo-nos. Isto apesar de quase não se mexer, limpando apenas os filamentos dos cantos da boca e regurgitando o mau humor.

Tomara ao Quim subir ao céu nas costas de um ganso como na viagem de Nils Holgersson pela Suécia. Tomara a ele libertar-se num voo. Em vez disso entrega-se à cama, ao chão e à terra.

Nisto pergunta «Mas não acha?» e percebo que continuou a falar sem eu o ouvir. A senhora Olinda, entretida a dobrar as calças na zona dos joelhos, interrompe-nos olhando para o Quim, mas dirigindo-se a mim.

– Nem lhe posso dar as pastilhas, que ele não quer.

– E o senhor não as quer porquê? – pergunto.

– Porque estou bem, como vê. Mas talvez as tome. Ó mãe, vá buscar-me um copo de água.

– Tens ali um.

– Não é daquela água que eu gosto. A água velha faz-me sentir mal por dentro.

A senhora Olinda levanta-se e sai do quarto disfarçando a alegria de ser útil que a doença do filho lhe possibilita. Depois de a mãe sair, o Quim vira-se de lado e sussurra

– Acho que ela me quer matar – de tal forma que parece verdade. E continua: – Quer mesmo! Está farta de mim.

– Mas não era você que estava farto da senhora Olinda? Não confunda as coisas.

– Não, não.

– Sim, você disse-o quando foi lá a casa beber. Usou o verbo «detestar». E depois disso até referiu «Já tratei deles» e «Estão para lá».

– Eu disse só essas coisas que era para disfarçar. Eles é que me detestam. Sem mim tinham emigrado para fora deste buraco. De certeza que viviam melhor. Eu estou a mais e acho que ela me vai dar os medicamentos errados. Não os vou tomar.

– Desculpe lá, se a senhora Olinda quisesse *isso* não teria já feito qualquer coisa? Porquê agora?

– Você está por cá, olha qu'esta! Às tantas ela julga que você serve de testemunha de que tudo ia bem até que o pobre cão se apagou. O cão! Já viu uma mãe a falar assim do filho? Cão! E ela é que é cadela.

No máximo, a senhora Olinda chamou-lhe «Meu cachorrinho», afagando-lhe a cabeça como se ele tivesse pêlo. Nunca lhe chamaria cão.

– Homem, desculpe, mas você está doente há muitos anos. Ninguém estranharia se...

O Quim sabe o que vem depois de «se», mas não dá sinais disso, quer dizer, encara a questão como uma hipótese académica, uma possibilidade remota num futuro evitado a cada dia.

– Todos estranhariam, todos estranhariam. Olha agora não estranharem! Então os de Ponte de Telhe, esses sabem-na bem. Tenho de durar só até um dos meus irmãos chegar de férias. Conto-lhe tudo. Tenho de contar. Não tomo os comprimidos.

Continua mais baixo «A mim ninguém passa a perna», só que vai perdendo as forças, acalmando aos poucos como uma chama sem oxigénio. Insiste no «Nem um comprimido. Nem um ou dois. Nem um nem dois» antes de fechar os olhos, exausto, mas de alguma forma reconfortado pelas suas próprias suspeitas.

Só me apetece ir para casa lavar as mãos com sabão. Lavar as mãos e torná-las o mais limpas possível, como os médicos e os maníacos. Depois entrar na cama sem tocar em nada, nem sequer no Miguel para dizer boa noite, e adormecer acompanhado pelas mãos novas. Estranhas mas agradáveis. E, mesmo antes de adormecer, cheirar a fundo as palmas das mãos e sentir que pelo menos uma parte de mim está limpa e é pura. Que uma parte de mim não se misturou com as porcarias da vida.

A senhora Olinda regressa com um copo de água e um prato rendado de flores cor-de-rosa e brancas onde pôs os comprimidos dispostos também em flor. Cinco comprimidos, uma pétala cada comprimido. Esforça-se por manter a flor de remédio no sítio sem desarranjar as pétalas.

Aproxima-se da cama e levanta a cabeça do Quim. Ele não se queixa, mas mantém os olhos em mim como se insistisse «Eu não avisei?», e a mãe dá-lhe os remédios seguidos de um trago de água.

Depois diz

– São calmantes. Eu sei que ele se assusta. Daqui a pouco está a dormir.

Há vinte anos, os comboios ainda apitavam sempre antes de partir. Campanhã: tudo feio, tudo bitolas ibéricas e tensão da electricidade e do diesel. Crianças pela mão arrastando mochilas desproporcionadas, namorados que se colavam à janela, ele de fora e ela de dentro («Amo-te muito»), executivos com pastas de couro, funcionários da CP carregando os comboios de malas, refeições e bebidas. A máquina aquecia ao frio à espera do arranque e a conversa prolongou-se no entretanto.

– O Miguel estava cheio de saudades tuas, meu querido.

– Estava?

– Sim, cheio. Reparaste como ele lidou contigo? Não te largava. Afinal, não te víamos há muito tempo.

– Pois, eu sei, a vida lá...

– Mas podias visitar-nos mais vezes.

– Não dava mesmo, mãe. Não deu. – O gesto cansado dela, a mão a descair, quando lhe disse isto. E ao mesmo tempo o gesto de disfarçar o cansaço e a desilusão.

– Não te quero recriminar. Só estava a dizer que o Miguel sente muito a tua falta. E nós também. Volta mais vezes.

– Quando puder, quando for possível.

– Quando for possível, sim.

Dois anos depois de eu ter saído de casa. As malas quase não cabiam na porta da carruagem e eu fingia que era por causa delas que respondia tão rápido e tão desajeitado.

– O Miguel só não veio porque eu não deixei. Queria vir.

– Fez bem, não calhava ele aqui.

Enquanto a minha mãe falava, lembro-me de pensar no número setenta e sete, que era o da porta onde eu morava, a trezentos quilómetros dali, num quarto alugado perto das Avenidas Novas. Setenta e sete vezes trezentos igual a vinte e três mil e cem; dividindo por vinte, a minha idade, dava mil e cento e cinquenta e cinco. O Miguel fizera dezanove anos há pouco tempo. Mil, cento e cinquenta e cinco dividindo por dezanove redundava em sessenta e um arredondados para cima.

E também pensava que não temos muito que levar naquela idade, mas apesar disso sempre levamos alguma bagagem. Um pouco como a sopa da pedra, «E agora ponha lá mais qualquer coisinha». Para além da roupa, levava duas malas de livros que roubara às estantes dos meus pais.

A ver se me recordo: *Como Eu Atravessei a África*, Serpa Pinto; *Tortilla Flat*, Steinbeck; *A Confissão de Lúcio*, Mário de Sá-Carneiro; *As Aves de Portugal e Europa*, grupo Fapas; *A Vida na Terra*, David Attenborough; *Cão Pêndio*, Tóssan; as obras completas do Almada Negreiros; *Poética*, Aristóteles; etc.

Eu julgava que já era um homem e também julgava, qual estúpido, que as nossas vidas, a minha e a do Miguel, poderiam ser representadas como rectas paralelas, duas linhas que continuariam para sempre lado a lado, mas as rectas paralelas são formas de coabitar sem contacto. Embora suspeitasse desta dualidade, ainda não era homem suficiente para o admitir.

Como se vê, estava errado nas duas suposições.

Fui sozinho para Lisboa e assim permaneci, bem vistas as coisas. Às duas por três, deixara pais, irmão e amigos para trás de modo a seguir a minha vocação, o meu caminho sozinho.

Não sabia ainda que seria um desígnio tão mínimo que ficaria o resto da vida confinado às salas de aula a ver se disfarçava a minha mediocridade perante outros tão ou mais medíocres do que eu.

Depois da mudança, senti-me como um cavalo que um dia vi libertar em Almendra depois de vários meses no estábulo. O bicho galopava para nenhum sítio, atirava-se à terra, erguia nuvens de pó que o limpavam. Relinchava a cada baforada, trotava e abanava a crina. Era um animal belo, inteiro, só que fora solto num campo cercado, e assim a liberdade derivava apenas de não saber que permanecia fechado em circunstâncias diferentes. Ele como eu, passados dois anos de viver em Lisboa. Preso em circunstâncias diferentes.

Além dos cálculos inúteis para me distrair do que a mãe dizia, calculei também as semanas e os meses desde que estivéramos juntos. Dois anos com poucos encontros, feitas as contas. É que o tempo deixa-se escorregar como uma faca bem afiada; quando damos por isso, o corte está feito.

– Mas vem mais – insistiu a minha mãe quando o diesel soltou os primeiros impulsos.

– Tenho muito trabalho.

– Sim, por isso é que te faz bem descansar.

Um homem de sobretudo interrompeu-nos, insistindo para que o deixássemos entrar «Que isto está mesmo a partir».

– Talvez consiga.

– O pai gostava muito. Eu gostava muito. E sabes que o Miguel gostava muito.

– Sim, sei.

– E podemos ir ao Tojal. Não vais lá há tanto tempo. Aquilo está lindo.

Os transeuntes abandonaram a plataforma. A minha mãe de braço apoiado na carruagem tentando segurar-me a mão. Não lha dava justamente porque o tempo já operara o corte. Os dois anos não se apagariam, a nossa proximidade não se restituiria de súbito só pelo toque de mãos. O Miguel continuava, e continuaria, a viver do amor que agora não estava disponível para mim.

Não sabia por que motivo, se devido a eles ou a mim, mas de facto algo se quebrara, algo que não seria possível restaurar, frágil como a pintura sobre vidro. No centro dessa quebra, talvez a pederneira que a despoletara, o Miguel e a sua vida perfeita: a falta de luta, o amor, a harmonia em tudo o que lhe dispunham sem exigir retorno. Eu, sim, precisava de batalhar por tudo e sentia cada vez mais que se tratava de uma luta perdida. Faltavam-me forças para sequer, pela manhã, achar que um dia belo de sol seria apenas um belo dia de sol, e não o começo de mais uma jornada laboriosa que acabaria na pequeníssima morte do sono.

O Miguel não pensava na vida – ele era vida, respirava-a com naturalidade, enquanto eu ansiava por fazê-lo.

Mais ou menos como Pessoa: invejo a sorte que é dele, porque nem sorte se chama.

A Luciana encontrava-se dentro da sua vida, era a causa do respirar, o coração. E no entanto, parecia-me, faltava-lhe o reconhecimento de colocar também os nossos pais nesse músculo, e por isso eu não queria assistir a essa vitalidade às avessas, sem consideração pelo próximo. Nem pelos pais, quanto mais por mim.

Por mais couraçados que nos tenhamos tornado, persistimos, como crianças, numa birra inexplicável por afecto.

– Está lindo – continuou a minha mãe. – Plantámos um chorão. Damos-lhe de beber gota a gota, o pai montou um sistema de tubos. Parece um bebé. Da próxima vais lá.

– Mãe, o comboio.

A máquina apitou e moveu-se num descarregar de força. A minha mãe acompanhou a carruagem até ao fim do terminal. Ficou a olhar o comboio. Assemelhava-se a uma mulher irlandesa em 1912 vendo o filho partir num transatlântico da White Star; desolada e já com o oceano de permeio.

Visitei-os daí a três anos.

Agora o Miguel acompanha-me. Dou-lhe a mão, levo-o para fora de casa, dizendo «Vamos ver uma coisa», mas ele arrasta os pés a custo. Não sei porque não o trouxe ontem.

E a coisa é apenas um homem numa cama. Não é «Vamos ver uma coisa» quando, na infância, nos levam aos pirilampos numa noite de Verão e sobre o campo e a toda a volta, até já nos nossos ombros, brilham milhares de luzes quase verdes que são apelos mais ou menos desesperados ao sexo.

O senhor Aníbal abre a porta, manda-nos entrar e suspira «Vá vá...». Alguns gatos correm pelo corredor, saltam, entram na cozinha. Reagem à agitação correndo para a cozinha porque estão esfomeados e cada um quer chegar primeiro, caso possa consolar-se com algum resto, mas a maioria das vezes não há nada para comer – e por isso lambem-se, gemem como gente e por fim miam, prostrados. Logo nos interrompe um berro da senhora Olinda «Ó Aníbal, deixa-te lá de conversas que eles querem entrar!».

Ele nunca visita o filho, fica sempre no topo da escada a pensar que fez mal em tê-lo posto no quarto de baixo, tão isolado. O Quim arrasta-se ao subir as escadas e pendura-se ao descê-las. Mas depois lembra-se de que foi o filho que quis aquele quarto para ficar mais longe deles, para ser pelo menos um pouco independente, como o adolescente que se muda para a garagem de casa. Assim talvez seja melhor, talvez não tenha feito tão mal em pô-lo ali. Quer dizer, talvez não tenha feito tão mal em concordar com a mulher quando ela no fim de um jantar o informou «Agora vamos pôr o Quim no quarto de baixo que é melhor lá». Afinal de contas, o que importa é que o filho esteja bem.

Mas não está bem. A senhora Olinda disse-me que hoje de manhã, depois de um pequeno-almoço mais cheio, tossiu um fiozinho de qualquer coisa espessa misturada com sangue e sujou os lençóis mas não os quis mudar. Ela aproveitou uma ida do filho à casa de banho para mudar os lençóis à pressa e mesmo assim, ao regressar, ele perguntou «Mas o que é isto?» como que espantado com tanta limpeza.

– Vá vá, vão lá – apressa-nos o senhor Aníbal, envergonhado pelos berros da mulher, que continua «Deixa-te de conversas, Aníbal! Larga lá as pessoas».

As paredes da casa são pedras de xisto umas sobre as outras sem nada a uni-las, talvez algum estuque no centro. Enfiaram papelinhos nas brechas das pedras: facturas com a tinta já morta, folhas dobradas em quatro, almanaques antigos como o *Borda-d'Água*, várias folhas rasgadas com contas de somar e subtrair, e também lixo como tampas de iogurte e pacotes de leite espalmados. A papelada acumulou-se especialmente ao lado da entrada do quarto do Quim.

Ao descer, travo o Miguel para ouvir a conversa entre o Quim e a senhora Olinda. A porta está entreaberta: lá dentro, o braço do Quim pende da cama com o punho fechado. A cara, que se encontra virada para a mãe, mas deste ângulo virada para nada porque não consigo ver a senhora Olinda, guarda a vivacidade de um cão que aponta a caça.

O Miguel quer entrar. Agarro-lhe o braço com força, junto-o a mim, digo «Não» e tapo-lhe a boca. Embora fraca, a voz do Quim torna-se mais nítida. O senhor Aníbal continua a observar-nos no topo das escadas mas sem perceber porque não entramos logo. «Então vá», repete.

Mantendo o punho fechado com força e falando mais alto, o Quim queixa-se

– Já lhe disse, mãe. Não o deixe voltar aqui.

– Mas o que é que eu posso fazer? Então até fui eu quem disse para ele vir – responde ela depois de uma palmada leve na perna do Quim, uma daquelas palmadas que demonstram carinho. No entanto, ele coça a perna como se a palmada o tivesse magoado.

– E daí? Já disse, mande-o embora – responde ele. – Grande merda. Mande-o embora. Ora agora, quem manda no meu quarto?

– Ó ó ó. Estás a exagerar. Não vês que ele pode ajudar? É doutor.

– Mãe, qual doutor. É que eu digo-lhe o que é.

– E o que é?

Nisto, atrás de nós, o senhor Aníbal insiste em que entremos, mas eu quero ouvir mais, saber «o que é». O senhor Aníbal já desce os primeiros degraus para nos fazer entrar, quando o Quim reúne a bílis e expele.

– Pois é assim: acho que ele quer matar-me.

Uma pausa. Antes de reagir, a senhora Olinda bate as palmas.

– Ora agora! Então como é isso? Ó meu Deus! – berra ela, aos saltinhos na cadeira.

– Pois quer. – Arranha a garganta e continua: – De certeza que me quer matar. É só vir aqui todos os dias e pôr remédios diferentes sem ninguém ver. Porque é que ele vem cá? É só para pôr os remédios.

– Mas ele hoje traz o irmão, vai lá agora fazer-te isso com o irmão ao lado. – E depois de pensar: – Olha que sou eu que te dou os comprimidos.

– Ouça o que lhe digo, mãe. Depois não se queixe – termina, acrescentando um encolher de ombros que significa «Com certeza que depois não te vais queixar».

De facto ocorre-me a mesma pergunta. Porque é que visito este filho-da--puta? Apesar de o conhecer há mais de vinte anos, quase nunca falei com ele. Não o conheço. Só agora, já ele no fundo da ampulheta, consegui falar-lhe, perceber um pouco mais em que mundo vive mas sem chegar a nenhuma conclusão. E sem querer chegar a nenhuma conclusão. Sim, eu sei que não é preciso conhecer alguém para o visitar – os que visitam os presos não o fazem pelos presos, e também os que visitam doentes e velhos e em geral as pessoas diminuídas. É o acto solidário que interessa, mas eu no Tojal não estou para isso. No entanto, talvez nos una o fim de tarde em que ele nos resgatou no tractor. Para ele foi um daqueles dias inteiros e puros que justificam a vida, daqueles dias em que até respirar representa um acto voluntário de aceitação de toda a beleza e alegria. Para mim foi pouco mais do que um dia entre amigos, mas de facto aquele pôr-do-sol e a imagem da minha namorada envolta em chamas de cor (as árvores, a terra, o sol, a nossa pele, o próprio tractor) ainda voltam à minha memória como o clarão de um fósforo que logo se apaga. Para o Quim, o fósforo ficou a arder mais tempo. Com certeza que gosta de se imaginar dentro do pôr-do-sol e dentro de um abraço à minha namorada: «Havia meninas lindas, digo-lhe agora.» Mais do que regressar à memória, esse dia vive no quotidiano dele.

Empurro o Miguel e ele quase tropeça para o quarto, arremessando a porta. A senhora Olinda larga um «Jesus!». Do Quim nem um som, apenas regressa lentamente à posição de mãos sobre o peito e os olhos quase fechados como se meditasse.

– Ah, estava a ver que o meu Aníbal não os deixava entrar. Quando ele se põe a falar...

– Nós entrámos logo, senhora Olinda.

Arrasta a cadeira para mais perto do filho num movimento de pernas abertas e diz

– Olá, menino Miguel.

Ele não reage.

– Responde à senhora Olinda – digo.

O Miguel olha espantado para o Quim. Também mal o conhece e de certeza que não percebe porque está na cama a meio da tarde. Não sabe identificar as mãos azuladas, o corpo magro, os olhos encovados e a pele seca como sintomas de doença. Constrangido, responde

– Ola.

Eu fico de pé. O Miguel pega numa cadeira e senta-se ao lado da senhora Olinda de perna cruzada. Os modos boçais dela, muito ao contrário do que está habituado, sempre o atraíram. Vê nela uma figura maternal às avessas: sente uma aversão àqueles braços tão diferentes dos braços da nossa mãe, àquele cabelo nada louro, àquela cara que não tem beleza, só que apesar disso gosta dela e das memórias que dela tem.

A senhora Olinda nunca se esforçou por obter a afeição dele. Aliás, nunca soube lidar com o Miguel. Quando chegávamos ao Tojal, o Miguel berrava ainda dentro do carro «Ó snhora Olinda, anda aqui!», mas ela cruzava os braços e respondia «Pronto, pronto».

O Quim reabre os olhos mas fixa-os no tecto, age como se não estivéssemos aqui. Continua sozinho mesmo na presença de outras pessoas, que é o pior tipo de solidão.

Na mesinha-de-cabeceira, um prato onde fumegam restos de sopa ao lado de um pão cuja côdea não foi comida. A julgar pela fraqueza daquelas mãos, deve ter sido a senhora Olinda a dar-lha de comer.

– Não queres mais sopa, filho?

– Agora não – responde. – Sabe, mãe, eu conheço-me bem. Depois de amanhã já vou estar bom.

– Deus queria que sim.

À menção de Deus, o Quim simula uma careta expelindo restos de qualquer coisa pela boca. Depois dirige-se a mim.

– Por cá outra vez.

– Claro, devo isso à sua mãe. A senhora Olinda disse-me que insiste em não chamar a ambulância.

– Sim, pois sim. Era o que eu estava a dizer à minha mãe. Daqui a dois dias.

– Espero bem que sim. Não é bom ficar sempre metido no quarto. E você nem sequer se vira para a janela. Porque é que não quer a ambulância?

– Acabei de lhe dizer que daqui a dois dias estou bom. Para que é que preciso de ambulância, para me meterem coisas que fazem mal? Da última vez que fui ao hospital parecia que me queriam matar. – Depois como a lembrar-se: – A enfermeira até disse que eu estava muito acabado, mas o que ela queria dizer era que eles acabaram comigo.

A senhora Olinda aponta para a mesinha-de-cabeceira.

– Não queres mesmo a sopa? Olha que ainda está quente.

– Já lhe disse que não, mãe, deixe-me em paz. Já como. – E vira-se para o lado.

Sobrevém um daqueles silêncios. A senhora Olinda quer falar mas não fala, eu quero falar mas não falo, o Quim não quer falar e não fala, o Miguel quer falar mas não consegue. O silêncio adensa as coisas, torna mais evidente o fumo a sair da sopa e a humedecer o pão.

E torna mais evidente a estupidez disto tudo. Faria melhor em não invadir a privacidade desta gente, mas algo me atrai, talvez o fascínio pelo desconhecido ou o desejo de somar pontos à vida, ou seja, de conhecer sempre mais, mesmo que mais seja apenas um homem em luta contra o corpo.

Mas de resto é um silêncio embaraçoso porque só nos podemos manter em silêncio com pessoas que amamos. No entanto, de certo modo não é apenas um silêncio: há o silêncio do Miguel e meu, o silêncio da senhora Olinda e do Quim e o silêncio deles e nosso; ainda assim, o que poderia ser a harmonia de três silêncios afinal redunda num só silêncio incómodo e dissonante.

Permanecemos calados durante alguns minutos. Felizmente um gato começa a miar no andar de cima, mas um miar tossido que provoca o riso do Miguel. O bicho andou a farejar a cozinha e não encontrou comida. Agora faz ouvir a sua fome. O Miguel não se contém. Ri-se como uma criança, aos solavancos, ri-se para cima da senhora Olinda, para cima de mim e sobretudo para cima do Quim.

Vê-lo a rir é lindo.

A senhora Olinda também simula qualquer esgar como um sorriso.

O Quim agita-se na cama, cerra os punhos estalando os dedos, retesa os ombros e dirige-se ao Miguel com violência.

– Mas estás a rir de quê?

O Miguel não sabe responder, ou se calhar nem ouve porque não consegue parar de rir. O gato continua o grito de fome. A senhora Olinda parece surpreendida com o dislate do filho, que se mostra cada vez mais exaltado. Abana os braços como a empurrar alguém no meio de uma multidão.

– Sim, diz lá! Estás a rir de quê? – insiste, quase erguido.

– Cato la cima – responde o Miguel com a mão a pressionar as bochechas, já calmo do riso, já incomodado com aquelas perguntas.

Agora sentado na cama, o Quim atira os braços para o ar, subitamente cheio da energia que a doença roubou. A senhora Olinda esconde a cara nas mãos. A voz dele até soa mais grossa, mais impositiva.

– Sai daqui, pá! – berra. – Vai para casa, seu idiota! Grande animal. Estás mas é a rir-te de mim!

De tal modo surpreendido, o Miguel não sabe como reagir. Nem percebe porque é que o Quim berra com ele se é óbvio que se ri do gato. Vou a dizer «Ouça! Isso não!», quando a senhora Olinda se levanta sem uma palavra, e desfere uma bofetada em cheio na cara do Quim, entre os olhos e sobre o nariz, atirando de arrasto a sopa ao chão. O Miguel fica ainda mais surpreso, mas sabe como reagir: recomeça o riso, desta vez inquebrável e forte.

Agora, sim, ri-se do Quim.

No doutoramento comecei por fim a minha carreira, o meu desígnio. Nada do que previra quando lia a *Busca* no Paiva e achava que aquele texto me preenchia de tal maneira que necessitava de retribuir com a minha própria escrita.

No primeiro ano do doutoramento, frequentei um seminário de orientação com uma professora concentrada e dispersa que chegava às aulas surpreendida pela audiência, como a pedir desculpa por nos ter obrigado a prestar-lhe atenção. «Sabem, tem de ser.»

Por essa altura comprei num alfarrabista o Inocêncio reeditado pela INCM, e aliás comprei-o barato. Depois de folhear os vinte e cinco volumes, incluindo os aditamentos e guia bibliográfico, decidi escrever um ensaio sobre o tecido que vestia aquele dicionário: o verbete.

Propus o título «O amor ao verbete» e a professora aceitou-o sem reservas, embora eu o tivesse escolhido para testar os limites.

Na minha perspectiva, o verbete não fora alvo de especial atenção. Nunca desempenhara um papel de destaque nas paixões humanas. Por ele não se atravessara o Rubicão, ele não viera nas naus da Índia e, sobretudo para mim, ninguém o debatera nas universidades. E percebi que esse homem, Inocêncio Francisco da Silva, declarara no prefácio da sua obra monumental – o *Dicionário Bibliográfico Português* – a paixão, mais, a loucura, enfim, o amor ao verbete.

Aquilo intrigou-me de tal forma que quis descobrir a génese desse amor. Dividi o ensaio em seis partes que agora reproduzo de memória, em resumo. Escuso-me de referir as fontes.

A melhor parte da vida

O bibliógrafo vive num tipo de paz muito próprio. Em «tranquila e recolhida obscuridade», o seu temperamento foi «fortificado com o volver dos anos» e, de facto, é no estudo de «notícias e espécies biobibliográficas» que foge do cansaço de funcionário público. Para mais, funcionário «numa repartição pública, porventura das mais laboriosas entre todas as da capital». Além das poucas e inevitáveis relações de amizade e de profissão, vive «a melhor parte da vida como solitário».

Nestas condições, o acto de resumir um estudo pela ponta da caneta toma um significado muito especial. Primeiro, eleva a solidão a empreendimento. É uma solidão activa, que se redime a si mesma. Segundo, enquadra o carácter. O seu temperamento equipara-se ao rigor que é exigido pela moldura breve de uma entrada bibliográfica: «Em diversas situações nunca hesitei em sacrificar interesses e conveniências pessoais de qualquer natureza às minhas convicções, bem ou mal adquiridas.»

Dotado de solidão, pode vencer cada etapa do quotidiano, que é como quem diz cada fase mais e mais penosa do trabalho. A cada dia sente «novo impulso às investigações» e aquilo que poderia ser árido é para ele um estímulo. De certa forma, quanto mais reúne, mais quer reunir e a empreitada justifica-se precisamente por não ter fim.

Isto leva a que o essencial do seu mundo seja a junção das entradas bibliográficas. Neste sentido, o tipo de paz do bibliógrafo é a paz arquivística, ou seja, todos aqueles momentos em que, composta uma ficha, a coloca no sítio devido por ordem alfabética. O verbete está no centro dessa paz.

Proveito comum

Para o bibliógrafo, o dicionário vem no fim. O objectivo não passara por isso, pelo menos não no início. Só depois de reunir «uma avultadíssima soma de indicações, apontamentos e notas de toda a espécie» decide converter «o trabalho particular em proveito comum». Até a missão tomar contornos de obra, os verbetes ficam sem corpo e servem apenas para arquivar.

O dicionário pretende dar «aos bibliófilos aplicados o resultado de tantas investigações e pesquisas, convencido de que poderia ser-lhes nisso de alguma utilidade», mas, paradoxalmente, quando transforma o trabalho particular em público, a paz arquivística acaba.

Para já, a distinção entre ele, bibliógrafo, e os outros, bibliófilos, é clara. Logo aí está aberta uma trincheira no campo de batalha. Depois, não é sem tensão que entrega aos outros algo que era tão seu, algo que servia para ordenar o seu mundo. Algo que não pensou partilhar.

As contrariedades começam porque o *Dicionário* foi dado como morto «pelo voto leviano de muitos, que o apodaram de obra anacrónica e desnecessária». Mas apelidar o conjunto dos seus verbetes como anacrónico e desnecessário é o mesmo que dizer que ele mesmo vive de forma antiquada e inútil. Não aceita a imagem que os outros têm de si e apresenta-se não só como actual, mas também como ganhador: «Vencida uma longa série de dificuldades [...] realiza-se enfim a demorada aparição do *Dicionário*.»

É a própria utilidade do verbete que o justifica. Passa a ser ponto de honra que os outros percebam essa utilidade.

Por outras palavras, que percebam que a entrega ao verbete exige alguém disposto a enfrentar as adversidades. Alguém que sabe que o seu tesouro é demasiado precioso para ser censurado pelos «que incompetentemente se presumem habilitados para pronunciar voto decisivo [...] sobre o mérito das produções literárias».

O meu tesouro

Se o dicionário só aparece no fim da linha, cativou-o a própria colecção de registos, sem que esteja enquadrada por uma obra. Chama-lhe «o meu tesouro» e acrescentar-lhe riquezas é «um estímulo insaciável». Cada novo verbete é uma nova moeda para aumentar o acervo.

Aliás, pode estabelecer-se uma relação entre «tesouro» e o próprio conceito de «thesaurus», um trabalho de referência que agrupa verbetes (não corresponde exactamente a «dicionário»). No entanto, o bibliógrafo quer focar a acepção mais amorosa da palavra: pessoa ou coisa a quem se tem afeição. Escreve depois, referindo-se a uma época em que o dicionário não estava sequer em causa: «A bibliografia converteu-se para mim numa paixão predominante.»

Assim, o bibliógrafo sacrifica tudo pela colecção. Perde «horas de repouso indispensável» e corta «despesas que seriam para outro de urgência imediata». Não olha a meios para que cada nova peça do seu tesouro seja exacta, clara e concisa. De certa forma, pela precisão, leva a cabo um trabalho de ourives. Mas este sacrifício precisa de algum tipo de recompensa.

Árido em demasia

Os gozos e os encantos do verbete são evidentes para ele. E assim é como se tivesse acesso a uma área reservada da realidade. Aquilo que já tinha sugerido com a distinção entre bibliógrafo e bibliófilo, reforça-o agora com mais convicção.

Os outros vêem um estudo bibliográfico como «árido em demasia e ingrato na aparência», mas ele retira-lhe «uma espécie de encanto irresistível, e gozos que bem compensam as fadigas e sacrifícios que exige». Não é por isso um triste ou um frustrado, nem vive em privação. Pelo contrário, encontra no verbete uma forma de fruição. O prazer do verbete está no trabalho de ourives, no brio. Às avessas de Barthes: o brio do verbete (sem o qual, em suma, não há verbete) seria a sua vontade de fruição.

Por mais cinzenta que seja a imagem que os outros constroem do bibliógrafo, ele prossegue na sua dedicação ao verbete por um único motivo: a paixão que lhe tem. Não interessa por isso que esteja só no seu nicho de realidade.

As forças de um só homem

Mas o que vemos, quando nos deparamos com um bibliógrafo? Alguém com os olhos em bico, e já míope, de olhar para as letras pequenas no papel antigo. Alguém com o nariz a pingar, alérgico, e com o pó dos livros entre cabelo e careca. Mais importante, que verá o próprio bibliógrafo, sempre que observa o bibliógrafo que há em si?

O seu objectivo é «ordenar o inventário descritivo de tudo o que dentro ou fora de Portugal se imprimira na língua vernácula». Por outras palavras, catalogar tudo o que se publicou em português desde o tempo dos incunábulos até à última e mais medíocre elegia ao aniversário de qualquer alteza real.

Trata-se de um propósito megalómano, e ele admite-o: «Vasta e ousada era na verdade a empresa [...]. Tenho até a consciência de que ela é superior às forças de um só homem.» No entanto, os recursos intelectuais não lhe faltaram e ele levou avante os seus propósitos, ou seja, criou em nove volumes um mundo feito de verbetes. Quer dizer, no fundo afirma ter superado uma empresa «superior às forças de um só homem». É neste ponto que o discurso parece menos de bibliógrafo e mais de alguém dotado de poderes sobre-humanos.

Fazer jus ao verbete significa desbravar o terreno, abrir os alicerces e levantar as paredes do edifício. Trata-se de um esforço tanto físico quanto intelectual, e o bibliógrafo dá o corpo ao manifesto, nem que isso signifique fazer-se de pequeno para engrandecer os obstáculos que venceu: «Mais feliz que eles, eu, o mínimo de todos, cheguei ao termo de apresentar o fruto.»

Assim, o próprio vê-se como superbibliógrafo, alguém que trabalhou o verbete até à perfeição, alguém que viveu o verbete e que apesar de todas as adversidades conseguiu elevá-lo à categoria de desígnio. Alguém que o amou.

Apresentar o fruto

Chegar «ao termo de apresentar o fruto» representa o momento mais doloroso para o bibliógrafo. Não significa separar-se dele, mas significa que este deixará de lhe pertencer.

Ao entrar «no turbilhão de escritos de toda a ordem e de todos os géneros», poderá ser lido, mal compreendido ou até amado por outros. Fugirá ao seu controlo. O prefácio representa pois um último esforço para o bibliógrafo acompanhar o verbete e é muito mais do que a «choradeira» descrita por Borba de Moraes. Ao inscrever-se nas primeiras páginas, o bibliógrafo passa a acompanhar sempre o verbete, ainda que este lhe fuja na vida e no tempo.

O ensaio acabava aqui, mas já estabelecera as bases teóricas que me levariam à tese de doutoramento e, mais tarde, ao percurso na vida académica. Quando a professora o leu, perguntou-me «Que quer fazer com isto?».

Ainda não sabia, estava apenas certo de que partilhava a solidão com Inocêncio e, como ele, queria elevá-la a empreendimento.

Aos poucos, também eu passei a amar o verbete e o paratexto. Mais do que isso, passei a amar a solidão do verbete. Quando dei por mim, tinha fundado o Centro de Estudos do Paratexto, orientado para a abordagem teórica do verbete e seus derivados. O CEP começou em meados dos anos noventa com quinze investigadores integrados, cinco investigadores associados, dois correspondentes e vinte assistentes de investigação. Os números cresceram. Quando saí da direcção, além de vários protocolos e actividade editorial intensa, o centro contava com sessenta investigadores integrados, quinze investigadores associados, dezassete correspondentes e noventa assistentes de investigação divididos em vários grupos de trabalho. Convém não esquecer a Maria da Glória, nossa secretária.

Estou farto deste tipo.

A sopa cai na barba e escorre para o peito. Ele recosta-se na almofada e tenta equilibrar a colher na ponta dos dedos, porém deixa-a cair sobre a tigela, que é das antigas em barro, muito redondas, muito quentes e muito rugosas. Tem-na envolta num pano, mas a tigela resvala quando ele respira, entornando a sopa, que fumega na barriga e na cama. Apesar de tudo, consegue ir comendo – em esforço, aos poucos e sem entusiasmo.

Sentado ao pé de mim, o Miguel arrisca aproximar-se.

O Quim mantém-se calado, excepto em alguns comentários engolidos nos intervalos da sopa. Qualquer coisa como «Canalha», ou «A canalha que pr'aqui vem». Isto porque, no fundo, não tem força para mais. A mera necessidade de comida absorve-o, como se cada colherada fosse um acto de sobrevivência. Os braços descaem em arco descrevendo uma ponte quebradiça entre os ombros e a colher. O peito arqueja como em fole para suster os próprios braços, e as pernas movem-se mantendo o torso firme.

A senhora Olinda arrisca segurar no braço que ergue a colher, mas os suspiros e gemidos do filho, que sorve a sopa sem prazer, afastam-na.

O mais estranho é que, apesar do esforço, a sopa apenas lhe serve de alento durante alguns minutos, depois dos quais se queixa de fome e fraqueza.

– Não a fez em condições – diz à mãe.

– Mas é a que nós comemos. Está muito boa, não está? – E virando-se para mim: – Prove, que está boa.

A senhora Olinda segura na colher com gestos de aviãozinho, e insiste «Prove, vamos». Afasto-me cheio de nojo. Num salto, o Miguel ocupa o meu lugar e abre a boca à espera do quente da colher.

Quero dizer «Miguel, fecha a boca», mas permaneço em silêncio para ver o que isto dá. Misto de inércia e expectativa.

A senhora Olinda introdu-la na boca do Miguel murmurando «Pois é, pois é». Ele não se faz de rogado, pede mais, quer a sopa toda. A tigela esvazia-se em quatro colheradas.

– Ah, ele come de tudo – interrompe o Quim. – Vai dar ao mesmo, até pode estar estragada.

– Mas não está, Quim. Vê como ele gostou.

De facto, o Miguel esfrega as mãos de contentamento, como se o calor da sopa, aliás, dos restos da sopa, lhe tivesse aquecido o espírito. Parece que não teme o Quim, já não espera que ele desate aos berros, como da última vez. Encara-o agora como o que ele é, um desgraçado estendido numa cama.

– Até pode estar estragada. Acho que está – continua o Quim.

– Naostá – interrompe o Miguel, sério e fixo. – Muito boa, mesmo.

A senhora Olinda suspira fundo, agitada numa comoção que não consegue ou não quer disfarçar. Por momentos, segura nas mãos do Miguel, reconhecida, e leva-as lentamente à boca, beijando-as. E ele retribui o gesto com espontaneidade, como se a única resposta ao beijo fosse o beijo. O Quim fecha os olhos para não ver a ternura da mãe.

Nisto, um gato branco de terceiro dia (como a neve na cidade) entra no quarto, roçando-se logo na perna direita do Miguel e depois na perna esquerda da senhora Olinda. Ronrona, ensaia um miado que é um choro. Quer comida.

– Xô! – berra o Quim sem que o gato reaja. – Vai-te daqui!

Perante as interjeições dele, o Miguel disfarça um riso semelhante ao que enfureceu o Quim.

– Deixa que eu trato – diz a senhora Olinda com a mão na porta. – Arreda!

O gato esquiva-se, salta do chão para a cama, sobre o peito do Quim, que se engasga, e só então corre para a porta, desaparecendo num esquivar de cauda.

Fora, um trovão despenha-se sobre o Tojal acompanhado de chuva em vagas regulares, de lado. Gotas entram pela janela do quarto, caindo sobre a mesinha-de-cabeceira e a cama. A madeira da janela incha e estala ao contacto com a chuva. O vento, que cobre os movimentos da chuva, entra aos laivos por entre os cobertores do Quim, que se mantém imóvel, mas já molhado. O Miguel faz «Hi!» e a senhora Olinda, arregaçando as mangas, fecha a janela com fúria. Devia ter previsto que a chuva molharia o filho. «Isto assim já vai», diz.

Entretanto, o Quim limpa a cara com a mão, lento como um infeliz. Seco, olha directo para mim e, num instante, pisca o olho. Mas é um piscar desabituado, frouxo. Não é quase um piscar. Depois sim, vendo que não respondo, pisca-o de novo com mais força e retrai o indicador num gesto de «Vem aqui».

Só me faltava esta.

Aproximo-me dele, quase à distância do bafo. Pergunto baixo «Então, Quim, sente-se melhor?». Ele responde apenas «Melhor» sem abrir a boca. «E já decidiu chamar a ambulância?», continuo. Para minha surpresa, prossegue muito alto – para ser ouvido no quarto e no resto da casa.

– Nunca, é gente má. Não vou nisso... Não pense você chamá-los, que eu não saio daqui.

Levo a mão à cabeça, cansado disto tudo, e digo «Se não há nada a fazer, não o volto a incomodar. Você insiste em ficar no quarto...», ao que ele interrompe com um «Pst, sim, aproxime-se mais».

A conversa continua em surdina, as nossas cabeças coladas, o pouco calor emanado dele.

– Já foi alguma vez ao quarto dos meus pais?

– Não me lembro bem, talvez.

– Se foi, com certeza que se lembra da caçadeira.

– Uma coisa velha? Sim, agora que pergunta.

– Pois.

– E então?

– O problema é a caçadeira, está a ver?

– Não, explique-se.

– A culpa é do meu pai. Ele nunca entra aqui porque anda de ronda. Eu estou muito doente, toda a gente já percebeu, só que eles lá no hospital podem curar-me. – E ainda mais baixo, coçando as têmporas: – O meu pai é que não quer. Não me deixa sair e ameaça com a caçadeira. Por este caminho eu não aguento. Um dia, há alguns anos, eu estava ainda mais doente e tentei sair para ser curado. Para ser curado. Mas ele disparou. O chumbo quase me levou a perna. Quer ver?

E destapa lentamente o lençol à altura da cocha. Dois buracos próximos comeram a carne como um ácido. «Eu não lhe dizia?», acrescenta, convicto de que os buracos roxos, líquidos, foram deixados pelo tiro da caçadeira.

Afasto-me enojado pelas veias que pulsam quase à mostra em volta do carcomido. Mais em baixo, os pés também mostram uma cor arroxeada, escura sobretudo, que se assemelha a qualquer coisa viva, mas mal oxigenada. Os dedos estalam uns nos outros soltando um excedente de psoríase, se é que uma carne tão gasta consegue sequer produzir psoríase.

– É como lhe digo. Não me apanham na ambulância – conclui quase aos berros.

De súbito penso que o quarto, com as vuvuzelas escondidas debaixo da cama, as mochilas velhas dependuradas numa cadeira, as canetas Bic, os porta-chaves atados ao puxador do armário, as bengalas encostadas atrás da porta, os livros por ler, as revistas, a roda de bicicleta, enfim, o próprio quarto, na sua desarrumação e falta de critério, é reflexo da mente confusa e triste do Quim. Da mente doente do Quim. E isto incomoda-me como se também eu, dentro do quarto, integrasse a confusão, a tristeza e a doença.

O pior é que não consigo ter pena dele. Por mais que tente pensar o contrário, encararei sempre este homem como a presença desagradável e impositiva do outro, daquele que deveria ser irmão mas que, de tão doente, obsessivo e egocêntrico, mal consigo classificar como pessoa, quanto mais como irmão – ou como próximo. Sei que a doença é a melhor ocasião para demonstrar fraternidade, e sei até que o tenho feito, mesmo que de forma atabalhoada, mas aquilo que penso, mais do que aquilo que faço, estraga as boas intenções ou os bons sentimentos.

Digo «Miguel, vamos embora» e dirijo-me à porta empurrando-o pelo ombro. Olho para o quarto a despedir-me e a achar que nunca o deveria ter visitado, nem submetido o Miguel a este circo. Antes de sairmos, o Quim pede «Mãe, dê-me um beijo». A senhora Olinda estaca, não sei se assustada, se quê. Olha para mim e para o Miguel como a pedir autorização. «Faça como entender», sugiro num encolher de ombros.

– Agora, Quim? – pergunta.

– Sim – responde ele, inclinando a cabeça.

E ela, tal como fez com o Miguel, segura nas mãos do Quim, dois fios entrelaçados, e beija-as sem pudor. E não resiste, beija também os braços, os ombros.

Ele quieto.

E por fim a cara, nas bochechas, no nariz, na testa, no cabelo, nas orelhas.

O Miguel encostou-se a mim perto da porta. Deixo-o estar, embora me sinta pouco à vontade. Porque é que se junta a mim? Como consegue encostar-se sem recriminação ou asco? Será só por ver ternura?

Na cama, o Quim mantém-se quieto depois dos excessos da mãe, que lhe besuntou os recantos da cara. Antes de ela se afastar, ele diz qualquer coisa inaudível, que ninguém percebe, e vira-se de lado.

Saímos ao mesmo tempo. Senhora Olinda, Miguel e eu. No cimo da escada, ela diz obrigada, acompanhando-nos à porta.

O senhor Aníbal aparece à saída com os braços cruzados. «Então vá...»

Já na rua, o Miguel anuncia, ainda contente

– Canja.

Se por acaso encontramos um amigo que não vemos há décadas e ele nos pergunta «Que tens feito?», respondemos que vamos indo, devagarinho e tal, nada de relevante, trabalho e família, «Sabes como é». Depois do abraço de despedida, que representa um resto de afecto, uma memória de nada, cada um segue caminho por lados opostos da rua. E não nos espantamos que isto aconteça sem um baque, sem remorsos ao assumirmos que os anos deslizaram irrelevantes, enfim, trabalho e família.

Pois assim também comigo. Embora fosse pouco provável encontrar um amigo na rua, de tantos anos em que me isolei, caso tal acontecesse, dir-lhe-ia uma série de lugares-comuns, frases simples de dar e receber, porque, se o informasse sobre o que realmente se passara por exemplo nos últimos vinte anos, com certeza não acreditaria.

Já que a vida digna desse nome reside fora dos lugares-comuns, só essa merece ser contada. Em verdade, se o amigo perguntasse «Que tens feito?», teria de ripostar «Absolutamente nada». Isto custa a admitir, como estar nu em público.

Mas é possível. Descreveria o que fizera para provar que não fizera nada. Mais ou menos como:

Desde que fundei o CEP, dediquei-me ao esforço da rotina. Nos primeiros anos, manter o centro a funcionar constituiu um desafio, principalmente porque contávamos com financiamento insuficiente por parte da FCT (ainda com manias de JNICT), mas também porque os investigadores não compreendiam o meu conceito inovador de verbete. Percebiam os pressupostos, mas não até que ponto os queria levar.

Como desígnio, como explicação da estrutura que rege o próprio investigador, como paz, enfim, como amor ao saber.

Rendi-me à constatação de que só eu trabalhava o verbete de forma satisfatória, pelo que alarguei o âmbito do centro a outras linhas de investigação mais na moda, ou na vanguarda dela, como os estudos da consciência, que nessa época despontavam em diversas publicações pelas mãos de Searle, Nagel, Dennet e António Damásio.

No entanto, não cedi a modas. Dedicava-me em exclusivo ao verbete sem complacência, isolando-me. Desejava acreditar que se tratava de amor ao trabalho, mas cedo percebi que a companhia dos outros não me satisfazia tanto como a rotina a que a solidão obrigava.

A paz do gabinete assemelhava-se a um constructo no qual habitava com satisfação, embora soubesse no íntimo que não passava disso mesmo, de constructo – de ilusão. Agarrava-me à rotina como redenção de um pecado que sentia ter cometido, ainda que não soubesse quando, porquê ou onde. Algo que herdara, algo que integrava a minha genética. Ou talvez redimisse um pecado por cometer, em potência.

Os dias decorreram iguais sob esse pendor. Posso resumir vinte anos num dia.

Chegava ao gabinete pelas oito da manhã, duas horas antes dos meus pares. Quando os restantes investigadores entravam, já escrevera os primeiros parágrafos de um artigo sobre as consequências da síntese característica do verbete para a forma mentis do Iluminismo, ou sobre como o desregramento do século XX se traduzira num verbete inadmissível, longo, de várias páginas.

Só a Glória, cujo cabelo moreno e competência administrativa eu interpretava como causa do seu sex appeal, ousava interromper-me. Entrava no gabinete sem pedir licença, absorta na lista de pendentes, sempre em busca de uma assinatura.

Almoçava só, sempre só, nalgum restaurante nas imediações da faculdade. Às duas regressava ao gabinete, que se povoava de mais enciclopédias e obras de referência a cada dia. As reuniões, palestras, conferências ou orientações de mestrado ou doutoramento quebravam a rotina, mas geralmente terminava às sete da tarde sem interrupções, já o artigo avançara em parágrafos e ideias.

Publicava com regularidade, embora fosse pouco lido.

De saída, a Glória acompanhava-me ao carro, exigindo ainda a assinatura em algum concurso de bolsa ou entrega de tese. Quedava-se à porta envolvendo a franja com os dedos que depois levava à boca, e alisando com o dorso da mão as folhas por rubricar.

Sempre que possível tirava licença sabática porque nada me repulsava mais do que as aulas, mesmo as poucas que a faculdade me obrigava a leccionar. O ensino, pelo menos como eu o conduzia, parecia-me tão burlesco como aquela cena das bengaladas que o Alex desfere nos drugos ao som de Rossini.

Matava os tempos livres nos alfarrabistas em busca de obras relevantes para a minha investigação. Tornei-me exímio em regatear, e até na Bizantina, famosa pelas pechinchas, conseguia descontos. Aliás, aí comprara o Inocêncio.

Cumprir a rotina com rigor, como se afastasse voluntariamente o prazer para o alcançar com mais intensidade, despertava em mim um bem-estar tântrico. Forçava-me a trabalhar, a estar sozinho, para que o produto da solidão e do trabalho nascesse do meu sangue – constituísse uma oblação.

E verdade seja dita que é mais fácil dedicar tempo ao verbete do que a manter amizades e amores tantas vezes incompreendidos ou não correspondidos.

O convívio com a Glória levou ao inevitável, fruto da inércia. Casámo-nos pelos mesmos motivos de um escritor cujo nome não recordo, quando referia «É verdade, esqueceu-nos de dizer que devíamos unir os nossos destinos».

As deslocações ao estrangeiro para conferências sobre a estética do verbete reforçaram a minha posição de autoridade sobre o tópico, mas nem isso me afastou do curso de isolamento. Ao contrário do que se pensa, a solidão é simplesmente negar o próximo a cada dia; acto de retraimento quando nos tocam. Ora isto, embora não pareça, implica um labor que pode vencer-nos pela exaustão.

Precisamos de repetir «Não estou disponível»; precisamos de insistir «Desaparece»; precisamos de nos esconder na toca com artifício.

Mas conseguimos. Depois de alguns anos desta vida dei comigo só como um albatroz no mar. Acontece que aprendera a desgostar das ondas. O movimento igual e diário cansara-me. O primeiro sinal de que a solidão me afectara deu-se quando as cigarrilhas que a Glória fumava na cama começaram a cheirar a sujidade. A boca cheirava assim. Ela fora o escolho no qual me refugiava do mar sempre que me sentia demasiado isolado, mas agora até em relação a ela nascera uma antipatia difícil de qualificar, não apenas devido às cigarrilhas mas também aos filhos que a Glória não queria ou não me conseguia dar.

O segundo indicador ocorreu quando comecei a ter saudades dos que deixara para trás, sobretudo do Miguel. Recebia poucas notícias deles. Aliás, mantivera tal afastamento que as novidades da família se assemelhavam a lendas. Não sabia se correspondiam à verdade e surgiam com o lastro do tempo, ancestrais.

Viviam sem episódios. Contando com o amparo do Miguel, os pais envelheciam a deslizar nos anos. As irmãs cumpriram o ide e multiplicai-vos mas isso roubou-lhes a disponibilidade para tratar do Miguel e dos pais, embora eles não precisassem de auxílio.

Os pais habitavam um éden que se estendia do Porto ao Tojal.

O único dissabor desses vinte anos deu-se quando a APPACDM decidiu transferir a Luciana. Durante dois anos colocaram-na em Vila Nova de Gaia e mantiveram o Miguel em Aldoar, perto da Circunvalação.

Isto desgastou o Miguel como um corroer de dentro para fora. Em dois anos envelheceu uma década, e os pais envelheceram com ele porque percebiam que talvez não resistisse se o afastamento perdurasse.

Quando a mãe insistia junto da direcção em que o afastamento abatia o Miguel, eles respondiam «Questões de reordenamento. A Luciana é interna e Gaia precisava de utentes». A mãe reforçava «Espero que não tenha que ver com o relacionamento deles. É só amizade», ao que a tranquilizavam «De forma alguma. Reordenamento, mais nada».

Ao fim de dois anos, o Miguel ansiava pelas idas ao Tojal porque lá se sentia refugiado das injustiças do mundo. Reagia como uma planta à qual falta água, murchava sem protesto. Embora pretendesse fugir, atravessar o rio para a encontrar, nunca o fez porque o amor aos pais impedia-o de os abandonar. Encontrava-se dividido entre ficar e partir, entre obedecer aos pais e obedecer ao amor pela Luciana. Escolheu os pais, traiu a Luciana.

Contudo, conformara-se, esquecera-a, quando a direcção da APPACDM mudou e, com ela, o ordenamento. A Luciana foi devolvida a Aldoar. E assim o amor reacendeu, ainda que os remorsos por ter desistido dela demorassem a acalmar. Em brasa, a vida retomou o ponto em que a haviam interrompido dois anos antes. O Miguel regressara ao éden.

Em contraste com o amor do Miguel pela Luciana, o meu amor pela Glória mantivera-se rasteiro como no primeiro dia. Não amara mais e mais. Quando soube da felicidade do Miguel ao reencontrar-se com a Luciana, percebi o quão desencontrado era o meu casamento, e sem o impulso do reencontro, sem a necessidade de resolução. Duas solidões acompanhadas. Divorciámo-nos há oito anos. Ela teve a delicadeza de se demitir do CEP, deixando-mo nas partilhas.

No entanto, agora encontrava-me de facto sozinho, ainda que a solidão se tivesse tornado fatalidade em vez de opção. Já não me satisfazia no trabalho, mas deixara de conseguir companhia. Encontrava-me perdido no mar, à deriva sem asas sem fôlego sem nada.

Então surgiu uma ideia que persistiu durante anos. O Miguel como último reduto, como redenção. Assim que pudesse estar com ele, isto é, assim que os pais morressem, entraria no seu éden, redimir-me-ia de uma vida chã ao dar-lhe paz, boas condições, e um amor semelhante ao dos pais.

Desde então vivi em função dele, das memórias que partilháramos e da antecipação do momento em que me tornaria guarda do meu irmão. Sobretudo, lutava afincadamente contra aquele sentimento que, como já referi, vem descrito na página 2156 do Dicionário da Academia, para que não pendesse qualquer ónus sobre nós. Quando pensava que alcançara a pureza interior, a presença desagradável da Luciana retardava a cura. Isto é, aquele amor livre colocar-me-ia em causa, poderia não sobrar espaço para mim. Esforçava-me por retrair tais ideias. Conseguiria, ficaria preparado a tempo. Seria puro.

E assim passaram os últimos dez, quinze, vinte anos. Devagarinho e tal. Nada de relevante, trabalho e família. «Sabes como é.»

Acabaram as visitas ao Quim. Ele que fique para lá. Não me interessa que melhore ou piore, desde que não nos incomode mais. Chame ou não a ambulância, o mal dele é o feitio e esse há-de ficar na mesma; até depois de morto pensará que o perseguem, achará que o querem matar.

Chega de Quim, então.

O Miguel aproveitou o sol para se sentar no pátio de pernas cruzadas. Desde que o Quim piorou, parece mais descontraído, menos focado na Luciana, como se a tivesse esquecido por fim. Ensaia sombras com as mãos, nos intervalos das nuvens, e conversa sozinho.

– Miguel, estás a fazer sombras? – pergunto, interrompendo-o. Eu de pé e ele sentado.

– Sim, nitas.

– Já imitaste um coelho?

– Nao.

Sento-me no chão, reproduzo um coelho combinando os dedos. «Hi!», berra ele, mas logo uma nuvem esconde o bicho, que mastiga a sombra de uma folha abanando as orelhas. O Miguel tenta imitar-me num gesto descoordenado. «Não consegues fazer como eu. Tenta assim.» Pego-lhe nas mãos e coloco-as no sítio. O sol revela a sombra de um coelho de orelhas curtas agarrado por mãos humanas. O animal treme com medo de se desfazer, e acaba por se partir em dois.

Devolvido pelas montanhas, um estardalhaço de vuvuzela interrompe-nos.

– É o Quim? – pergunta o Miguel, afastando-se.

– Acho que sim.

– Maluco.

Enuncia todas as sílabas de «maluco» e mostra-se atento aos passos que vêm do lado da igreja. Passos que se arrastam. De resto olhamos um para o outro sem mais. Ele porque não é capaz de falar, de demonstrar, de transmitir, enfim encontra-se preso na deficiência, e eu porque estou cansado disto, de o guardar, proteger, sem que ele demonstre que me ama verdadeira e fraternalmente.

Aliás, se não fosse a doença do Quim, que nos distrai um do outro, já teria voltado ao Porto, não suportaria confrontar-me com o Miguel neste isolamento porque sei que me recrimina, embora tudo o que fiz depois da morte dos nossos pais, em especial quanto à Luciana, tenha sido para bem dele. Apenas para bem dele. Sim, o Miguel admite a minha presença, mas como quem precisa do sequestrador para sobreviver.

Vá-se lá perceber como chegámos a isto.

Um fio de gente surge ao pé do portão. Em baixo, a ponta saliente de uma bota. Mais do que isto, nada. O Quim acena mas não ousa entrar. Parece saudável e restabelecido, não contando com a mão tumefacta e a ponta da bota, que é muito maior do que o pé que guarda. Quase não usa a bengala, movimenta-se com naturalidade, de súbito as peças todas no sítio.

Depois de acenar, dirige-se ao carro como se estivesse atrasado para um compromisso.

Aproximo-me enquanto ele destapa a lona do Smart, passa os dedos pela borracha do limpa-pára-brisas e afaga o capot. Olha para mim antes de entrar no carro. De início parece que não vai dizer nada, mas depois atira a bengala para o lugar do morto e anuncia, mostrando os dentes escuros

– Aquilo foi brincadeira. Como vê, estou são. Até vou agora à Ponte de Telhe ter com os dos carros.

– Fico contente por vê-lo melhor.

– Não não. Ouça. Eu nunca estive doente. Foi tudo uma brincadeira. A minha mãe até disse hoje de manhã «Vá lá, Quim, chega de brincadeiras» e eu decidi que chegava por agora.

– Quer mesmo que eu acredite que aquilo foi teatro, que nunca esteve mal?

– Quero.

– Por mim é indiferente, mas quanto aos seus pais? Não sofrem com isso? Não é uma humilhação, um desgosto?

– Acho que sim, mas um gajo tem de se divertir com alguma coisa. Como disse no outro dia em sua casa, aqui não há nada, só eles. Compreende.

– Veja televisão, homem, por amor de Deus... Divirta-se com aquelas revistas... Tudo menos isso.

Nisto, ele rebenta numa tosse cheia de pulmões que deixa sangue nas mãos.

– Tudo brincadeira, a ver se me divertia – continua sem ouvir, limpando as mãos à bainha da camisola.

– Melhor para si – digo.

– Pois, melhor para mim porque ser doente é que não. Concorda?

– Concordo, mas não é bonito fazer brincadeiras dessas.

– Pois, isso é comigo. Isso é comigo – conclui.

Antes de arrancar em direcção a Ponte de Telhe, o Miguel, saindo rápido do portão, lança-se sobre o carro, sobre ele, e estende a mão através da janela. Berra

– Poussoubem.

à espera de que ele retribua o gesto. Aos sacões, de forma tímida, o Quim levanta o braço onde a mão, que parece ela mesma uma sombra de coelho, estica dois dedos que o Miguel aperta devagar com um sorriso em meia-lua. Só depois o Quim arranca ladeando a igreja e metendo-se para os montes. Não se despede de mim.

Observamo-lo enquanto desaparece na última curva.

– Porque é que lhe deste um aperto de mão? Aquele tipo tratou-te muito mal. Foi mau contigo, não foi?

– Foi mas agora esta culpado.

– Queres dizer desculpado?

– Sim, culpado.

Quando se é velho e pai de um deficiente, aprende-se a lidar com o medo. Quando eu for ainda mais velho, que será feito do meu filho? E quando eu morrer? E quando ele se tornar velho e eu já não existir? Este medo será com certeza constituído por muitos outros. E também uma parte física, quer dizer, olhar para as mãos, sabê-las extintas e, tal como as mãos, o resto do corpo, apesar de dentro desse corpo permanecermos iguais, sentirmo-nos novos – sermos afinal eternos.

Não sei descrever a velhice porque a velhice não existe em abstracto.

O que existe?

A minha avó materna que morreu com cento e quatro anos e a minha avó paterna que morreu com oitenta e oito. Não tiveram velhices iguais. Os velhos sós e os velhos acompanhados. As minhas avós foram velhas quase sós. Os meus pais foram velhos acompanhados, e suponho que a velhice acompanhada é mais jovem. Porém, existem várias velhices acompanhadas, as velhices dos lares e a velhice do lar. Os meus pais eram velhos de lar, do seu lar. Os outros, os que contam apenas com enfermeiras, morrem mais depressa e são mais convenientes para quem trata deles. Os que ficam por casa tornam-se mais inconvenientes, mesmo quando, como foi o caso dos meus pais, têm quem trate deles. Mas os velhos sós também não se assemelham. Há aqueles que permanecem no sofá dez anos depois de mortos e os que encontram alguém que os acompanhe até ao alívio que identificam com a morte, talvez uma freira que cataram na igreja ou um sobrinho-bisneto que solicitaram através dos parentes. E, como escreveu o Cícero, acho que foi o Cícero, em velho não se é diferente do resto da vida. Não ocorre uma transformação, é-se apenas um pouco melhor, ou um pouco pior, consoante a vida que se levou.

Os meus pais já haviam ultrapassado os oitenta anos e o medo acompanhava-os no quotidiano, não o medo por si, mas o medo pelo Miguel. O meu pai estava preparado para morrer desde os trinta anos, qual soldado perante as balas da vida. Ter chegado aos oitenta surpreendeu-o. A minha mãe não estava preparada para morrer, mas estava preparada para morrer depois do meu pai «porque tinha mais capacidade de sofrimento», como ela dizia depois de conversas sobre quem, quando e porquê. Mantinham-se tão lúcidos como sempre, apenas um pouco mais cansados.

Como disse, só o Miguel os preocupava.

Pautavam a velhice com uma rotina que a tornava mais tolerável. O meu pai levantava-se às sete da manhã e encaminhava o Miguel para a APPACDM, certificando-se de que ele levava a pasta e saía de bom humor. Desde que se reformara, vinte anos antes, fora um novo pai para o Miguel e agora amavam-se com calma. Mas às sete já o Miguel estava acordado para o ajudar. Ligava o esquentador da casa de banho para o pai não sentir frio nas pernas e abria a água quente de modo a aquecer os canos. Não queria que o pai levasse com aquela primeira água fria. Depois insistia «Estou bem, nao preciso demais nada» e forçava o pai a sair para o pequeno-almoço porque circular o sangue na rua o rejuvenescia.

A minha mãe acordava às oito e meia e era acolhida pelos beijos do Miguel. Beijos iguais todos os dias, mas beijos bons todos os dias. Tornavam-na nova por instantes. A casa de banho ficara entretanto demasiado quente por causa do banho do pai. O Miguel invertia o processo, desligando o aquecedor e fazendo correr um pouco de água fria. A mãe não podia levar com aquela primeira água demasiado quente.

Às nove horas saía sozinho à espera da carrinha, berrando à mãe ainda na casa de banho «Agora vou ter com a Luciana!».

A minha mãe ia tomar o pequeno-almoço ao mesmo café onde o meu pai estivera meia hora antes. O empregado guardava-lhe o *Público* que o meu pai lera, não poucas vezes deixando recadinhos à margem como «Lê esta notícia que vais gostar», «É impressionante como este país sobrevive», «Não leias isto porque ficas perturbada», ou «Amo-te mais a cada dia».

Almoçavam sempre juntos e passavam o resto da tarde a ler. Embora não tivessem hábitos de leitura corriqueiros, a minha mãe pendia para os policiais (não só os *vampiros* da minha infância, mas tudo desde a Ruth Rendell até à Patricia Highsmith) e o meu pai para os romances de aventura (por exemplo, os primeiros escritos do Melville). Ultimamente liam Steinbeck e biografias de pintores publicadas pela Aster.

Como sempre, o Miguel chegava a casa em festa. Também amava a Luciana mais a cada dia mas não conseguia escrevê-lo na margem de um jornal. Geralmente, acompanhava a mãe ao Continente. Compravam sempre os mesmos produtos e percorriam os corredores pela mesma ordem. Quando a mãe se esquecia do arroz ou da farinha, ele escondia-os no fundo do carrinho. À saída, deitando a língua de fora, erguia os sacos para mostrar força.

– Quantos sacos, Miguel? – perguntava a mãe, pedindo que andasse mais devagar.

– Muitos! – respondia ele, abrandando o passo.

Embora não soubesse cozinhar, punha a mesa como um artífice. Demorava pelo menos meia hora e concluía invariavelmente com os castiçais que a Augusta areava dia sim, dia não, mesmo que lhe faltassem as forças para os reavivar como antigamente. Amarelados em vez de prateados.

A Augusta, enfim, afeiçoara-se aos patrões e agora achava-os demasiado velhos. Não percebia que também envelhecera. A vesícula e o rim direito exigiam-lhe a reforma, mas ela não cedeu.

Depois do jantar, o Miguel metia-se no quarto a ver telenovelas ou a pensar *nela* e os meus pais iam para a sala assistir a debates políticos e filmes. O Miguel interrompia-os para dizer qualquer coisa sobre *ela* ou para os abraçar à vez e ao mesmo tempo quando calhava encontrá-los sentados lado a lado.

– Vai para dentro, chato! – murmurava a mãe.

E quando esta fraquejava ao voltar para a cama, apoiando-se na parede por um instante, o Miguel segurava-a, envolvendo-a num abraço, e dizia «Mãe, caías» enquanto o pai se inclinava sobre ele e os três juntos eram afinal menos velhos. Porque o Miguel, tal como as pessoas como ele, envelhecera precocemente. Com a cara eivada de rugas, encurvado sobre o peso da barriga, mas tentando manter as costas direitas, costumava rir-se ao espelho. Quem é este? Não seria ele mesmo porque se reconhecia outro menos atarracado. E a Luciana continuava tão nova, tão igual – tão bela –, que lhe parecia inconcebível, estúpido, ter envelhecido.

Ainda a considerava a senhora de todas as flores e de outras baboseiras que ele vociferava sem que o compreendessem.

As minhas irmãs revezavam-se aos fins-de-semana conforme dava mais jeito, mas acontecia faltarem ocasionalmente porque, entenda-se bem, o Miguel fazia um trabalho tão adequado, tão perfeito, que elas se sentiam escusadas. Às tantas perturbariam a ordem e a paz. Não queriam atrapalhar, não se queriam intrometer. E depois eu também deveria intervir, viver em Lisboa não era desculpa, nem sequer a minha carreira reconhecida à qual pelos vistos dedicava todas as horas de todos os dias. Porque é que, para além do Miguel, apenas elas ajudavam? Porque não eu? Isto embora pensassem que ajudar os pais não representava um sacrifício, tratava-se apenas de uma questão de justiça, de equilibrar a balança.

Por falar em Steinbeck, eu sentia-me a leste de qualquer coisa boa que deixara escapar. A leste do paraíso, sim, porque naquela velhice sem histórias, metida na rotina como a pérola na ostra, vivia-se uma paz que eu nunca conhecera. Para mim só contrariedades, só guerra, só impor-me aos outros e, mesmo assim – talvez por isso –, permanecer sozinho. Quando me informavam «Os teus pais vão bem», pensava «E eu, como vou?». Se continuavam «Também vi o Miguel, sabes?», pedia que se calassem, não ouvia, mudava de assunto.

Transtornava-me.

Ultrapassara a fronteira muitos anos antes, não podia voltar atrás. Daí a mágoa. Eles não me acolheriam porque eu passara a ser um estranho e, embora não duvidasse de que continuavam bons pais, nem sequer me reconheceriam se me encontrassem. Tornara-me a terra distante para a qual fora viver.

Se voltasse, isto é, se me incluísse outra vez naquela rotina, nem que fosse por telefone, seria como outro e não como filho, porque já não poderia usar esse nome. Não seria digno dele. E, sim, os meus pais eram bons mas não conseguiriam ver-me ao longe mesmo antes de eu chegar. Só assim o regresso poderia ser suportável, se me vissem ao longe e me acolhessem sem eu dizer uma palavra. Como não acreditava que isso acontecesse, deixei-me ficar.

Por outro lado, temia o Miguel. Se eu voltasse, como reagiria ele? Sentir-se-ia afrontado?

Foi melhor permanecer longe e abandoná-los àquela rotina apenas alterada quando iam ao Tojal.

Velhos como estavam, chegar era o diabo. A EN 210 esboroara-se nas bermas à custa do tempo e da falta de uso, principalmente por causa da falta de uso, já que o homem, trabalhando, restaurando, consegue evitar que o tempo mate as coisas. Ninguém a repavimentara. Depois de Arouca, até meio da viagem, ia-se mais ou menos porque ainda se passava por Vilarinho, Alvoroço da Serra e Chieira, onde vivia gente que olhava pela estrada. Mas então sim era o diabo. Claro que Ponte de Telhe dispunha dos adoradores da estrada, mas talvez estes fossem mais ou menos iconoclastas porque deixavam o objecto do seu culto perecer com as gretas de chuva e gelo e outros que tais. Não se preocupavam desde que arranjassem espaço para as cadeiras, e passasse um ou outro carro do qual dizer «Olha-me este, a matrícula é do ano passado», e a vista larga diante deles.

Mas veja-se. Um velho como o meu pai ao volante e a estrada cortando em gancho de queda em queda.

– Nem a alma escapa, se cairmos não sai do amolgado – dizia o pai, apontando para baixo.

O Miguel escondia-se no fundo do banco agarrado ao cinto de segurança para não testemunhar as curvas. A minha mãe tomava dois Xanax antes da viagem e dormia até estacionarem em frente de casa.

A carrinha Peugeot não aguentava além das três mil rotações e o conta-quilómetros rivalizava com o dos táxis. O meu pai não entendia como uma carrinha Peugeot a gasolina aguentara tanta pancada, tanta ida e vinda, tanta serra. Aliás, ninguém percebia. «Olha ali», dizia o meu pai a apontar para o conta-quilómetros, gabando-se de ainda puxar por ela.

Num desses dias, o problema foi voltar, não ir. O senhor Aníbal e a senhora Olinda poderiam ter ajudado, mas estavam no hospital com o Quim havia alguns dias e continuariam por outros tantos até que o Quim começasse a respirar melhor e não precisasse de oxigénio.

Fora um susto no meio da várzea, a descoberto. «Não consigo respirar, não consigo respirar», berrara ele, «Mas engole mais ar, enfia para dentro com mais força», berrara a senhora Olinda. O senhor Aníbal limitara-se a tirar o boné e a observar, calado, enquanto o filho arquejava flectido até ao chão.

No dia da volta, de malas já na bagageira, o meu pai tentou ligar a carrinha e um zziit sobrepôs-se ao rodar das chaves. Zziit sempre que dava à chave. E também não arrancou depois do costumeiro deixar cair pela inclinação. A carrinha desistira, extinguira-se, morrera. Ou seja, estavam presos no Tojal sem provisões suficientes.

– Isso vai? – perguntou a minha mãe da janela com o telefone na mão.

– Nada.

Precisavam de chamar um mecânico de Arouca, mas o telefone, também ele zziit, e não podiam usar o telemóvel porque a rede nunca fora lançada sobre o Tojal. Em suma, ficariam presos até que a senhora Olinda e companhia voltassem do hospital ou até que alguém, cenário pouco provável, cruzasse a estrada. Ninguém passava pela estrada senão eles.

– Esta agora! – dizia o meu pai.

– Esta agora... – repetia a minha mãe.

Com certeza que mais tarde ou mais cedo seriam resgatados, mas até lá o transtorno, o sentimento de prisão, de beco sem saída, incomodava tanto que não os deixava dormir. E depois já só dispunham de três refeições congeladas, talvez seis se as racionassem. Portanto, três dias.

O Miguel não percebia o que se passava e tentava comer mais do que lhe era permitido.

Ao fim do segundo dia, o meu pai decidiu pôr-se a caminho de Ponte de Telhe. Ficava a sete quilómetros, sete quilómetros e pouco, no máximo oito; levaria muita água e um banco desdobrável. Talvez demorasse algumas horas por causa dos declives – caramba, era sempre a subir –, mas no dia seguinte conseguiria voltar de carro com o mecânico. Aliás, talvez com sorte encontrasse alguém pelo caminho. O plano era simples se o executor não tivesse mais de oitenta anos. Assim como assim, parecia-lhe a única solução. Iria.

Então repararam. O Miguel não dava sinais de vida havia algumas horas. No quarto, um silêncio pouco característico. De facto, constataram que o quarto estava vazio. E ele em nenhum lado. Não havia muito por onde procurar. Ele em nenhum lado.

– E agora? Onde é que se meteu? – perguntava a minha mãe enquanto os berros do meu pai pelos montes «Miguel!» mal a deixavam ouvir. Repetia «Miguel!» cada vez mais alto.

A única resposta vinha dos montes, que lhe devolviam os berros em duplicado.

Nisto, a única esperança em dois dias. Do lado de Ponte de Telhe, onde a estrada se mostra primeiro, os faróis de um carro que apitava. O pó que o carro levantava e as árvores realçadas pela luz.

– Se chegar depressa ainda o apanho. – E a minha mãe correu para o lado da igreja, da estrada. Já levava os braços no ar para ser notada.

O carro, que antes acelerava, agora percorria a estrada devagar como a seguir indicações. Tratava-se de um Volvo de princípio dos anos oitenta com as linhas rectas típicas de então. Um terço florescente pendia do retrovisor e pouco mais se conseguia distinguir. Talvez um homem de bigode.

Ao menos parava, tinha-a visto.

Sim, um homem de bigode que lhe disse, apontando para o banco de trás, «A senhora é mãe deste senhor?». Nem sequer olhara para trás. O Miguel sorria, calado.

Convidaram o homem a entrar. Ofereceram-lhe vinho, café, o que ele quisesse.

– Eu até ia para o Pisco e estava a virar na estrada ao pé dos contentores antes de Ponte de Telhe. Sabem ond'é? Sabem. E depois quase que batia porque este senhor apareceu no meio da estrada. Tive de travar. Ele entrou para o banco de trás e eu a ver a minha vida em complicações. Era cajaking, mas depois percebi.

O Miguel não interrompia, mas os olhos muito abertos davam a entender que prestava atenção ao homem.

– Claro – continuou engolindo um trago de vinho do Porto –, ele não me ia fazer mal. Percebi isso. Começou com conversas, vai para ali, vai para ali, perigo, ajuda, e coisas assim. Ele insistiu tanto que eu fui. E cá estou, dei com os senhores num aperto.

Penso que foi uma das últimas idas ao Tojal.

A senhora Olinda senta-se no sofá à frente do poster Decca. Não apanhou o cabelo, mas arranja-se passando as mãos pelo corpo como a costureira que procura um ponto solto. Endireita-se, estica as calças e recompõe a camisola. Os gestos são nervosos de forma controlada. Não diz uma palavra.

Não sei o que veio cá fazer nem me interessa, desde que não se demore.

Por vezes sentava-se no terraço a conversar com os meus pais. Como agora, compunha-se depois de sentada. Eles gostavam de conversar com ela, de lhe servir um copo de vinho e ouvi-la queixar-se da Junta de Freguesia por causa do sistema das águas e dos vizinhos que só regressavam ao Tojal em Agosto e esbanjavam a água como ricos, sem consequências. Enfim, já não eram de cá e tinham-se esquecido do valor da rega. Ela sim conhecia o valor da rega. Impunha o seu conceito de água aos outros, fechando-lhes as torneiras durante a noite. Os vizinhos acordavam perante os campos, as figueiras e as videiras, quase tudo a morrer, e sabiam que fora a mulher de baixo, aquela com a criança esquisita. Deixavam-na em paz por causa da criança esquisita e reabriam as torneiras. A água refluía.

A senhora Olinda costumava comparar o Miguel ao Quim, dizendo à minha mãe «O meu filho hoje sente-se melhor. E o seu?». Comparava o doente ao deficiente, o dependente ao dependente, mas a minha mãe sentia-se constrangida porque comparar é admitir conceitos abstractos e o Miguel correspondia a tudo menos a critérios predefinidos. O Miguel não era comparável ao Quim. Porém, a senhora Olinda insistia «E o seu?» e a minha mãe ripostava «O meu está óptimo. É muito respeitado na área dele, dizem que é uma autoridade». A senhora Olinda não percebia a resposta, bebia o resto do vinho e retirava-se.

Ao meu pai bastava a vista para se consolar. Também nunca lhe ocorrera comparar o Miguel ao Quim. Não se intrometia, limitava-se a beber o copo de vinho até ao fim.

Mas agora a senhora Olinda tem alguma coisa importante para dizer, caso contrário demoraria menos a começar. Não veio queixar-se das regas, até porque os vizinhos já não regressam nas férias de Verão. O Tojal é só dela, do Quim e do senhor Aníbal. Mais dela do que do Quim; mais do Quim do que do senhor Aníbal. De resto, todos abandonaram o Tojal.

Bate os joelhos e permanece calada.

– Posso arranjar-lhe alguma coisa? – pergunto.

– O quê?

– Não sei, um copo de água ou um chá.

– Pode arranjar-me um chá sem açúcar.

Continuo a observá-la da cozinha. E ela também me observa. Não sei se tal é possível, mas parece-me que a senhora Olinda é uma mulher ao mesmo tempo perspicaz e imbecil.

– Não usa o lume para aquecer a água? – pergunta.

– Tenho uma chaleira eléctrica, não é preciso.

– Mas a água fica mais aquecida, sabe?

– Assim também é bom, não se preocupe, senhora Olinda.

Ligo a chaleira e a máquina vai acumulando tensão enquanto procuro os saquinhos de chá. Treme e faz transbordar alguma água. O metal brilha por causa da água.

– Ó, como ela chia! – berra a senhora Olinda. – É assim?

– E ainda vai chiar mais...

O que diz no rótulo. Chá preto Pingo Doce, consumir de preferência antes do fim de 2014. Numa chávena, colocar um saquinho por pessoa e juntar água acabada de ferver. Deixar em infusão cerca de 2-3 minutos. Conservar em local fresco e seco e ao abrigo da luz solar. Consumir de preferência antes de: (ver embalagem) Lote: (ver embalagem) Se não ficar totalmente satisfeito devolveremos a totalidade do seu valor (sessenta e cinco cêntimos).

– Pois é, agora chia mais – continua a senhora Olinda.

Despejo a água ainda borbulhante numa chávena, tal como aconselhado no pacote. Entrego-lhe o chá.

– Isto aqui é antigo?

– O quê?

– Este cartão aqui com as pessoas a dançar.

– Mais ou menos. Dos anos quarenta. Gramofone Decca. Gosta?

– Os homens são muito elegantes. No meu tempo ainda vi senhores com sapatos daqueles. Mas só em Arouca. Aqui a gente andávamos descalços.

Depois envolve o chá com as mãos para se aquecer.

– Não acendeu a lareira? – pergunta.

– Não consegui. Está muito suja.

Pousa o chá, agacha-se em frente à lareira de cócoras num movimento lento por causa da velhice. Bate três vezes no interior da lareira com o ferro de espicaçar. De dentro cai um fio de pó como numa ampulheta, directamente sobre as ranhuras da gaveta, enchendo-a por completo. Depois coloca dois troncos lado a lado, desfaz uma pinha com uma força incrível e deposita os nós resinosos entre os dois troncos. Põe novo tronco em cima dos outros dois. Acende um fósforo e pega fogo aos troncos, um fogo intenso que não se extingue logo como o fogo que eu tentei manter quando chegámos ao Tojal. Parece que pegou, a chama vive e o fumo escoa.

– Vê? É assim que se faz.

Depois senta-se no mesmo sítio e volta a pegar no chá. Não ficou suja.

Entretanto, o Miguel desce do quarto. Diz olá à senhora Olinda e encosta-se ao pé da lareira, sorrindo de alegria por ouvir os estampidos e os jactos sumidos de vapor que se escapam da lenha quando não está completamente seca.

A nossa mãe alimentava a lareira com voragem de piromaníaco. Talvez a lareira lhe lembre a mãe. O fogo lembra sempre uma origem.

– Ó menino Miguel, como estás hoje? – pergunta a senhora Olinda.

– Bom – responde.

E vai a dizer «És um menino muito lindo» quando se lembra de que ele já tem quarenta anos, tal como o Quim, que ficaria perturbado se lhe dissessem «És um menino muito lindo». Mas de facto são os dois meninos muito lindos, pensa.

O Miguel capta-lhe a expressão que significa «És um menino muito lindo» e, em vez de se sentir insultado, de sentir que está a trair a Luciana, pergunta

– E menina Oinda, boa? – à semelhança de quando suspirava «Menina Augusta!» como quem diz «Minha nossa».

Virando-se para mim, a senhora Olinda comenta baixo

– O que é que ele perguntou?

e eu respondo

– Se está boa.

Pousa o chá e suspira. O Miguel sorri-lhe e ela responde com meio sorriso. Depois recosta-se no sofá e cruza os braços à altura do peito, fazendo-o sobressair num suspiro. Fecha os olhos, encolhe as pernas e os ombros. De súbito parece um livro que ninguém abre há muito tempo, ou que nunca foi lido.

– Mas o que se passa, senhora Olinda? – pergunto.

– O meu Quim.

– Vi-o de manhã. Voltou a andar de carro e tudo.

– Sim. Ainda agora pôs a cabeça no meu ombro, aqui. – Aponta com as mãos para o ombro direito. – Depois foi muito rápido que eu nem sei. É que não sei dizer bem. Falámos da doença e da trotineta, acho eu. Antes de ele adormecer sentei-me um pouco com ele na cama. Ele pousou a cabeça no meu ombro. Sentia-se melhor mas assim para o tonto, um bocado como não estar ali comigo. Pôs aqui a cabeça e falou da doença. Sempre a falar da doença... Mas agora falou diferente da doença, percebe?

Ouvindo a senhora Olinda e observando os gestos cansados – até mais do que cansados –, os gestos de uma mãe, tenho vergonha, mas interrompo.

– O que é que ele diz sobre a doença?

– Ó, nem lhe posso responder a isso. Diz que a doença é uma... Sabe? Mas pronto. O Quim estava com a cabeça no meu ombro. Já lhe disse que falámos da trotineta, acho que pelo menos falámos disso.

Com certeza que para o Quim pareceu um ombro como um ninho, e com certeza que para ela a cabeça no ninho que construíra ao longo de quarenta anos era apesar de tudo a cabeça de um filho ainda pequeno. Daquelas cabeças onde se cheira um resto de infância. «Não te está a acontecer nada, filho», disse, afagando o pouco cabelo que lhe sobrava. Ele respondeu «Não me está a acontecer nada, mãe», e era como se ao dizê-lo se abandonasse ao mundo que sempre combatera, o seu próprio mundo, porque a mãe e o pai eram o único mundo que conhecera e combatera. Depois lembrou que precisava de guardar o tractor para não o roubarem durante a noite. «Sou o único que sabe mexer na trotineta.»

A senhora Olinda cala-se, puxa pelo fio do chá soltando-o logo de seguida. Uma espuma quente emerge e ela sopra-a antes de retomar a conversa.

A espuma cai no tapete e dissolve-se. Sentado no tapete, o Miguel observa a lareira mas presta atenção à nossa conversa, dando solavancos sempre que ouve algo que o alarma.

– E acho que também falou de si – continua ela. – Não falou só da trotineta. Lembra-se daquela vez em que o Quim foi buscar vocês à Paradinha?

– Acho que sim, que me lembro. De certa forma naquele dia ele salvou-nos. Mas e então?

Pousa o chá na mesa de apoio porque está cansada e não tem força para o segurar sem beber. Ainda não o bebeu.

– Depois não sei bem. Falou em muitas coisas mais. Sei lá. Acho que estava mais metido a lembrar-se de muitas coisas do que ali a falar comigo. Percebe?

– Percebo. E isso foi quando?

– Ainda agora. – Decidida, bebe o chá de uma assentada, chupando a saqueta no fim. Depois de passar a língua nos dentes para limpar os restos de chá, continua: – Ficou com a cabeça no meu ombro durante um bocado e então foi tudo muito rápido, mas pareceu muito devagar. Foi igual a quando caímos mas antes de batermos no chão. Falava de si, dos seus amigos e da sua namorada, naquela altura em que vos foi buscar. Estava cansado mas a conversa dava-lhe vontade. E então pronto.

Então pronto: o Quim deu um impulso para a frente como se engatasse a primeira no tractor. Como se atrás de si sentisse a baforada do tubo de escape enquanto subia ao monte depois de nos ter ido buscar, e ao lado dele estivesse uma mulher linda como a minha namorada. A senhora Olinda segurou-o num abraço para o manter encostado ao ombro, e o Quim, mesmo antes de engatar a segunda e espiar o sorriso da minha namorada pelo canto do olho e perceber à volta o espectáculo de pôr-do-sol e montanhas, manteve os olhos abertos à espera de mais qualquer coisa – e morreu.

A senhora Olinda cala-se e vira-se para mim. O cabelo cai-lhe para a frente da testa e a respiração abranda e quase pára, como prestes a rebentar num choro que é ela a libertar-se de si mesma e do Quim.

No entanto, não chora. Termina com

– Era só para lhe dizer isto.

e depois levanta-se e sai.

Fora, junto do portão, o senhor Aníbal aguarda a mulher. Quando a vê, retira o boné verde da Santa Casa. Quer dar-lhe a mão, mas ela não a aceita. Prefere a mão só. Em vez disso, diz-lhe «Vamos lá» e regressam a casa lado a lado.

O meu pai regressava devagar a casa pela Oliveira Monteiro apoiando-se na bengala. Percorria a rua, como a descobri-la pela primeira vez, em direcção à Praça Pedro Nunes, à casa amarela da nossa infância. Aliás, ele sempre conseguiu olhar para as coisas de forma renovada. Mantinha o mesmo deslumbramento inicial por aspectos tão corriqueiros, tão os mesmos dos outros dias, como uma fonte rachada ao meio, no começo da rua, uma loja da Instanta onde um rapaz gordo servia de modelo numa daquelas fotografias em que as crianças vestem fatos lustrosos de adulto, uma frutaria de chineses com o chinês à porta, e uma loja de móveis dotada do nome ambíguo de Afonso VI. Pena que a rua tivesse poucas árvores e muito cimento, tudo pedra do começo ao fim.

A meio, sentou-se numa paragem de autocarro para descansar.

– Não vai entrar, senhor? – perguntavam os motoristas antes de fecharem a porta.

– Obrigado mas não, vou a pé.

E os autocarros arrancavam numa baforada do escape. Dentro, gente muito nova. A carreira passava pelos liceus Carolina Michaëlis e Rodrigues de Freitas. Risos saíam das janelas menos nítidos à medida que os autocarros se afastavam. E já tinham passado uns quantos porque o meu pai insistia em deixar-se sentado.

Mas havia coisas bonitas para ver na paragem do autocarro. Uma rola turca que voava para o alto em circunvoluções, cada vez mais excitada, cada vez mais rápida e cada vez fazendo mais barulho de palmas com as asas, para depois acalmar num deslize planado até à árvore próxima. Atrair a fêmea, atrair a fêmea. Uma criança que fazia birra para dentro de si própria por causa de uma guloseima qualquer, birra só em beicinho e na frase «Mas eu quero, mãe». O cheiro a digestivos e bolachas de manteiga acabadas de cozer vindo da confeitaria Porto Rico. Dois velhos que passeavam de mão dada. Ela perguntava «Não queres pudim?» e ele respondia «Já te disse dez vezes, mulher teimosa, que não quero pudim!». Um casal de namorados a olhar para os carros. A cinquenta metros, à porta de uma conservatória do registo comercial, uma cigana coberta por um manto roxo e sujo segurando um cartaz de papel plastificado onde se lia em maiúsculas, assim mesmo em masculino, «Estou desempregado não mereço o apoio social tenho cinco filhos». Mais à frente, numa discussão sobre Cristiano Ronaldo, um reformado berrava «É um lince, ele resolve!». Sem se perceber de onde, de que janela, o som pouco trabalhado de um piano. Perto, um homem de brinco que esperava o autocarro, dizendo ao telemóvel «Vai à merda com a tua língua». Por último, o vento, melhor, a brisa sobre este cenário.

Isto sim era a Primavera.

E depois a última visão dessa manhã. A minha mãe passava de carro, rápida, também de regresso a casa. Ainda usava casaco de peles, teimosa. Ele levantou a bengala, berrou, mas a minha mãe não o viu. Passou, desapareceu na curva que leva ao Rodrigues de Freitas.

Já se saciara do passeio e até da Primavera. Agora só queria voltar a casa. Levantou-se, sentindo-se descansado, todavia com a cabeça leve, como a pender para o céu, e o coração em brasa. Já tivera ataques cardíacos, anginas, bypasses, stents, até um mixoma auricular, não era aquilo. Aquilo era o quê? Uma espécie de ciática mais funda, mais cavada, que começava no coração mas que o enchia por inteiro.

Deu três ou quatro passos. Voltou atrás. Sentou-se e pendeu. Caiu. Quando chegou ao chão, a corda já parara.

O INEM levou-o para o São João. Depois de constatarem o óbito, devolveram-no bastante sovado das reanimações frustradas.

A Primavera continuava, embora a minha mãe tivesse perdido a noção de tudo. Sempre dissera que queria morrer depois porque se sentia mais capacitada para sofrer, mas no íntimo convencera-se de que morreria antes, trocando a volta às probabilidades.

O Miguel acompanhou-a ao hospital. Esperaram no corredor, o cheiro a químico, o deambular de pessoas, o telefone que toca ao fundo. O médico aproximou-se dela, informou-a do que se passara, olhando intermitente o Miguel. «Mas eu ainda...», repetia ela.

O grande problema foi explicar ao Miguel que o pai morrera e sobretudo explicar-lho repetidas vezes, dizer-lhe «O teu pai morreu» até que ele percebesse. Não bastou a ida ao hospital, a presença do médico. Já muito depois do hospital, já muito depois do próprio enterro, o Miguel continuava a perguntar pelo pai como se este estivesse atrasado. Antes das refeições, comentava «Falta o...», mas então percebia pelo estremecer da mãe que não devia falar no assunto, embora realmente o pai estivesse muito atrasado há algumas semanas.

Compreenderia a morte? O afastamento contínuo? Decerto sim, porém acordava a mãe a meio da noite para perguntar

– O pai?

regressando à cama com a mesma resposta, que morrera, melhor, que chegara ao céu.

E isto cansava a minha mãe, consumia-a. Em semanas envelheceu anos, tal como costuma acontecer nestes casos. Sobretudo não conseguia suportar o imenso atraso do meu pai aos olhos do Miguel, e também ela se deixava enredar na fantasia. Dava por si a ouvir passos nas escadas, a olhar para a porta, a ver a maçaneta rodar, e então nada acontecia. Até disse uma ou duas vezes ao Miguel, num impulso do qual logo se arrependeu, «O pai não demora». Mas o pai tardava e, quatro meses depois, o Miguel convenceu-se de que o atraso seria permanente.

Eu também ficara sem pai mas tinha noção das coisas e preparara-me com anos de antecedência. O afastamento que mantive resultou em que, afastado por afastado, a morte dele não pareceu um momento tão definitivo. Tratou-se apenas de uma fase mais extrema de estarmos longe um do outro.

A normalidade assentou como a cinza depois do fogo, cobrindo tudo com uma calma morta. Quatro meses depois, a minha mãe ficou na cama de manhã. O Miguel desenvencilhava-se sozinho, e para mais a cama protegia-a contra a tristeza porque daquele lado, à sua esquerda, ainda ouvia o meu pai respirar. Pelo menos gostava de imaginar que o ouvia.

Mas adormecia, sonhava ou lembrava-se, não sabia ao certo. Lembrava-se ou sonhava que tornava a casa de carro depois do pequeno-almoço, croissant simples torrado e café duplo. Sempre gostou de guiar depressa pela Oliveira Monteiro depois do pequeno-almoço. E ultrapassava a paragem do autocarro sem olhar para o lado porque tinha pressa e sabia que ninguém a esperava ali. De facto, a paragem encontrava-se vazia.

Porém, mesmo antes de abrir os olhos, pareceu-lhe distinguir alguém pelo retrovisor.

Acordou em sobressalto. O Miguel abanava-a.

– Vou.

– Porta-te bem, muito bem.

– Sim – disse, virando as costas.

– Miguel, então e o beijinho da mãe?

Ele abraçou-a, deu-lhe um beijo na testa e passou-lhe os dedos na boca como depositando aí uma moeda. À saída, repetiu o mesmo de todas as manhãs, «Vou ter com a Luciana».

A minha mãe voltou a adormecer porque queria regressar de carro à rua, antes ou depois do pequeno-almoço, tanto fazia. Bem rápido. Olharia com mais atenção.

Na paragem, agora sim, viu o marido sentado a acenar com a bengala e sorrindo sempre. Acenou também, disse «Adeus, até logo» e o carro continuou pela rua. Porque não parou, se iam ambos para o mesmo sítio, para casa? Queria parar, voltar para trás – acordar –, só que a rua não acabava, o asfalto em recta até ao horizonte, tal como não acabava, porquê, a sensação de reconforto, de alegria, por o ter visto e saber que o encontraria daí a pouco.

A rua continuava sempre.

– E agora um momento de silêncio – diz o padre mas ninguém ouve.

Abriram a igreja à pressa e puseram o caixão cá dentro nuns apoios de madeira que estalam e a qualquer instante podem ceder. Acho que um dia encontrei os apoios no barracão ao lado da nossa casa onde o Quim guardava o Smart. Quer dizer, nessa altura ainda não tinha o Smart. Já assim sozinhos e encostados à parede eram frágeis, quanto mais com um morto em cima. O que vale é que o corpo do Quim quase não pesa: parece um véu, parece só espírito pousado sobre um pouco de carne e osso. Pesa a madeira do caixão e, mesmo assim, sendo de pinho, é bastante leve.

Apesar de tudo, conseguiram disfarçar o tamanho do corpo enfiando chumaços na roupa.

Isto lá à frente ao pé do altar, onde acenderam mais velas, por baixo de um lustre de casa de velha. Não consigo ver as mãos agarradas uma à outra a saírem por cima do caixão com o terço de permeio. Nem mesmo a cabeça. Não vejo nada mas sei que ele está ali dentro porque antes de me sentar pus-me ao lado para o manter na memória deste modo, muito inexistente mas já em paz. Parecia de porcelana. Alguém veio de Arouca para o arranjar, mas já deve ter partido porque ninguém se demora no Tojal. A qualquer momento aquela cara inexistente mas em paz pode quebrar-se, quebrar-se a porcelana, fazendo-se pó, e ele desaparecer sem antes ir à terra.

O pior é que chove. Toda a tristeza da terra caiu no Tojal, construção que desaba sem motivo e derruba tudo como se o Quim fosse a peça que sustinha este lugar.

– Um momento de silêncio – repete o padre.

Estou sentado nos últimos bancos, quase por baixo do coro. O Miguel luta por manter os olhos abertos. Trouxemos um ramo de flores.

Fui a Arouca num instante comprá-lo, por isso nem vale a pena dizer que achei bonita a mulher que mo vendeu, nem que as pessoas ainda me reconheciam na rua, apesar de eu não aparecer há muitos anos.

O povo que entra vem pingado e a espirrar. A igreja está cada vez mais húmida, tresanda a calor de gente transpirada. Entram os habitantes das aldeias à volta e também de Arouca, os poucos que lá o conheciam por causa da doença, como a enfermeira que lhe dava injecções e dizia «Hoje está com bom ar» e o taxista que o transportava.

Nos nichos. São Barnabé apedrejado à porta da sinagoga, Nossa Senhora de Fátima com a cabeça pequena e a coroa grande, São José de cajado, Santo António sem nada nos braços, Santa Teresa segurando flores que envolvem a cruz.

Nos bancos da frente, também por baixo do lustre de velha, o senhor Aníbal parece outro. Quer dizer, é outro, não é o senhor Aníbal. Tomou banho, penteou-se, vestiu um fato dois números acima, endireitou as costas e tirou o boné. Pousou as mãos sobre os joelhos e não as tira de lá. Ao lado das mãos dele, as mãos da senhora Olinda. Não se tocam mas estão muito próximas. Ela também parece outra. Extinguiu-se, resumiu-se em si mesma e tem os olhos fechados como quem descansa depois de um trabalho difícil.

O Quim foi o trabalho difícil.

E agora falta-lhe qualquer coisa por dentro, alguma luz. Ou toda a luz. Não sobrou nada. Ficou desfeita pela explosão da morte do filho, e desfeita talvez por se ter sentido aliviada quando percebeu que ele nunca mais se descolaria do seu ombro de livre vontade. Ao seu lado, até o senhor Aníbal parece maior e vivo.

Reparo que ninguém trouxe flores. A rodear o Quim, apenas madeira.

A igreja encheu-se. Todos de preto carregado como manda a tradição da aldeia. Muitas mulheres não tiveram de mudar de roupa porque andam sempre de luto pelos maridos que se escaparam daqui, da vida, mais cedo do que elas e as largaram apenas com o consolo umas das outras. Pouco consolo. E é assim o interior de Portugal: uma imensa mulher feia e viúva fechada à janela do primeiro andar de uma casa velha, esperando sair à rua numa ocasião importante como o enterro do doente que nunca conheceu mas em relação ao qual sente alguma afinidade porque vivia na terra ao lado.

Já entraram vários exemplos dessa viúva que é o interior de Portugal. Ao lado do Miguel sentaram-se duas, uma gorda e outra ainda mais gorda, ambas de um gordo flácido que não choca por ser natural, por ser o consolo de tantos anos de trabalho. Trabalhaste, sofreste, agora regala-te, agora come. A mais nova é mais gorda e a mais velha é mais magra, mas quase não se nota a diferença. Partilham a gordura uma da outra.

– Quem é?

– O da Olinda.

– Foi novo?

– Sei lá.

– E deixou alguém?

– Não deixou ninguém.

– Ao menos. Daqui a nada estamos todos mortos. Já me habituei.

O Miguel manda-as calar. Sempre que íamos à missa, alguém o mandava calar, ou alguém mandava calar alguém, mas sobretudo a ele, só que ele realmente portava-se muito bem, sentado quando era para estar sentado e de pé quando era para estar de pé. «Como um príncipe», e ele sorria. Porém, diziam-lhe chiu quando ele tentava imitar o padre ou a assistência, «criadordocéudaterratodascoisasvisíveinvisíveis», etc. Diziam chiu como a cuspir. Ou seja, um chiu saído sem pensar. Quando nós lhes respondíamos chiu, percebiam, calavam-se, e penitenciavam-se um pouco durante o resto da missa. Não tinham reparado que ele era como era.

Agora é o Miguel que diz

– Chiu!

e as mulheres viram-se, olham-no, fazem-lhe uma festa na cabeça e calam-se antes de tirarem o terço do bolso. O psst psst psst das mulheres a rezarem o terço. Quatro ou cinco psst psst psst por conta, mais nos pais-nossos do que nas ave--marias.

Fora, a chuva intensifica-se. O barulho fecha mais a igreja e as pessoas umas nas outras, não só para se consolarem da morte do Quim mas também para se aquecerem.

– Silêncio – continua o padre.

E eu no centro das pessoas que se juntam, pelo menos é o que sinto. Mais ninguém entra. Agora, com tanta chuva e trovoada, parece que estamos presos cá dentro. Parece que o único verdadeiramente livre cá dentro é o Quim, mas ele não está cá dentro. Aqui ficou o véu de carne com o qual se debateu e perdeu.

– Já lá fostes ver? – recomeça a menos gorda interrompendo o psst psst psst.

– Fui quando cheguei. Muito lindo.

– Sim, muito lindo. Pareceu-me de cera.

O Miguel vai relançar num chiu quando o padre com voz mais grossa

– Caríssimos, silêncio.

A senhora Olinda vira-se para identificar quem fala e eu, estúpido, aceno-lhe com um sorriso. Palerma. Não repara em mim, tem os olhos secos e encurtados. Não vê nada excepto o caixão do filho.

Por fim, a gente começa a serenar. Ombros descaem, pessoas ajoelham-se, pessoas encostam-se às paredes. No coro, as últimas cadeiras a arrastar. E pronto: a massa preta acalmou, assentou, e agora as caras viram-se para o altar quase ao mesmo tempo como onda na costa.

Uma vontade irresistível de estalar os dedos.

Calamo-nos à espera de que algo nos trespasse no mesmo movimento. Que algo nos una como um facho. Esperamos viver a mesma experiência da mesma maneira, de não ter de ser um para ser muitos. De ser simplesmente muitos, de sentir aquela intimidade do abraço de irmão. Talvez sirva de consolo. Mas onde é que se faz essa intimidade?

O padre sorri por ter conseguido arranjar silêncio. O Miguel sorri por ter conseguido calar as gordas. Dá-me a mão e diz «Estéricas» e depois de uma pausa «Chatas». Num enterro ou noutro sítio, tanto faz. O Miguel comporta-se como se o mundo se centrasse nele, e não no morto ali à frente. Quem diz o morto ali à frente diz qualquer outro acontecimento. Ele é o mundo dele e os outros não existem, a não ser a Luciana.

Sempre a Luciana. Uma palavra que me desgasta, Luciana. Uma palavra que me fere, Luciana.

Mas talvez, de certo modo, ela também não exista por fazer parte dele, por ser um órgão ou braço dele. Porque o sangue dele é o sangue dela. Porque ela é nele um sentimento forte e constante. Ele molda o sentimento da Luciana e por sua vez o sentimento da Luciana molda-o. Por isso, nada mais lhe interessa. Expressar amor pela Luciana é dedicar amor a si próprio. O Quim morreu e eu não vejo o Miguel sequer perceber ou olhar para o Quim morto com alguma saudade, se é que ele era digno de saudade. Ao menos sentir remorsos enquanto igual, enquanto irmão que deixa o irmão partir. O Quim partiu, o Quim era nosso irmão e deixámo-lo ir. Ele tinha de ir, ele está melhor depois de ido, contudo perdura, talvez não na tristeza mas nos remorsos.

Mas que interessa o que ele sente?

Mentiria se dissesse que o padre também é gordo. Na verdade é muito magro. Alimenta-se mal.

– Irmãos, estamos hoje aqui reunidos. – Cala-se e continua depois de pensar: – Estamos hoje aqui reunidos para acompanharmos o nosso irmão Joaquim Vinagre que parte. Porque o nosso irmão Joaquim... Realmente o nosso irmão Quim, sim, partiu. E agora está lá, não está cá. Aqui não, não. Ali, no alto. Sobre o Tojal! E está lá como bem-aventurado porque sofreu. Todos sofremos, irmãos, mas ele sofreu mais. Já não sofre.

E cala-se de novo à procura das palavras e a analisar a assistência. Como sempre, um velho tosse puxando o catarro e uma criança, uma das poucas crianças, talvez a única, ensaia um choro mas cala-se porque a mãe lhe dá um beliscão nas costas, por baixo da camisola.

– E teve sempre um sorriso para os outros. Uma forma de lidar muito boa apesar de por dentro as agruras atormentarem o nosso irmão Quim. – A senhora Olinda acena que sim. – Nunca se esqueceu dos outros. Não nos esqueçamos também nós dele, irmãos. Ele está lá mas nós estamos cá e recordamos, irmãos. Nós, os outros de quem ele nunca se esqueceu. Porque, irmãos, às vezes basta pouco. Ele mostrava pouco, mas nós sabíamos que era muito. Os de Ponte de Telhe, os de Arouca e, claro, os do Tojal. Irmãos, reflictamos antes sobre a vida, porque este é um momento de vida.

Agora o beliscão ultrapassou os limites. A criança berra sem que a mãe a possa levar para fora por causa da chuva. Berra sempre.

– O nosso irmão Quim... – prossegue o padre, mas não sabe o que dizer mais.

De qualquer forma, não é preciso continuar porque o choro do senhor Aníbal, surgindo como o som de uma locomotiva numa curva, silencia tudo o resto. E depois a senhora Olinda, as duas mulheres que ciciam o terço, o Miguel e toda a assistência. E eu, porque não, também choro. Mas choramos como animais, como tristes, como abandonados. Embora pareça por um momento que somos todos iguais, que todos vivemos a morte do Quim da mesma maneira, não é através do choro que existe fraternidade porque não existe fraternidade.

E eu talvez chore por isso, não pelo Quim.

O padre perde-se nisto, atrapalha-se. A criança ainda berra, as pessoas ainda choram. A missa começa e termina sem que ele conclua o que queria dizer e sem voltar ao Quim na homilia.

Sim, ninguém trouxe flores. Não é costume. Fico com as minhas presas à mão como uma arma depois do disparo. Tenho de as deixar em algum sítio perto do Quim, mas a multidão impede-nos de aproximar enquanto o levam sobre ombros, saindo da igreja e dirigindo-se pelo carreiro até à caixa de sapatos.

Atrás de todos, o coveiro segue ensopado pela chuva que ainda cai e arrastando a pá como sem força, embora tenha muito trabalho pela frente. É o mesmo homem que mata o porco duas vezes por ano.

O vento dá-nos caneladas de chuva. Tosse puxa tosse e espirro puxa espirro.

À frente, o padre quase tropeça ao entrar na caixa de sapatos. O povo segue-o. O Miguel encosta-se a mim porque está cansado de tudo isto. Quando é que acaba? Quando é que nos livramos do Tojal e voltamos ao Porto, à vida de sempre? E, principalmente, quando é que a Luciana volta?

A terra já aguarda o Quim de boca aberta mas ninguém lhe deu sequer um ramo de flores. Só me apetece largar o meu. Estacionam o caixão ao lado da cova e aguardam que o padre conclua.

– É agora, irmãos! – berra no meio da chuva e depois reza qualquer recitativo como «Deus omnipotente quis chamar desta vida para Si o nosso irmão, cujo corpo entregamos à terra, para que volte ao lugar de onde foi tirado», e sai de braço dado com a senhora Olinda.

O povo retira-se antes que o coveiro comece o seu trabalho. Não há flores, não há nada. Só lama, só merda do Camões defecada à porta do cemitério, mas que o coveiro arregimentou para dentro com a pá, só bocados empapados de terra e pedra e o caixão que, à força da chuva, está agora quase enterrado por livre e espontânea vontade, como a cobrir-se numa cama depois do banho.

– Miguel, ala para casa que eu ainda quero deixar as flores – digo-lhe, empurrando-o.

Ele desaparece no aguaceiro.

– Vai começar ou não? – pergunto ao coveiro.

– Ó senhor doutor, isto é uma arte. Tenho de fazer tudo a pensar no que vou fazer. Sabe como é, para mostrar respeito.

E lança a primeira pazada, e logo a segunda e a terceira, e depois é contínuo. O monte de terra tem de voltar ao buraco, só depois posso colocar as flores sobre a cova.

– Ó homem, é coisa para demorar?

– Pois, senhor doutor. Estou sozinho na minha arte.

– Não tem mais uma pá?

– Ali ao canto.

Começo também a cobrir o Quim de terra, cada pazada é uma surpresa de lama e água. E ainda mais surpresa quando em vez de lama e água aparece uma tíbia ou uma omoplata mostrando o branco de osso. Olha agora, enterrar não apenas o Quim mas todos os avós, todos os Vinagres deste sítio. Os que sorriem nas fotografias a preto e branco e a cores na lápide mas de cujo sorriso talvez só reste uma fieira de dentes ou o maxilar inferior.

E uma caveira completa com ar de espanto.

Voltam todos ao seu lugar. Afinal não é para saírem, é somente o Quim que precisa de entrar. O coveiro alisa a superfície com a pá e eu imito-o. A cova ficou ligeiramente mais alta. O homem larga a pá e anda sobre o monte de terra com passos estreitos para o nivelar. Não o imito.

– Ora está a ver, sôtor? Não demorou muito para tantos quilos de terra. Isto agora amansa, aplaina com o tempo.

Já tudo sereno, coloco as flores à cabeceira do Quim e volto para casa.

Chegara o momento de decidir o futuro do Miguel. Eu nem sequer devia ser candidato. Vivia em Lisboa, dirigia o CEP e principalmente já nem o conhecia bem como irmão porque quase não o vira durante vinte anos excepto nas ocasiões regulamentares.

Reunimo-nos na sala de estar logo depois do enterro da nossa mãe. Permanecia tudo vivo, menos os pais. Os quadros chamavam pelas pessoas que os olharam durante décadas, os livros por quem os lera, os sofás por quem se acomodara neles. Tudo relíquias, até nós enquanto filhos.

Pensei, naquele momento, que me livraria de tudo se pudesse, porque assim talvez aliviasse a dor que sentia.

Ninguém queria começar, muito menos eu. Elas tiveram a sensatez de não trazer os maridos e filhos. Uma raridade, só nós. Pelo jeito de me olharem, como se ostentasse alguma marca na testa, reparei que também já não me conheciam. Estranhavam-me, eu repulsava-as e atraía-as no mesmo movimento. É muito difícil discernir as coisas quando perdemos ambos os pais em pouco mais de quatro meses. Provavelmente elas sentiam mágoa pela morte da nossa mãe, uma perda assim tão fresca, confundindo a intensidade dessa mágoa com as muitas culpas que me poderiam inculcar. E por isso observavam-me a medo antes de falarem, a medo e como se estivessem ressentidas.

O Miguel fora almoçar com o sobrinho mais velho.

Talvez elas também se sentissem observadas por mim, conjecturando sobre os meus propósitos. Eu sentia pena, não sei porquê. Decerto por causa da passagem do tempo. Quando morre alguém, morre o tempo de arrasto. E morre uma relação de tempos. Sem a âncora dos meus pais, de súbito as minhas irmãs já não eram novas porque deixavam de ser filhas, ou tornavam-se filhas póstumas. Estavam à sua mercê, à solta, e por isso perderam qualquer máscara. Deixaram de ter escapatória e assim apresentavam-se perante mim tal e qual: as minhas irmãs mais velhas, aliás muito mais velhas do que eu e o Miguel.

A Joana fumava dois e três cigarros quase ao mesmo tempo, raspando as beatas até ao sabugo das unhas. A Matilde apoiava-se nas costas do sofá. A Inês não fazia nada, permanecia quieta ao canto. A Constança andava em volta dos móveis tocando em tudo.

Até agora quase não referi as minhas irmãs porque praticamente não passaram pela minha vida. Saíram de casa quando eu era ainda muito novo e seguiram, como é lógico, os seus percursos. De todas, talvez a Constança, que é a mais nova, tenha partilhado qualquer coisa comigo.

A praia da Amália, um papelinho deixado à mesinha-de-cabeceira antes de eu mudar de cidade, «Só para te lembrar que eu te adoro». O papelinho que acabou numa gaveta do Tojal.

De qualquer forma, agora afiguravam-se estranhas, e eu certamente estranho para elas. Vinte anos afastam inevitavelmente quando não nos esforçamos por encurtar a distância. Mas tínhamos de resolver o único assunto importante. O Miguel.

A Joana foi a primeira a falar depois do último cigarro, os dedos manchados de cinza. Endireitou a camisola e disse

– Eu fico com ele.

E logo as outras, para não perderem o comboio

– Eu fico com ele.

– Eu fico com ele.

– Eu fico com ele.

Assumiam em bloco a responsabilidade, cada uma com a voz mais fina e mais assertiva, só que em bloco perdiam, como aqueles que dizem nos restaurantes «Não, eu insisto» à espera de que o outro mantenha a sua e pague a conta. O outro era eu. Quer dizer, não me conheciam mas exigiam de mim o maior dos empenhamentos. E se eu não tratasse bem do Miguel, se não fosse bom guarda do meu irmão?

– Sim, nós ficamos com ele – repetiram mais baixo.

A Joana sentou-se e olhou em volta à espera de qualquer determinação da minha parte. As outras imitaram-na porque não conseguiam olhar para mim como a inquirir «E tu?». A Inês estalou os dedos enquanto a Matilde, num impulso, endireitou o quadro sobre o sofá. «Está sempre a cair para este lado.»

Tratariam dele não tomando em consideração o fardo que já suportavam. Cada uma apresentava a sua desculpa, o seu «apesar de». Ou filhos, a Constança tinha cinco, a Matilde quatro e por aí fora; ou novos maridos, a Joana ia no terceiro; ou falta de dinheiro, a Inês andava sempre nas lonas.

Etc.

E depois sim, eu até vivia à vontade, eu até dispunha de tempo, eu até podia conjugar tudo com facilidade, mas sobretudo – a mensagem que queriam transmitir – eu devia-lhes isso. E pronto, bastava eu dever-lhes isso.

A Constança parou de circular os móveis para ajudar as irmãs. Por trás dela batia um sol de fim de tarde, o mesmo sol em feixe no qual nos deitávamos, esquecidos da existência, em Março. O sol que dourava a sala e envolvia o cabelo da minha mãe. O Miguel sentava-se ali rebuscando anéis e provas de carinho. A Constança parecia a minha mãe, quem sabe por causa do sol, já que sempre foram muito diferentes.

À minha frente, quatro mulheres cheias de medo. Era disso que se tratava. Cada uma esperando safar-se mas temendo já as consequências de não assumir a responsabilidade. Mulheres tristes, mulheres cansadas. Atingiram uma idade em que supunham desfrutar da vida sem tantas preocupações.

Como é que tratariam de uma pessoa como o Miguel?

Fui acometido por um remorso sem causa, como se o passado fosse real, palpável naqueles raios de sol e em tudo o que eu pensava delas, de mim e do nosso irmão. Atirei-me à Constança beijando-a na testa. As minhas pernas fraquejavam. As outras irmãs sorriam em sinal de despeito, julgo eu. A Inês quase se interpôs.

Fora vencido mais pela memória do sol naqueles dias de Março do que por elas. Acolher o Miguel seria uma catástrofe, pressentia-o, embora fosse o que me exigiam. Cumpriria.

– Eu fico com o Miguel – murmurei.

Só que agora havia que salvar a face, dizer que não era nada disso que queriam.

– Típico teu, depois do que fizeste. Os pais sofreram muito. Nós é que ficamos com o Miguel, ele quase não se lembra de ti. Ninguém queria que ficasses com ele. Ficamos nós à vez – lançou a Matilde.

E claro que insisti que ele ficaria melhor sempre na mesma casa e sem confusões de espaço e sobrinhos e maridos novos e velhos. Elas poderiam visitá-lo sempre que quisessem, mas comigo contaria com uma base sólida, a rotina que lhe era essencial.

Quanto a não o conhecer, nada como o tempo.

Silêncio. A Matilde voltou a endireitar o quadro num gesto rápido. «Eu não dizia?» As outras tentavam perceber entre si o que se passava, como deveriam reagir. Não foi preciso muito para as convencer, apenas o suficiente para manterem a postura, como num mau jogo de póquer. Depois de outro silêncio, disseram quase em uníssono

– Está bem, fica combinado.

Cravei um cigarro à Joana e dei uma passa no meio de tosse. Os nervos. Já mansa, a Joana tossiu por simpatia. As outras falavam baixo entre si. Num esforço por me agradarem, perderam enfim a face ao dizerem um «Obrigada» solto. Nem sequer se importaram de que ele fosse para Lisboa e que vivesse longe da Luciana, que mudasse de vida. A verdade é que no íntimo eu estava decidido a regressar ao Porto, mas elas não sabiam disso. Pediria transferência para outro centro de investigação. Ninguém poria problemas. Quanto às aulas, já estava farto, a mudança seria bem-vinda.

Despedimo-nos porque não havia mais nada a dizer, ou seja, havia muito mais a dizer mas já não tínhamos forças. Pedi-lhes só umas semanas para despachar os meus assuntos.

À saída, informei

– Agora ele é meu.

para que elas percebessem que não podiam voltar atrás. Estava feito.

As irmãs entregaram-mo semanas depois. Entraram na casa que eu alugara no Porto com ele pela mão, porém ligeiramente atrás como o Euzebiozinho nas saias da mamã.

– Então, que é isto? Não sabes quem sou? – perguntei.

Não sabia. Eu também não o reconheci. Dele, vira no último enterro uma barriga saliente por entre os abraços das irmãs. Pois agora olhava-o em pormenor. O cabelo continuava cortado à escovinha com dois remoinhos divergentes na nuca. A expressão permanecia a mesma, inocente e aberta, porém marcada pela incerteza que a morte dos pais impusera. Trouxeram-mo em comité, duas de cada lado, como a protegê-lo do inevitável, e aconselharam «Trata-o bem». Murmurou «Olá» enquanto estendia a mão para o «poussoubem».

Tentei abraçá-lo mas ele recuou.

– Passas a viver comigo. As coisas vão mudar. Primeiro uma casa nova. Por enquanto ficamos também com o Tojal. A Matilde, a Joana, a Inês e a Constança só te podem visitar de vez em quando – afirmei sem afrouxar o aperto de mão.

Ele baixou a cabeça e respondeu apenas

– Muitobem.

Foi há um ano. Estávamos por fim entregues um ao outro. Desta vez, sim, revia-o como irmão porque ele era só meu, por muito que achasse que pertencia em exclusivo à Luciana.

E que homem gordo, disforme no pescoço, quase sempre prestes a chorar, não por causa dos nossos pais, que ele esquecera na dor, embora perdurassem na memória. Prestes a chorar porque a Luciana não lhe retribuíra o sorriso, olhara em demasia para outro, demorara a responder, não o quisera acompanhar à sala, enfim, porque a Luciana não o amava tanto como ele a amava.

Esta indiferença perante a morte daqueles que deram e foram a sua vida, comparados com uma qualquer, que se limitou a aceitá-lo quando ele cedeu à carência, revoltava-me como uma afronta pessoal.

Ali estávamos, num T2 miserável perto do Monte dos Burgos, tendo por vista uma magnólia e os prédios em frente, onde por vezes a sexagenária do segundo esquerdo deitava o peito à janela para o secar. Não se pense que era bom de ver: protegido por um soutien húmido, o peito descaía como uma flor murcha.

A casa quase não suportava as enciclopédias e os dicionários que sustentaram a minha carreira académica. O corredor entre os quartos transformou-se numa lura de papel. Até o quarto do Miguel, com pouco espaço para televisão e cama, precisava de ser forrado com várias edições da *Luso-Brasileira*. De resto alguns clássicos da literatura mundial, porque me desfizera dos autores secundários como Sttau Monteiro para abrir espaço às obras de referência.

Incomodado, o Miguel remodelava as pilhas a todo o momento.

A minha vida mudara por completo. Agora era apenas mais um investigador num centro da FLUP, ainda por cima obrigado a leccionar a cadeira de Literatura Portuguesa do Romantismo ao Naturalismo. Escusado será dizer que lhes espetava com Castilho, só para assustar.

Se já em Lisboa tinha poucos conhecimentos, no Porto nem me valiam os amigos de infância com quem não falava havia décadas. Por isso seguia uma rotina à Kant de casa-universidade, universidade-casa. Pouco mais do que isso. Saía depois do Miguel, às nove, e chegava antes, pelas cinco.

A vida dele, ao contrário da minha, quase não mudara. Mantinha-se igual mas noutro sítio. A obsessão de sempre: Luciana, Luciana, Luciana. Ambos continuavam na APPACDM. Eu deixara de perceber o que ele dizia, embora no fundo fosse sempre o mesmo. Ela usando um vestido diferente, ela de óculos azuis, ela com Nivea espalhado nas mãos, ela que o abraçou na cantina à frente das educadoras (até da Josefa), ela que não olhou para o Ricardo quando este lhe beliscou o braço, ela que o acompanhava todos os dias à carrinha. Ela que sorria sem reservas, como as crianças, ela que guardava um frasquinho de lavanda no bolso de modo a cheirar bem só para ele, ela no jardim a apanhar sol, bebendo a luz. E ela em qualquer forma de mulher, até na vizinha que estendia o peito.

Cedo percebi que a obsessão não mudara desde que eu saíra de casa, até antes, desde o tempo do Caranguejo. Eram as mesmas frases, as mesmas situações, os mesmos medos, mas sobretudo as mesmas certezas.

Aos sábados e domingos o Miguel ansiava a semana porque só então podia estar com ela. Distraía-se com as visitas das irmãs, que no entanto deixaram de aparecer, fosse porque eu insistia em lembrar-lhes o passado, fosse porque as tratava como intrusas.

Entretinha-se também com os desenhos animados da Disney, que para ele mantinham o encanto de quando tinha dez anos. «Ouvindo esse gafanhoto, até parece que vai nos acontecer alguma coisa.» Zurrando em jeito de gargalhada antes de lhe crescer a cauda, Espoleto transformava-se em burro à frente de Pinóquio. «Ele acha que eu tenho cara de quê, de burro, é?» Pinóquio com cascos de madeira responde «E tem mesmo». Espoleto, agora completo asno, mas ainda com voz de rapaz, pergunta «O que é que está havendo?» e escoiceia a mesa de jogo. Destinaram-no às minas de sal com os outros meninos burros vestidos de marinheiro.

Ainda que no tempo dos nossos pais ajudasse em casa, agora o Miguel limitava-se a arrumar o quarto. Para mais, não tínhamos dinheiro para uma empregada porque eu comprara às minhas irmãs o que lhes cabia do Tojal, apesar de não tencionar lá ir. Comprei a casa apenas para a manter como relíquia.

Pois ali estávamos. Passávamos as refeições em silêncio, excepto uma referência ocasional à FLUP ou ao Ricardo, que afinal de contas beliscava a Luciana porque não havia mais raparigas na sala dele. E então, sem aviso, lembrava-se de perguntar entre garfadas «A mãe?» e eu interrompia «O que é que havia de ser? Sabes o quê, não sabes?». Ele respondia um «Mais ou menos» bem pronunciado, com as letras no sítio, depois do qual eu completava, seco, «Morreu».

Excepcionalmente, entusiasmava-se ao contar episódios num sopro, igual a quando os contava aos nossos pais. Histórias semelhantes às do Masturbador, onde amor e luxúria se confundiam.

Semanas depois de começar a viver comigo, subiu as escadas do prédio a correr e sentou-me com ele no sofá da sala. Estalou os dedos e gaguejou, tropeçou nos gestos e nas palavras enquanto tentava ordenar o relato.

– Ela hoje nao dentro mas fora – uma pausa para respirar. – Eu ao Ricardo nao, disse eu nao. Mas ele sim sim sim, Luciana fora. Mentiroso. Eu vi Lucianaforaportao. Ricardo razao. Fugiu!

Após a ter avistado fora da APPACDM, o Miguel saiu no seu encalço e agarrou-a antes que ela apanhasse um autocarro, afirmando «Vais la dentro ja», ao que ela respondeu que o amava muito mas queria liberdade.

A parte depois da vírgula acrescento-a eu.

Olhava-me com carinho e espanto, como se, em vez de mim, encarasse a Luciana em fuga – a Luciana que o traíra porque não quisera levá-lo com ela. Certo era que a impedira de fugir sem que as educadoras reparassem, apenas o Ricardo, que falava como se guardasse berlindes na boca, de modo que ninguém lhe prestou atenção.

– Um heroi...

– Sim, foste um herói – respondi, ainda a tentar perceber o que ele dissera.

Depois do jantar fechou-se no quarto repetindo em voz alta as façanhas do dia, como a assegurar-se de que conseguira manter a Luciana consigo, e para sempre. «Um heroi, um homem. Nao é bebe.» Ouvi-o encostado à porta na esperança de que ele me incluísse na divagação, talvez uma referência breve entre assuntos mais importantes como a urgência de impedir nova fuga.

Claro que não se lembrou de mim.

Falou dela durante uma hora, após a qual o entusiasmo esmoreceu, serenou, e terminou na frase «É assim. Onde a Luciana esta, eu esta», que foi dita já com a calma, já com a decisão de quem não precisa de se justificar, mesmo perante si próprio.

A mulher apoia-se no portão enfiando o braço entre as grades. Os dedos quase chegam ao trinco. Ela bem os estica, mas falha por milímetros. Não consegue abrir o portão nem recolher o braço, que agora ficou entalado nas grades. Embora desloque o rabo para trás de modo a contrabalançar os ombros e use o outro braço como alavanca, o esforço de nada adianta, aliás prendeu-se ainda mais.

Apoiado na janela do primeiro andar, observo a sua aflição enquanto repete «Ai Jesus» em surdina. É uma das mulheres que rezavam o terço na missa do Quim.

Abro a janela quando o «Ai Jesus» se torna demasiado alto para ignorar. O Miguel, que já se aproximou, dá-lhe palmadas no ombro para a reconfortar. «O meu irmao ajuda.»

– Espere que já aí vou – berro.

Agora que o Quim morreu, o Tojal encheu-se de gente como há muito não acontecia. Gente como as mulheres do terço, o ajudante da matança do porco, o antigo presidente da Junta de Freguesia, os primos da senhora Olinda e os irmãos do senhor Aníbal, os antigos vizinhos que se mudaram para Arouca, uma criança de treze anos que apareceu sozinha, o motorista do táxi que levava o Quim ao hospital e dois ou três turistas de Sintra. Apareceram quais necrófagos em busca de alguma sobra daquela morte, mas não havia nada antes da morte, quanto mais depois. Chegam em grupo, e em grupo se espalham pela aldeia, invadindo os recantos, batendo às portas, forçando as fechaduras, entrando às escondidas. De tanto rebuscarem, o motorista roubou a vuvuzela do Quim, a criança de treze anos foi vista a sair do Tojal com a bengala, que lhe dava pela testa, e os vizinhos de Arouca arrecadaram as duas caixas de livros e revistas. Algum familiar levou o Smart.

Quando perguntei à senhora Olinda de onde surgiram estas pessoas, e porquê, ela respondeu «É sempre assim quando alguém parte. Eu ia deitar tudo fora, não faz mal».

– Então como é que se meteu nessa alhada? – pergunto à mulher já suada de tanto esforço.

– Ó Deus, sabe como é. Uma pessoa vai a passar e então mete-se numa destas.

– Não sei – replico, por enquanto sem a ajudar.

– Então não está a ver? É assim! Olhe como o braço ficou preso.

– Certo, mas quem prendeu o braço?

– Vá-se lá saber – suspira ela. – Tudo isto, senhor, quer dizer, senhor doutor, é um embaraço. E logo no seu portão. Quem diria que o senhor estava em casa? Julgávamos que não vivia cá ninguém.

– Não vivo cá, mas a casa é minha. Trata-se de propriedade privada. Repare nas grades onde enfiou o braço. Assinalam a propriedade como privada.

– Sim, claro. Privada é, mas não tenho culpa de acidentes que acontecem. Eu não o vi na missa?

O Miguel afaga o braço preso enquanto tenta tranquilizá-la ao repetir, de língua para fora, «O meu irmao ajuda, o meu irmao ajuda».

– Muito bem, respire fundo e dispa-se.

– Senhor doutor?

– Dispa a camisola para ficar com menos volume. Eu salto para esse lado e puxo por ela. Talvez o braço saia também.

Adversa à ideia, morde a manga do braço livre puxando pela camisola que sai com dificuldade. Apenas de soutien, repete «Ai Jesus» mas acrescenta «Raios partam a minha vida» com ar de criança desamparada.

Depois de saltar o portão, aviso-a «Prepare-se» e puxo a camisola ao mesmo tempo que ela usa a tracção das pernas, mas só com o contributo do Miguel, que empurra do outro lado, conseguimos desentalar o braço.

– Muito obrigada, senhor doutor. Acidentes destes até aleijam – desculpa-se ela apalpando o braço.

De seguida, veste a camisola e continua o agradecimento num tom de voz mais e mais baixo até que o último obrigada se assemelha a uma conta do terço murmurada no enterro do Quim.

– Não agradece ao meu irmão? – pergunto.

– Ora sim, mas ele percebe? – responde a mulher.

– Ele percebe tudo, agradeça-lhe.

Ela entra a medo no pátio e mostra-se embaraçada a dizer

– Obrigada, menino.

– Denada. A Luciana tambem cabelpreto. Agora nao sei, a Lucianaforaportao.

Perante isto, a mulher pergunta «Que é que ele disse?», ao que respondo «Era uma amiga dele, os pais tiraram-na do colégio».

Não quero que o Miguel fale da Luciana e diga à mulher que não a encontra, que ela se foi embora para sempre.

Felizmente somos interrompidos por um berro de homem «Ó Idalina, andas aí?» seguido de palmas. Ela responde que está no caminho, aconteceu-lhe um azar mas ninguém se magoou.

Com o homem surgem catorze ou quinze pessoas. Os vizinhos de Arouca, os turistas de Sintra, os familiares da senhora Olinda e do senhor Aníbal, o ajudante da matança e a outra mulher do terço encabeçam o grupo. Levam ramos de flores amarelas e brancas muito frescas, acabadas de colher, ornados desses fetos que crescem a cada sombra. Comentam entre si que basta irem em frente para chegarem ao cemitério, mas parecem relutantes em prosseguir, como se cada passo significasse uma admissão de culpa.

Ao passarem por nós, a mulher desentalada junta-se a eles em passos rápidos mas curtos. «Olha o meu azar, fiquei presa no portão», comenta com o homem, «julgava que não vivia ali ninguém». O homem acena na nossa direcção, escarrando para um fio de água que goteja ininterrupto desde as últimas chuvas, vindo não sei de onde, talvez do próprio interior da terra saturada.

O grupo desaparece na curva que dá para o cemitério, onde um ensopando de lama agarra pinceladas amarelas e brancas que são as flores que caíram com o vento.

Vão pagar o saque.

– Nao acrdito. Nao e verdade – queixava-se o Miguel.

Nessa segunda-feira, voltara do colégio derrotado como depois de uma sova, mas sem ferimentos visíveis excepto um corte de bochecha a bochecha que fendia a base do nariz. Eu sabia que o quotidiano da APPACDM era violento, em parte até por causa dele, que impedia que os colegas demonstrassem qualquer interesse pela Luciana, mas nunca pensara que ainda fosse possível envolverem-se em lutas. Afinal de contas, a idade deles, todos com mais de quarenta anos, já deveria ter acalmado as paixões.

Despi-o em busca de cortes ou nódoas negras. A roupa húmida de suor; o corpo incólume, embora os movimentos indicassem um ombro deslocado ou uma perna partida. Perguntei «Que se passou, Miguel?», e ele encolheu-se na cama repetindo «Nao acrdito».

Como não conseguia perceber o que sucedera, telefonei à APPACDM para falar com os encarregados do Miguel. Passaram a chamada a uma mulher de voz rouca, quase masculina, que disse

– Não houve nada, não se preocupe.

– Como não houve nada? Explique o que se passou. Quem é que lhe bateu?

– Seria melhor falarmos pessoalmente.

– Muito bem, mas para já diga-me por favor o que se passou.

– É o seguinte. O senhor sabe que ele tem um carinho especial por uma rapariga chamada Luciana, não é verdade? Pois eles desentenderam-se, não me pergunte porquê. Ela disse que não queria namorar pelo menos durante uma semana, e ele levou a mal. Exaltou-se, coitadinho.

– Percebo. E o arranhão na cara, foi ela quem lho fez?

– Muito pelo contrário. Com a fúria, ele é que se arranhou, e bem. A educadora Josefa pô-lo de castigo o resto do dia.

Ainda por cima, de acordo com a encarregada, a Luciana anunciara que não seria namorada do Miguel perante toda a APPACDM, no intervalo do almoço, mas não explicara porquê, talvez em retaliação por um momento em que ele não lhe prestara a atenção merecida.

Ter-se-á tratado do momento em que o Miguel referiu que eu existia, porque dias antes ele informara-me «A Lucana nao quer falar deti».

Deixou de o acompanhar à carrinha. Almoçava no outro lado do refeitório. Deu demasiada confiança ao Ricardo, que a beliscava impune à frente da turma, em especial do Miguel. Disse à Josefa «O Miguel é mau», e esta pô-lo novamente de castigo porque a queixa foi acompanhada por um arregaçar de manga que revelou uma nódoa negra acabada de irrigar.

Ele não seria capaz, deve ter sido ela a ferir o próprio pulso.

De início o Miguel pensou que o rompimento era brincadeira, coisa de um dia, mas a meio da semana o desespero tomou conta dele a ponto de, pela primeira vez desde que vivíamos juntos, preferir ficar em casa a ir à APPACDM. Ele antevia outros dois anos de afastamento, e julgava que não seria capaz de suportar nova provação. A Luciana era dele, a Luciana era ele. Pertenciam ao mesmo metro quadrado. Já não viverem juntos custava bastante, quanto mais se ela decidisse que nem sequer falariam. Chorava como um adolescente, melhor, como um marido abandonado.

– Minha mulher fugiu. Nao acredito.

Tratava-a desse modo: minha mulher. E eu pensava, com pavor, se de facto seriam homem e mulher. Com certeza houvera oportunidade, como conseguiriam os funcionários da APPACDM vigiá-los constantemente? A obsessão que ele sentia pela Luciana, e agora o desespero de não ser retribuído, poderiam reflectir a união do espírito e do corpo expressa em «minha mulher». Pensar nisso provocava-me uma irritação, uma raiva que por pouco não controlava.

– Nao vou colegio, Lucianana nao quer – afirmava o Miguel, cerrando os punhos e rilhando os dentes.

Todavia, por enquanto não precisava de me preocupar com questões de corpo e espírito porque o desgosto do Miguel batera tão fundo que seria preciso muito tempo até que ele estivesse disposto a reaproximar-se da Luciana.

Ao voltar da APPACDM, esmurrava a parede do quarto até que as mãos, por demais em sangue, o impediam de sofrer por ela, obrigando-o a sofrer por si próprio. Eu intervinha exigindo que parasse, só que ao esmurrar sucediam cabeçadas, e a estas empurrões. Agarrava-o, mas ele prosseguia – até gestos simples como piscar os olhos, quando levados ao extremo, podem infligir dor. Expressava assim as emoções complexas cujo vocabulário nunca aprendera.

> Era ridículo e ao mesmo tempo aflitivo, porque o que ele sentia, embora bem real e bem doloroso, não podia ser mitigado com palavras, mesmo que ele as soubesse.

Como não o conseguia acalmar, proibi-o de ir à APPACDM para que a separação da Luciana, certo que por poucos dias, funcionasse como sedativo. Quando lhe disse «Não vais ao colégio durante o resto da semana», ele mostrou-se resignado, pronto a aceitar o bálsamo. E de facto acalmou como a brasa afastada do fogo. Parou de se magoar, serenou as queixas e até, para meu espanto, retomou a rotina de quando os pais eram vivos.

Acordava às oito para ligar o aquecimento do quarto de banho e abrir a água quente de modo a esquentar os canos. Não queria que eu levasse com aquela primeira água fria. Depois insistia «Nao preciso demais nada, fico bem» e forçava-me a sair para o trabalho. Na minha ausência, distraía-se com desenhos animados da Disney e telenovelas portuguesas da TVI.

De regresso, tinha-o à espera qual cachorro abandonado, carente, pronto a receber-me com um abraço. Ao jantar insistia em pôr a mesa sem esquecer o meu copo de vinho. À sua maneira, demonstrava interesse por mim, até pelo meu trabalho. «Muito computador?», perguntava imitando o gesto de teclar.

De súbito eu fazia parte do pequeno paraíso que o Miguel habitava. Fora-me desvendada uma nesga do jardim.

No fim-de-semana, já pacífico, perguntou-me «Gostas de mim?», genuinamente à espera de uma resposta.

– Claro que sim, Miguel. Estás melhor, não estás? Vês como um tempo longe da Luciana te fez bem?

– Estou – disse, e depois acrescentou: – Tambem gosto deti, mano.

Era uma coisa tão maravilhosa como a separação das águas do Mar Vermelho.

Experimentava por fim a doçura de ser correspondido, como se os vinte anos que nos separaram tivessem suturado, fossem cicatriz, e nós de novo jovens que não precisavam de esforço para serem irmãos. Voltáramos ao princípio, poderíamos crescer em conjunto. Ele não estaria só e eu também não. A Luciana continuaria, era certo, mas agora o Miguel conseguiria incluir-me. Aproximava-me do paraíso dele vindo de leste, cada vez mais seguro de que a ausência da Luciana o obrigara a olhar além de si próprio e do seu amor e descobrir que existe mais amor em complemento daquele amor. Sentia-me perdoado; sim, era como retornar ao paraíso vindo de leste.

Domingo anunciei a minha decisão. Disse-lhe «Miguel, amanhã já podes ir ao colégio» e, embora pareça estranho, ele não demonstrou qualquer interesse. Respondeu apenas «Pois» e foi deitar-se.

Nessa segunda dei aulas sem pensar na matéria, que aliás não merecia reflexão, sem pensar sequer no que dizia, porque aguardava com ansiedade as cinco da tarde. Lembro-me vagamente de alguém perguntar «Professor?... Professor?...».

O Miguel chegou a casa transfigurado. O aranhão tornara-se uma curva gerada por um sorriso de orelha a orelha. Se não fosse tão gordo, diria que levitava.

Berrou

– É é! A Luciana outra vez, tudo bem.

e acrescentou o sinal de juntos com os indicadores de cada mão. Ela mudara de ideias, voltara a aceitá-lo, também perante toda a APPACDM, no intervalo do almoço, e também sem explicar porquê, talvez como gratificação por um momento mais efusivo e apaixonado do Miguel.

Conquanto o recuo dela fosse expectável, desiludiu-me como uma invectiva contra mim.

Passou a acompanhá-lo à carrinha. Almoçou na mesma mesa do refeitório, quase ao colo dele. Parou de ligar ao Ricardo, que já não a beliscava impune perante a turma, em especial perante o Miguel, porque este ameaçava bater-lhe. Disse à Josefa «O Ricardo é mau», e voltou tudo ao normal.

No entanto, o Miguel queria acrescentar alguma coisa. Mal guardou a mochila no quarto, veio ter comigo à sala e, solene, disse

– Mas a Lucianana0 gostati.

e concluiu com a cara séria e fixa, pronunciando bem as palavras ao anunciar

– E eu também nao.

Só eles podiam habitar no jardim. Tivera um vislumbre desse paraíso, mais nada; permaneceria a leste. Agora a normalidade dos dois regressaria, bela mas sem interesse como as aguarelas de bailarinas que as adolescentes pintam quando constatam que têm talento. Algo teria de mudar drasticamente. Era necessário partir as pernas às bailarinas.

– Ai é? Então ela que se foda – respondi.

Agora me lembro. A gorda de vestido cor-de-rosa e voz rouca que supervisionava o Miguel na APPACDM chamava-se Eugénia. Marquei a reunião com ela no dia em que o Miguel reatara com a Luciana.

Embora tenha começado por perguntar pela Luciana, o meu objectivo era outro, pelo que quase não ouvi quando a Eugénia descreveu o barracão onde a mãe da Luciana vivia, nem tampouco considerei relevante o relato escabroso. Que adiantava saber que a Luciana era uma «filhinha da violação», e que vivera até aos catorze anos no mesmo alpendre em que a mãe fora violada? «Vivia lá naquele sítio. Uma coisa que nem lhe digo. Porcaria por todo o lado.» Aliás, a Eugénia nem conhecia a deficiência da Luciana, catalogada apenas como «apanhadita do cérebro».

Quando ela acabou de descrever a infância da Luciana, as bugigangas na secretária ainda me impressionavam, tal como as cores esbatidas das precisamente dezasseis orquídeas que decoravam o gabinete. Continuava os desenhos no bloco de notas, agora para aliviar o constrangimento de uma pausa longa antes de a conversa prosseguir.

Fora, os berros dos utentes, que regressavam do intervalo.

– Pois isso está muito bem – disse eu. – Sabia mais ou menos o que se passava, embora até há pouco tempo vivesse em Lisboa.

Agora estou aqui para tratar do Miguel e já me inteirei mais dos assuntos.

– Esplêndido, senhor doutor. Assim é que deve ser. E fez bem em ter-me telefonado no outro dia. Até gostava de lhe pedir desculpa, porque devíamos ter sido nós a contactá-lo logo que aquilo aconteceu, mas por vezes as coisas arrastam-se. Se soubesse a quantidade de utentes nas mesmas condições. Muito gostam eles de se arranhar.

– Não se preocupe. Com «inteirar mais dos assuntos» não quero dizer que o que acaba de me contar sobre a Luciana tenha qualquer importância. Mas obrigado na mesma. – A caneta saltou-lhe das mãos. Por momentos olhou para mim sem reagir. Depois retomou os rabiscos como se eu não tivesse dito nada. Continuei: – Cheguei à conclusão de que isto é prejudicial para ele.

– Isto?

– Sim, isto: o colégio, enfim, a proximidade com a Luciana.

– Mas é só amizade, senhor doutor – e acrescentou um ;) ao bloco.

– Seja o que for, tem-lhe feito mal. É uma obsessão. Não pensa nos outros, só pensa nela. Efabula todos os dias coisas que me metem medo.

Decidido como estava, nada me metia medo, mas era bom que ela percebesse que eu agia por amor a ele, para o proteger.

– Mas senhor doutor... – A Eugénia não dizia mais que três palavras; talvez percebesse aonde eu queria chegar.

– Por exemplo, que estão casados *de facto* – retomei.

– Isso nunca! Nós vigiamos sempre, metemos sempre o olho entre eles. Nunca chegaram a vias de facto, embora seja normal sentirem os impulsos.

– Pois sim. Para comer basta ter fome. Já imaginou? E depois quem se responsabilizava? E o que viria dali? Alguém como ela ou ele, alguém como os dois ao mesmo tempo?

– Livra, o que aí vai. Credo.

– A questão é muito essa. Aliás, em tempos vocês também pensaram assim. Não a puseram noutro centro durante dois anos?

– Sim, mas isso foi por motivos administrativos. – Parecia insultada. – Por nós ela estava melhor aqui, mas eles lá necessitavam de mais utentes. Administrativos, sim? Claro que o Miguel fez trinta por uma linha, por isso trouxemo-la de novo para cá. Mas nunca a tirámos daqui para os separar. O que seria.

– Você é que sabe, mas o que é certo é que eu não tenho de lhe dar satisfações. Eu é que sou o encarregado de educação, eu é que pago a mensalidade, eu é que sou o irmão. Eu é que sei.

Mais uma vez, a gorda ficou sem resposta. As folhas do bloco enchiam-se cada vez mais de pontos de interrogação e exclamação que ela não escondia da minha vista. Por instantes tossiu e afagou a folha de uma orquídea, como a ganhar coragem.

– Mas aonde quer chegar? – perguntou.

– Com certeza já percebeu.

– Não percebi. Explique, por favor.

– É muito simples. Nada do que você diga pode evitar que o faça. Pensei muito no assunto e estou decidido. Quero tirar o Miguel daqui.

Silêncio. A Eugénia nem sequer rabiscou no bloco. Simplesmente ficou a olhar para mim num esgar que desenvolveu mais e mais em espanto.

Enfim dizia o que pensava sem rodeios. E actuaria consoante o que pensava. Nada do que ela pudesse sugerir me impediria de tirar o Miguel da APPACDM. Não ouvi o que ela retorquiu, lembro-me apenas de «Mas sabe o que isso significa, sabe o que isso significa?», e de responder «Sei».

Então, a Eugénia sugeriu que eu passasse na secretaria para ultimar os papéis. Não demoraria mais de dez minutos. Depois ficou sentada apontando para a porta, indicando que saísse rapidamente.

– É para o bem dele – disse-lhe antes de fechar a porta.

Assim que assinei os papéis senti-me aliviado, por fim livre da Luciana. Não teria de partilhar mais o Miguel, nem de aturar as conversas intermináveis sobre como ela o abordara no corredor, como tinham ido para o jardim, ou conseguido fugir ao Caranguejo, «ha muto tempo». Por fim cessaria a inveja daquele amor puro, feito de céu, que pertencia à ficção – nunca a um mongolóide e a uma «apanhadita do cérebro».

Os corredores vazios. Meio da manhã. Sempre que passava pelas portas de vidro das salas, erguia-se um bramido de berros e cadeiras a arrastar.

A minha presença excitava-os.

Então ocorreu-me passar pela sala do Miguel. E ocorreu-me também que a Luciana estaria com ele, talvez a pintar caras em papéis reciclados.

Levá-lo-ia comigo. Ele nunca mais voltaria à APPACDM. Rompimento limpo pela minha mão.

A sala envolvia-os em brinquedos de cartão, fitas, enfeites e garrafas de plástico pintadas às bolinhas. Aviões com três asas e gaivotas sem cauda pendiam do tecto. A educadora acabara de sair da universidade, não teria mais de vinte e um anos. Ao pé dela, o Miguel parecia ainda mais envelhecido.

– O meu irmão! – berrou ele empurrando a educadora.

– Sim, sou eu – respondi, encostado a uma mesa.

– A que se deve a visita? – interrompeu a educadora.

– Tem de haver motivo para uma visita?

– Claro que não, foi só por perguntar.

– Tinha um compromisso. Aproveito e levo-o para casa. Esta aula é de quê?

– Manualidades – murmurou ela, embaraçada com a minha rispidez.

Tímida como qualquer recém-licenciada.

Os colegas do Miguel rodearam-me. O entusiasmo dele crescia, mas eu sabia que se tratava de exibicionismo. Os dedos que em volta tocavam nos meus ombros cedo redundaram em abraços acompanhados de sorrisos e muita baba. Senti um beliscão no rabo.

– Como é que os mantém quietos? – perguntei.

– Dou-lhes guloseimas quando eles se portam bem.

– Vai dar-lhes guloseimas depois disto? Não me largam.

– Hoje não, meninos, hoje não há doces para ninguém. Portaram-se mal!

Logo recuaram todos como um cardume sensível às vibrações da água, sobrando apenas ao pé de mim o Miguel e uma mulher que media menos de metro e cinquenta, magra, tufo de cabelo longo e escuro que já escasseava na franja. Os olhos ampliados pelas dioptrias fitavam-me com curiosidade. O Miguel e a mulher davam as mãos. «É Luciana», disse ele. «Sou Luciana», completou ela.

De início não percebi. Mesmo que mo repetissem várias vezes, se não tivesse olhado de novo para as mãos dadas, não acreditaria que aquela era a Luciana. Mas, sim, aquela era a Luciana.

Ali estavam, juntos pela última vez.

De tanto ouvir falar dela sem a conhecer, encontrava-se perante mim uma personagem de livro, daquelas personagens que não se espera conhecer na vida real. Era ainda mais feia do que imaginava. Não beneficiava de alguma carne em cima dos ossos, e a mão fina perdia-se na mão grossa do Miguel.

Não lhe dirigi a palavra. Tal como ele não me incluía no seu mundo por causa dela, também eu não a incluía no meu mundo por causa dele. Não havia lugar a conversas, nem a um olá de ocasião.

Despedi-me rapidamente da educadora e forcei a passagem através dos utentes, que entretanto nos cercaram de novo. Pequena, a Luciana perdeu-se entre braços e pernas que se cruzavam.

No exterior, o Miguel observou a carrinha que o levava a casa e acenou ao condutor sentado ao volante a ler *A Bola*. «Tudo fino?», comentou ele, apitando. O Miguel sorriu e respondeu «Fino».

À janela do segundo andar, a Luciana tentava perceber aonde íamos, mas um carrapito de cabelo tapava-lhe os olhos. Acenou ao Miguel quando este entrou no carro.

O edifício da APPACDM fora pintado recentemente; porém, junto ao portão, já os graffiters haviam rabiscado alguns throw-ups como «Angústia nas paredes2014», e até o célebre RPLKS, que marca presença em qualquer rua do Porto, colocara aí o seu número de telemóvel.

Admito que o Miguel estivesse contente por o ter ido buscar. O meu pai é que costumava fazer dessas surpresas. Assim chegava a casa mais cedo e não teria de esperar quase uma hora na Circunvalação por causa do trânsito de final de sexta-feira.

No carro, de regresso a casa, disse-lhe por fim o que se passara. Não reagiu de imediato. Continuou a olhar pela janela enquanto murmurava «Por aqui a carrinha passa».

– Ouviste, Miguel? Agora a Luciana acabou! Não voltas ao colégio.

– Nao acabou nada! A Lucana é o meumor – respondeu ele algo indiferente, convencido de que eu brincava.

– Eu sei, eu sei, mas não há nada a fazer.

– Nao acabou nada. Fimdesemana talvez acabou, mas segunda colegio nao acabou. Volto – afirmou, agora mais convencido.

– Tenho muita pena, Miguel, mas não voltas ao colégio.

O Tojal ficou outra vez só. A novidade da morte e do enterro do Quim passou e, com ela, desapareceram as pessoas que andavam à cata de qualquer achado. Aliás, o Tojal já tinha ficado só porque se abrira mais uma campa. A senhora Olinda e o senhor Aníbal regressaram aos campos da várzea. Levantaram-se bem cedo, como sempre, mas agora para acalmar a saudade através da enxada.

Terão de trabalhar apenas com as enxadas, pois não podem recorrer ao Quim para guiar o tractor.

A voz da senhora Olinda tornou-se mais fina, como aguada. Cá de cima mal a consigo ouvir. Mesmo assim, impõe-se à voz do marido, que se cala quando esta berra «Maldição. Mandrião, morcão. Faz isso como deve de ser». Não há nada a fazer, os campos estão bem tratados; sentirão a falta do tractor, porém isso agora não interessa.

O Miguel não comentou a morte do Quim. Talvez não tenha percebido o que se passou, embora a presença do caixão fosse óbvia, mas certo é que o resto do mundo não lhe diz respeito, porque insiste em pensar exclusivamente na Luciana. Foi para fugir a essa insistência que o trouxe ao Tojal. Quem sabe a solidão e as memórias deste lugar o libertassem da angústia. Poderia passear pelos campos à vontade, distrair-se com os pássaros e com as ovelhas, até com o cheiro a bosta. Enfim, pensei que mudar de ares seria bom para ele, como antigamente os tuberculosos nos sanatórios à beira-mar ou nas montanhas, mas agora, que chegámos há mais de uma semana, constato que ele está igual, se não pior.

É verdade que a maioria dos tuberculosos morria nos sanatórios, independentemente da pureza do ar que respirava.

Observo as diatribes da senhora Olinda na várzea e sorrio perante tanta energia depois de tanta tristeza. Porque é que o Miguel não reage com energia semelhante? Porque não dá a Luciana como caso arrumado e recomeça?

Hoje ainda não se levantou. Como no outro dia, diz que quer ficar na cama até tarde e que não precisa de comer. Mais uma vez cabe-me o papel de mau, terei de o forçar a sair da cama, a tomar o pequeno-almoço, a dar um passeio.

Lá em baixo, o senhor Aníbal deitou o boné da Santa Casa ao chão e dá-lhe pontapés como numa cabeça. «Calada, mulher! Deixa-me no meu canto!», resmunga. Nunca o vi tão empolgado. «Deixa-me no meu canto, que eu deixo-te no teu!», continua. Aliás, nunca o ouvi falar tanto. Depois coloca o boné sujo com restos de terra e faz menção de virar as costas à mulher, que diz «Deixo-te, deixo. Hás-de vir a miar para mim». E o Miguel repete, no quarto, «a miar pramim».

O senhor Aníbal já sobe, mas avança devagar porque carrega às costas um feixe de galhos; sempre que um deles cai, agacha-se com sacrifício para o apanhar. A terra saturou depois de tanta chuva, e age como se engolisse os pés do senhor Aníbal. As pedras, que se assemelham a espelhos maleáveis, afundam-se levando com elas as ervas daninhas. Aos poucos, a paisagem transforma-se num único e extenso correr de água, ainda que a nível poroso, quer dizer, gotejando por entre os troncos e contornando as raízes das urzes.

Isto dificulta a subida do senhor Aníbal e do Camões, que o acompanha. A lama calçou os pés do senhor Aníbal e as patas do Camões – cão e dono ganem na subida, já perto do topo, que termina em minha casa. Quando ele chega ao pé de mim, justifica-se «Os ramos dão jeito à Olinda para a lareira. Ela queria ainda hoje, mesmo com as costas a doerem-me».

Afirma-o com um sorriso, e a sua cara de areia mijada parece-me menos velha, mais alegre. Pelo menos mais aliviada.

Encosta-se ao muro de xisto e coloca os ramos no chão, lançando um suspiro de alívio. Insectos rastejam para dentro e para fora dos ramos. Perto, o zumbido de uma ou outra vespa.

O senhor Aníbal está de facto bastante eloquente. Comenta que os ramos não servem para nada. «Olha a bicharada ali. Não vão pegar fogo, mas a Olinda queria. Eu disse-lhe deixa-me no meu canto mas ela queria mesmo fazer o lume com esta merda de ramos. Os bichos até vão estalar.»

A conversa incomoda o Miguel, que apareceu à janela de braços cruzados e ar carrancudo. Vai a dizer «Silêncio», mas o senhor Aníbal interrompe-o perguntado se quer ouvir uma história. Deitado junto do portão, o Camões tenta descalçar a lama com os dentes.

– Podser – responde o Miguel.

– Naquelas fragas da Pena, em São Macário, uma cabra matou um lobo. – O Miguel não se interessa por cabras e lobos, mas mostra-se interrogativo. – É verdade. Sabes como é que foi?

– Naosei.

– A cabra põe-se a pino na escada, numas fragas, e depois nem sobe nem desce. – O Camões aponta o focinho para o senhor Aníbal, que levanta os braços para imitar a cabra em pino. – Acho que o lobo andou atrás dela e chegou lá a um sítio qualquer, assim um pouco como há por aqui as fragas, e depois a cabra deu uma marrada no lobo e o lobo foi por ali abaixo e estava morto no caminho.

Mal o senhor Aníbal acaba de falar, o Miguel refere que a história não foi sobre a Luciana e fecha a janela com estrondo.

– Que tem ele? – pergunta o senhor Aníbal.

– Não é nada. Humores – respondo.

– Sei bem. O Quim também os tinha, mas o problema dele era de corpo, não de cabeça. O problema do teu irmão é de cabeça, não é?

– Pode dizer-se que sim – comento. – E de coração.

– Ora isso é que é complicado. Por exemplo eu. O meu problema também é de coração.

O Camões recolhe-se para defecar a um canto sem ter conseguido descalçar a lama. O senhor Aníbal cala-se, visivelmente com vontade de prosseguir. Incentivo-o, perguntando «Como é isso de coração?».

– É que calhou-me em sorte amar duas pessoas que não me amam. O Quim que já lá vai e a Olinda. Amá-los é como comer veneno. Se eu lhe dissesse as coisas... A Olinda trata-me como um idiota e o Quim tinha-me medo e desprezo ao mesmo tempo. – Cala-se para afagar o Camões e depois continua: – Sabes que ele dizia às pessoas que eu lhe tinha dado um tiro na perna? E mostrava o buraco e tudo. Mas aquilo era um buraco antigo de operação por causa da doença. Eu acho que ele me culpava por ter nascido, e eu não conseguia não o amar. Portava-me como os bichos que têm de proteger os pequenos.

Nunca o soube capaz de juntar palavras além de «Então vá» e «Tenho muito que fazer». O Camões coça-se, indiferente à transformação do dono.

– Quanto à Olinda é outra coisa. – continua ele. – Amo nela o que não gosto nela. Aquela chama que queima. E assim acho que vou morrer sozinho. O Quim já foi. Os outros filhos andam pelo estrangeiro e a Olinda, que está à minha beira, está sempre longe de mim. Eu dava-lhe porrada para ver se ela se punha boa, se endireitava, mas ela ficava cada dia mais irada. Depois desisti das coças, até porque eu também apanhava. Porra, um dia um garfo... Mas pronto. Sabias que o casamento foi arranjado? Eu era de Covas do Monte, ela de cá. Eu tinha um bom canastro, ela também. Para mim foi uma coisa boa o arranjo, para ela não. E assim vou vivendo.

O Miguel desce já vestido. Pelos vistos não vai ficar o resto do dia na cama. Acena ao senhor Aníbal como a pedir desculpa pela brusquidão de há pouco.

Pôs a camisola ao contrário.

O senhor Aníbal alça de novo os ramos às costas sem mostrar repugnância pelos insectos que ainda rastejam entre as folhas podres.

– Mas disse de mais, isto cansa muito. Então vá. Tenho muito que fazer – conclui.

Caminha devagar para casa apoiando-se na igreja. O Camões segue atrás, farejando-lhe os passos.

Precisava de falar a sério com o Miguel. Ofereci-lhe um ice tea e sentámo-nos na cozinha frente a frente. Os seus olhos, com olheiras fundas, observaram o gelo a flutuar no copo. Afastou os cubos com o dedo e bebeu.

Tinham decorrido meses desde que o tirara da APPACDM. Nos primeiros dias ele não percebia porque é que a carrinha não chegava às nove da manhã para o levar ao colégio, à Luciana. Observava a rua a partir da janela da sala, sobressaltando-se quando surgia uma carrinha parecida, e por vezes estava tão certo de que aquela era por fim a sua que corria para o passeio de mochila alçada.

Estendia o braço, saltitava, mas a carrinha prosseguia sem parar.

Algo não batia certo, mas ele não associou logo a ausência da Luciana a eu ter-lhe dito «Tenho muita pena, Miguel, mas não voltas ao colégio». Tratava-se de factos sem nexo. Perguntava-me pela carrinha exigindo saber quando a arranjariam, e sugeria que eu telefonasse para a APPACDM até resolverem o problema.

Ficara tão absorvido pelo mistério da carrinha desaparecida, aquilo fugia tanto ao quotidiano, que só duas semanas depois perguntou pela Luciana, que também não podia ir ao colégio e com certeza estaria muito triste na residência, longe dele. «Podes levar o Miguel de carro?», perguntava quando eu chegava do trabalho. «Hoje não me dá jeito», respondia, demasiado cansado para explicar novamente que o tirara do colégio e que ele nunca mais veria a Luciana.

Explicara-o quatro ou cinco vezes, porém ele insistia em não perceber.

As carrinhas nunca paravam, pelo que o Miguel desistiu de as esperar às nove da manhã. Ao invés, esperava-as às cinco da tarde, e demorou mais uma semana a entender que a mudança de hora nada alterava.

Em alternativa, batia à porta dos vizinhos em busca da Luciana, e uma tarde a mulher da frente, aquela que estendia o peito à janela, devolveu-mo pela mão. «Este senhor foi ter a minha casa por engano.»

Seguiu-se uma fase em que ficava estendido na cama, fito no tecto durante várias horas. Não perguntava pela carrinha. Não perguntava pelo colégio. Não perguntava pela Luciana. Eram os dias mais tranquilos, em que eu dispunha de condições para estudar e preparar as aulas, porque de resto me via confrontado com um questionário permanente.

Quando voltaria ao colégio? Portara-se mal? Qual era o castigo? Quanto tempo duraria? Podia levá-lo de carro? Ia a pé? O horário mudara? Quando falaria com a Josefa? O Ricardo ainda importunava a Luciana? Mesmo sozinho, no quarto, enunciava as perguntas em voz alta.

Embora dolorosa, eu previra que a separação da Luciana abrisse os olhos do Miguel para o resto do mundo, mas agora percebia que afastá-lo dela, paradoxalmente, os aproximara mais. É que ele não conseguia evitar pensar nela; até que estivessem juntos de novo, essa seria a sua única ocupação, o seu desígnio – e assim vivia em intimidade com ela, mais ainda do que quando estavam juntos.

Os dias passaram e ele continuava incapaz de perceber o que acontecera. Se compreendesse, ao menos pensaria em mim, ainda que para me culpar da sua infelicidade. Simplesmente evitava-me, não falava comigo, o que se devia em exclusivo à absorção da tarefa que tinha em mãos – recuperar a Luciana –, e não a qualquer represália. Impressionava-me que ele não reagisse contra mim, que lambesse as feridas a um canto.

Depois recomeçou a assistir às telenovelas como se a voz das actrizes possuísse corpo. As figurinhas virtuais das actrizes mostravam descontraídas os braços, as pernas, o peito e o cabelo. Apesar de não as conseguir abraçar, o vidro não escondia o calor da carne e o Miguel aumentava o som, enchendo o quarto. Antes de conhecer a Luciana, costumava ver as telenovelas deste modo, abstraído, e agora recuperava o hábito para não pensar nas circunstâncias. E, afinal de contas, de certa forma a Luciana abandonara-o, não fizera qualquer esforço para o encontrar, por isso não lhe devia essa fidelidade. Mas depois arrependia-se da ousadia, atirava o comando pela janela e dava pontapés nas *Luso-Brasileiras*, que ficavam espalhadas com as capas abertas como as bocas dos peixes depois de fisgados.

Tentando acalmá-lo, abraçava-o e murmurava «O tempo mata, o tempo mata». Interiormente, desejava ser mais irmão, mais próximo dele, orientá-lo para longe da Luciana e para perto de mim. Mas ele afastava-me logo com violência e às duas por três estávamos aos berros.

Passado um mês, percorria o quarteirão abordando as pessoas na rua, às quais perguntava «Ondesta Luciana?» e «A carrinha, o colegio?». Agarrava-as para que respondessem, mas estas enxotavam-no como a um pedinte. Sentava-se nos cafés à espera de ser atendido, porém apenas para perguntar de novo e de novo «A Luciana?». Os empregados do Docinho, indiferentes às perguntas mas sensibilizados com o desespero do deficiente, ofereciam-lhe sempre um café.

Eu procurava-o pelas ruas porque não raro o Miguel preferia ficar nos cafés a voltar para casa, e às vezes tinha de correr atrás dele porque se metia nos autocarros com pânico de que o apanhasse antes de encontrar a Luciana.

Dizia-lhe «Isto tem de acabar. É de mais, é de mais», e ele respondia «Acaba quando Luciana comigo».

Para o distrair, ofereci-lhe um porquinho-da-índia de pêlo frisado ao qual chamámos Loto. Afeiçoou-se-lhe tal como ao patinho que esvaziara pela cloaca, quando não controlava a força das mãos. Acompanhava-o para todo o lado, dando-lhe alface e cenoura que roubava do frigorífico. O bicho embatia nas paredes dentro da bola de plástico que lhe permitia vaguear fora da gaiola. Chiava e esgravatava quando o Miguel saía do quarto.

Sem contar com o Loto, vivia numa solidão feita de momentos de Luciana. Ela revivida ao jantar, ela lembrada durante o telejornal, ela que se parecia com uma empregada do Docinho, ela que gostaria muito de conhecer o Loto. E isto acirrava as saudades, e ele acabava quase sempre o dia na cama bem cedo, a chorar. Decorreram mais de dois meses em que a solidão o debilitou como uma doença, muito embora eu estivesse sempre disponível a ajudá-lo.

Não parecia o mesmo. Emagrecera, empalidecera. O cabelo, embora cortado às escovinha, recuou nas entradas da testa, onde sobressaía um V de veias que se uniam. Andava encurvado e afagava a barriga como uma grávida.

A situação chegara a tal ponto que precisava de reforçar as medidas para que as coisas não piorassem. Havia que conversar a sério com ele, frente a frente.

No exterior, as gaivotas batiam os bicos em perseguição das pombas, as quais por seu lado atormentavam os pardais que transportavam pequenos galhos para forrar os ninhos. Os cães, um por cada quintal das traseiras, ladravam à desgarrada.

O Miguel acabou o ice tea num trago antes de limpar a boca à manga da camisa. Mantinha os olhos atentos aos nódulos de madeira da mesa e ao exterior, observando as gaivotas, as pombas e os pardais.

– Queres mais ice tea?

– Nao.

A minha garganta constrangia os movimentos necessários à fala, como dar um passo em falso. No entanto, já que decidira reforçar as medidas, mais valia anunciar-lhas de uma vez.

– É altura de aceitares que a Luciana não volta – comecei. – Agora tens de fazer as coisas por ti. Não podes sair de casa para importunar as pessoas na rua, nem podes pôr a televisão aos berros. Os vizinhos de cima já se queixaram.

– Calate.

– Sei que custa, mas é para teu bem. Confia em mim que tudo se resolve. O tempo ajuda.

– Calate.

Desfez o resto do gelo com os dedos e deixou a língua descair. Tentou levantar-se mas eu obriguei-o a ouvir até ao fim.

– A partir de agora portas-te melhor.

– Calate.

– Aliás, não tens hipótese. Vais endireitar. – Falava com cuidado, atento às reacção dele, que ainda observava as gaivotas. – Primeiro, vou tirar-te a televisão. Não é saudável, dependes demasiado daquilo.

– Esta bem, nao importo.

va e empurrava a palha da gaiola em busca de
da frente subia as escadas do pátio comen-
er «Custa muito por causa da ciática».

pois passas a conversar comigo pelo menos vinte minu-
os por dia – continuei.

– Esta bem, nao importo.

– E por último, e não penses que tenho gosto nisso, ficas fechado em casa até aprenderes a não chatear os vizinhos.

– Esta bem, nao importo.

As respostas tinham a cadência de uma ladainha, e ele mostrou-se concentrado como se rezasse. Mais uma vez, não reagiu de imediato. Levantou-se, fez uma vénia com ademanes, e foi para o quarto, apesar de a conversa não ter acabado.

Eu queria acrescentar aquelas figuras de estilo que ajudavam a enfrentar desafios.

Agora, livre de qualquer esperança, o Miguel seria obrigado a aceitar que nunca reencontraria a Luciana. Forçado, esquecê-la-ia em poucas semanas, quem sabe até dias, depois dos quais eu poderia deixá-lo sair e ver telenovelas. Quem sabe iríamos de férias. Construiríamos juntos uma vida. Por fim voltaria a ser irmão dele.

No dia seguinte, saí de casa sem me esquecer de fechar a porta à chave. Estava um dia quente, daqueles que se agarram ao corpo e persistem em aquecer-nos até meio da noite, altura em que as paredes ainda emanam calor.

Dei a aula de Literatura Portuguesa do Romantismo ao Naturalismo com uma descontracção que não sentia há meses, desde que me mudara para o Porto. Nem sequer fiquei irritado com a falta de estudo dos alunos. Sabia que o Miguel estava seguro em casa, ele dissera que nem sairia do quarto. A vida retomava a normalidade.

A meio do dia, uma chuva momentânea cobriu os automóveis de pó e obrigou a terra, mesmo a das floreiras de varanda, a espalhar um aroma húmido que adocicava a boca.

Depois das aulas fui ao centro de investigação, onde discuti com um colega sobre a estética do verbete no contexto de Oitocentos. Por incrível que pareça, o colega considerava que o verbete, quando visto à luz das grandes enciclopédias populares do final desse século, ganhava nova importância, inclusive comparando-o aos próprios enciclopedistas do Iluminismo, o que era obviamente absurdo.

De regresso, senti que as coisas estavam a melhorar. Era um ânimo, uma vontade de seguir o plano, que funcionaria. A chuva caiu de novo, desta vez limpando os carros e eliminando o cheiro a terra.

Entrei em casa e disse «Miguel, cheguei» mas ele não respondeu. Enquanto abria uma garrafa de vinho tinto na cozinha, perguntei «Queres conversar agora? Temos vinte minutos, certo?». Porém, provavelmente fechado no quarto, ele insistia em não responder.

Entrei no quarto já irritado com a falta de resposta, decerto calava-se para me perturbar. Dentro, para além das enciclopédias rasgadas folha a folha, apenas a gaiola aberta do Loto. Em dois passos percorri a casa. Abri os armários, espreitei na varanda e atrás do sofá, debaixo das camas e das mesas, até no cesto da roupa da casa de banho.

O Miguel desaparecera.

– Fora daqui que eu não quero nada!

– Minha senhora, só perguntei se viu um homem com síndrome de Down.

– Isso é o que vocês dizem e depois querem vender frigoríficos ou tupperwares. Nem penses em subir que não abro a porta.

– Mas viu um homem com síndrome de Down? Ou seja, mongolóide? Não quero vender nada, não preciso de subir.

– Então é publicidade! – E depois acrescentou com pronúncia da Ribeira: – Publicidade, aqui, não.

O intercomunicador desligou-se.

Nas primeiras horas depois do desaparecimento do Miguel, pensei que se tratasse de mais uma investida pelo quarteirão, desta feita com a agravante de sair de casa estando esta fechada à chave. Se ao menos tivesse arrombado a porta; no entanto, permanecia tudo no sítio, nada movido, a porta fechada. Comigo, a única cópia das chaves. Era um mistério.

Percorri a vizinhança como de costume sempre que ele saía. No Docinho, a empregada parecida com a Luciana disse-me «Ainda não o vi hoje. Cafezinho, senhor?». Ao lado, na churrasqueira, informaram-me que o Miguel não aparecia há dias. No Pingo Doce nem sequer sabiam quem era, embora ele costumasse ficar horas ao pé das caixas registadoras. A mulher da drogaria não estava certa de o ter visto passar de manhã cedo. «Tem o cabelo curto?» Respondi-lhe que sim, à escovinha. «Ah, então não era ele. Este tinha-o muito comprido.» Na farmácia disseram que não o viram, e acrescentaram «Cumprimentos à Luciana». O homem da papelaria referiu o mesmo, mas anunciou que, da próxima vez, ele teria de pagar porque amarrotava as revistas penduradas à porta. As revistas das telenovelas. No restaurante Poleiro, esclareceram «Lamento, mas ele não entra aqui. Ordens da gerência, ele tentava sentar-se à mesa com os clientes».

Nada parecia anormal às pessoas a quem eu perguntava por ele, já que o fizera noutras ocasiões.

Ao jantar, a vizinhança serenou. O Docinho fechou, os restantes cafés acolheram outra clientela, o Pingo Doce colocou correntes à volta do portão, a mulher da drogaria apagou as luzes mas continuou dentro a discutir ao telemóvel, a farmácia não estava de serviço, a papelaria fechara antes, às sete, e o restaurante Poleiro deixou de admitir clientes porque não tinha mesas disponíveis.

Às onze da noite por fim inquietei-me. O Miguel nunca ficara tanto tempo fora de casa. Encontrava-o sempre com rapidez, numa ou duas horas. Agora sabia que ele fugira, levando o Loto. A inquietação toldou-me o raciocínio. Sem comida, o Loto ficaria com fome em breve, e chiaria como louco, de focinho no ar. Talvez encontrasse o Miguel através da chiadeira do Loto, caso ele permanecesse nas imediações. E o Miguel, teria fome? Onde dormiria? Como conseguira fugir da casa trancada sem ser notado? Como é que eu não reparara?

Durante a noite procurei em todas as ruas do Monte dos Burgos. No salão de bilhar Cinco Estrelas, a meio caminho do Carvalhido, amigos de boné para trás e tatuagens de correntes ao peito terminavam o jogo e o charro. Não falaram comigo porque a próxima tacada e sobretudo a próxima passa os absorvia.

Cem metros à frente, a entrada de um campo de entulho, espécie de Ecoponto destinado às sobras da construção civil. Traves de ferro erguiam-se dez metros no ar como monumentos intencionais aos operários. De resto, pirâmides de pedras rectangulares construíam uma paisagem estéril, onde ninguém conseguiria esconder-se, muito menos o Miguel.

Perto, uma tinturaria desactivada. Constituída por dois pisos, o abandono descarnara-a por dentro, excepto centenas de fitas de papel higiénico que pendiam das traves do tecto. Debaixo de umas escadas, um ninho de vagabundo forrado a cartão. Espreitava para dentro quando ouvi um ressonar de homem que não pertencia ao Miguel.

Nas ruas em redor, apenas casas particulares com palmeiras ocupando metade dos jardins. Espreitei para cada uma delas. Os cães não ladravam quando me pendurava nos muros.

Por último, forcei a entrada no antigo parque de campismo, que fechara havia dez anos. Morcegos voavam entre os pinheiros, apenas visíveis quando abocanhavam insectos debaixo dos candeeiros, junto ao muro. Gatos fugiam à minha passagem. Ao fundo, perto do lago, os faróis dos carros que passavam na VCI cortavam a penumbra, mostrando a zona descampada do parque. Perto, uma forma humana de cócoras que se revelou um aglomerado de pedras e galhos. No centro do lago, uma torre de três andares a imitar as construções medievais. A água do lago ficava-me pelos joelhos. Subi as escadas da torre à espera de o encontrar a dormir junto de uma ameia, mas deparei-me com um colchão velho e dois bocados derretidos de cera preta.

A noite terminou no Carvalhido, já os chineses corriam as grades das lojas.

Regressei a casa pelas oito da manhã, passando à frente da drogaria. A mulher saiu no meu encalço.

– Já encontrou o seu irmão?

– Claro que sim, ele nunca se demora muito – respondi, disfarçando o cansaço.

– Cabelo à escovinha?

– Sim, à escovinha.

– Então enganei-me. Vi-o ontem, era mesmo ele. Não o tinha comprido. O cabelo. Passou aqui à frente a esta hora, mas como já o encontrou tanto faz.

Agora percebia o que se passara. Era elementar, e chegaria a essa conclusão se tivesse parado dois segundos para pensar. Ele fugira antes de eu sair para o trabalho. Era a única explicação. De tão entusiasmado com a perspectiva de ele melhorar depois da nossa conversa, fui para o trabalho sem lhe dizer adeus. Mas este esclarecimento pareceu-me acessório, uma vez que não impedia que ele continuasse desaparecido.

Em casa deixei-me dominar pelo pânico. Senti-me assoberbado pela tarefa monumental de o encontrar. Grandes ou pequenas, modernas ou antigas, em altura ou em extensão, ricas ou pobres, se formos a ver, as cidades são locais onde nos ocultamos. Nelas escondemos as nossas casas, os nossos trabalhos, a nossa cultura, a nossa vida. A proximidade é a responsável por isso, já que, embora habitemos perto uns dos outros, necessitamos de resguardo e afastamento. As cidades foram construídas em malhas de esconderijos, e eu teria de o encontrar nesses esconderijos, agora muito para lá do Monte dos Burgos ou do Carvalhido.

Uma dor física que era mental, como uma mão que puxa os ossos a partir de dentro, atirou-me para a cama e impediu que me levantasse. Picadas atrás dos olhos e formigueiros na sola dos pés acompanhavam um esvaziar de força que ia além do cansaço.

Adormeci a pensar em 112 *112* 112 *112* 112 *112*, e a recusar-me, a recusar-me. Encontrá-lo-ia eu mesmo, resolveria tudo. Não precisava do auxílio da Polícia.

Depois de acordar, no começo da tarde, telefonei à Constança.

– Diz lá que estou com pressa – atendeu ela.

– Nada de especial, só para saber como estavas – tranquilizei-a.

– Estou como sempre. E o Miguel? Quando é que podemos vê-lo?

– Tens visto as manas?

– Volta e meia. Diz lá do Miguel.

– Depois combinamos – desliguei.

O Miguel não se encontrara com elas. Pelo menos isso tranquilizava-me. Embora tivesse conseguido perceber que elas não sabiam de nada, o telefonema resultou inútil, porque o que não levasse à sua descoberta era inútil.

Nessa tarde, palmilhei a Circunvalação à espera de o encontrar no troço que levava à APPACDM. Guiava devagar. Procurei nas paragens de autocarro, à frente dos stands de automóveis, nas gasolineiras, debaixo do viaduto que fica antes da rotunda dos Produtos Estrela, na entrada do Aki, nos jardins e ruas transversais, no acesso ao horto, e por fim na rua que conduz à APPACDM.

Aí, grupos de ciganos dirigiam-se ao autocarro com óculos contrafeitos pendurados à cintura. Eles rolavam os relógios dourados no pulso e elas esfregavam as caras dos filhos.

Outros graffiti tinham invadido a parede branca. Próximo do portão, o RPLKS rabiscara mais vezes o seu número de telefone, cobrindo meia parede. Restos de garrafas, panos, sacos e fraldas enchiam o descampado à volta do colégio. Estacionei o carro longe da entrada mas perto o suficiente para observar as movimentações.

Havia que ser discreto.

Cinco da tarde. A carrinha, na qual observei as cabeças alinhadas dos deficientes, acabara de sair. Risos e berros. Depois, uma mulher gorda, que logo identifiquei como a Eugénia, colocou-se ao lado do portão, ofegante, tentando conversar com uma colega baixa e magra. Dizia-lhe «Mas temos de resolver isto, custe o que custar, Josefa», e a outra interrompia «Eu digo o contrário? O que sugere? Fizemos o possível».

Um carro da Polícia dirigiu-se ao portão. A Eugénia indicou o lugar de estacionamento e seguiu-o. A Josefa continuou encostada ao muro perto de um throw-up. Fumava. Atirou a beata para longe antes de a Eugénia regressar. «Acho que ainda não fizemos tudo», continuou esta. «Mas o quê, diga lá», insistiu a outra. «Vou pensar.»

Estacionei o carro mais longe e voltei a pé, desta vez pelas traseiras, onde eucaliptos cerrados escondiam o muro. Não seria visto.

Três horas depois, a Polícia foi-se embora seguida dos funcionários, entre os quais a Eugénia e a Josefa, que desapareceram lado a lado sem falar. O contínuo saiu em último, já a escuridão lançava os dedos ao dia.

Entorpecido pela espera, evitava pensar nos acontecimentos ou tirar conclusões da conversa entre a Eugénia e a Josefa, assim como da presença da Polícia. Só queria encontrar o Miguel. Embora guiado pela imagem dele, esta afastava-se sempre que eu me aproximava.

À minha frente, ao alcance do braço, já ali, mas longe, sempre longe.

Circulei o colégio em busca de uma abertura no muro. No entanto, o perímetro encontrava-se intacto e protegido por arame farpado no topo. Não conseguia entrar. Procurei nas imediações e circundava de novo o muro quando ouvi dentro um barulho de metal a bater. Chamei «Miguel, estou aqui! Miguel, anda cá! Estás aí? Miguel!» e o ruído aumentou, como a responder que sim. «Sabia que te encontrava aqui! Vai para o portão!»

Enquanto corria para lá, o som seguia-me, batia, batia – era ele que me seguia, era ele que batia no muro e no chão, do outro lado. Ainda que apenas tossisse impedido de falar, eu ouvia-lhe claramente os passos. Enfiei o braço nas grades, abanando-o. «Aqui!» Nisto, uma forma indistinta saltou sobre o meu braço e abocanhou-o. Em pânico e sem perceber o que se passava, tentei libertar-me.

Porque mordia? Porque reagia como um animal?

Retirei o braço assim que senti afrouxar a mordedura. Mais calmo, porém com a camisa rasgada, tentei perceber o que se passara. Não era o Miguel, mas um cão com uma lata de Coca-Cola presa à pata. A manga esfarrapou-se e o braço sofreu alguns arranhões superficiais. Fugi quando o cão começou a ladrar.

A partir desse momento não me lembro do que fiz, se dormi, se continuei as buscas perto do colégio, no Monte dos Burgos ou noutros locais do Porto. Era como se estivesse com febre. Os objectos perderam a forma, tornaram-se percepções. Sentia-os indiferentes ao toque. As vozes como no fundo de um barril. Os carros movimentavam-se sem saírem do sítio. Os homens pareciam-se com o Miguel e as mulheres com a Luciana.

A meio do dia seguinte, o terceiro desde que ele fugira, dei por mim na Baixa, perto dos Aliados, a bater às portas como louco. Não tinha verdadeiro domínio sobre mim. Algo estalara, talvez o mecanismo de travagem, e agora seguia sem rumo, sem plano, a importunar as pessoas nas casas e nas ruas. Perguntava-lhes

«O Miguel?» ou mesmo «A Luciana?», só porque a carrinha passava por ali.

A última pessoa com quem falei, uma velha que vivia num quarto andar da Rua das Flores, espreitou à janela e insistiu aos berros

– Publicidade, aqui, não!

– Não é publicidade! Responda por favor – esclareci enquanto tocava à campainha sem parar.

Depois de um som gutural, a velha expeliu um escarro que caiu direito na minha cabeça. «Agora vais-te embora, não vais?»

De volta a casa, sentia que não era o Miguel que estava perdido. Eu é que estava perdido. E, mais do que isso, desamparado e débil. Nem me conseguia mexer. Percebera com pânico que não o encontraria quando o telemóvel tocou.

Agora, que morreu, sinto falta do Quim não tanto por ele mesmo mas pela distracção que me proporcionava. É tempo de organizar a partida. Este sítio esgotou-se num trago como a água que bebemos quando temos sede.

Não imaginava testemunhar os últimos dias do Quim, nem calculava que ficássemos tanto tempo no Tojal. Decorreu mais de uma semana desde que chegámos e, num lugar como este, dias valem meses.

Há minutos o Miguel queixava-se de que queria regressar ao Porto. Neste momento assiste no quarto à reposição dos *Morangos com Açúcar*. Mando «Põe a televisão mais baixo», ao que ele reage com o «Hum!» habitual, fincando patadas no chão. Apetece-me subir ao quarto, abaná-lo, berrar «Não aprendeste nada com o exemplo do Quim? Viste como ele maltratava as pessoas que cuidavam dele?», mas desisto porque se trata de um esforço inglório.

Em vez disso, saio de casa.

No largo, subo as escadas de terra até às últimas casas do Tojal, numa cota mais alta do monte. Os degraus esfarelam-se sob os meus pés.

As únicas habitações vivas do Tojal, a minha e a do senhor Aníbal, expelem fumo pelas chaminés. O panorama da aldeia revela o mesmo cenário de quando chegámos. Das catorze casas, dez permanecem abandonadas, três pertencem aos únicos residentes, o casal de camponeses agora sem o filho, e a décima quarta – a última depois da igreja, à esquerda – é a nossa.

Impedida de penetrar a mata pelos eucaliptos que se perfilam lado a lado, a neblina rasa que ainda agora escalava a encosta encastela-se na estrada. O carro que ao longe galga as primeiras curvas antes do Tojal dispersa a neblina, e esta retorna ao rio.

Atrás de mim a ruína do casebre no qual dois emigrantes da Suíça passavam as férias de Verão. Desviavam a água do nosso poço porque, pelos vistos, necessitavam de um reservatório de uma tonelada para as duas semanas de Agosto. Eu ainda vivia com os pais. Subimos estas escadas e batemos à porta para os confrontar com o problema. A mulher de fato de treino que nos atendeu informou que devíamos falar com o marido mas de momento ele saíra. Quando regressámos no dia seguinte insistiu que o irmão ainda não chegara.

Sim, primeiro marido, depois irmão.

Recuámos como perante uma infectada e deixámos que os emigras nos roubassem a água porque a dúvida entre marido e irmão, ou marido irmão, causou-nos uma repulsa que justificava perdermos duas semanas de férias. Entretanto, o telhado do casebre, a edificação que se elevava sobre o Tojal, abateu e destruiu o interior.

A senhora Olinda escava uma horta no terreno que encabeça a várzea. O senhor Aníbal volta do cemitério descendo a curva que rodeia o cabeço. O Miguel dirige-se a ele. Encetam gestos de conversa.

O carro que dispersou a neblina estaciona junto à fonte, perto da base das escadas. Ouvindo o grito «Mãe, cheguei!», a senhora Olinda larga de imediato a enxada e sobe até à fonte. Mãe e filha encontram-se num abraço quase resvalado sobre o carro.

– Então estás aqui – saúda a senhora Olinda.

– Sim, mas não cheguei a tempo... – responde a filha, acrescentando sem demora: – Pensou na minha proposta?

– Ainda não.

– Mas tem de decidir até amanhã.

– E decido.

Juntas transpõem a porta de casa. Um gato segue-lhes o exemplo. O senhor Aníbal já percebeu que a filha chegou mas o Miguel impede-o de avançar. Barra-lhe o caminho com os braços abertos. Cá de cima não consigo perceber o que dizem. O Camões saltita indeciso entre cheirar o Miguel e o senhor Aníbal.

Acho prudente ouvir a conversa.

Desço as escadas e aproximo-me pela calada. O Miguel enxota o Camões, que o distrai do que pretende dizer com a insistência em abanar a cauda e lamber as mãos. Tenta expressar-se de modo simples para que o senhor Aníbal o entenda, mas as palavras surgem dispersas, atiradas umas contra as outras. Mistura «hospital» com «Loto» e confunde «Luciana» com «João». O senhor Aníbal mostra-se incomodado. Espreita por cima do ombro do Miguel, tentando evitá-lo.

A filha espera-o.

– Ó homem, é que eu não percebo. Diz lá outra vez – sugere ele.

Embora eu saiba perfeitamente o que o Miguel quer contar, quando os alcanço sugiro ao senhor Aníbal «Vá-se lá embora, não se preocupe com ele. Atrapalha-se». Aliviado pela minha intervenção, dirige-se a casa em passos rápidos enquanto endireita o boné. O Camões estica a pata para mim e para o Miguel, lambe o focinho e segue no encalço do dono.

O telemóvel tocava. Eu estava derreado, mal conseguia levantar-me, quanto mais falar com alguém. Contudo, o número pareceu-me familiar, e um instinto básico, talvez de sobrevivência, impeliu-me a atender.

– Sim, senhor doutor? – perguntou uma voz rouca. – É a Eugénia, da APPACDM. Está recordado?

– Com certeza que sim.

– Desculpe incomodá-lo.

– Não é necessário pedir desculpa. Diga lá.

– Precisava de lhe perguntar pelo Miguel.

O meu sangue disparou e gelou ao mesmo tempo.

– A que propósito?

– Muito simples. É-nos exigido que façamos follow-ups alguns meses depois de os utentes nos deixarem. Até por amizade, sabe? É que o Miguel esteve muitos anos connosco, coitadinho.

– E porque só telefona agora?

– Procedimentos internos. Tem de passar algum tempo, depois do qual fazemos o follow-up. É by the book.

Seria um esforço falar do Miguel sem me emocionar, mas considerei melhor tratá-la com a maior simpatia possível.

– Percebo. Então que precisa de saber?

– Como ele tem passado, por exemplo.

– De início custou bastante. Foi uma mudança muito grande, mas aos poucos verificou-se que eu tinha razão.

– Tinha razão, como?

– O Miguel está muito mais sereno. Fala melhor, consegue conjugar verbos complexos. Melhorou as maneiras. – E depois, arriscando: – Quer falar com ele?

– Não é indispensável, senhor doutor. Eu não lidava muito com o menino Miguel, só supervisionava. A Josefa é que era a educadora.

– Pois, ele realmente está melhor. Não digo que a adaptação tenha sido fácil ou pacífica, mas passou e ele não podia ser mais feliz. Ainda no outro dia... Bem, mas isto não lhe interessa. Está muito bem, ele.

– Não ponderou colocá-lo noutra instituição?

– Agora que pergunta, a verdade é que nunca me passou pela cabeça. O objectivo era tê-lo em casa.

– Claro, claro. Esplêndido. E custou de início por causa dos amiguinhos dele?

– Ora! Custou por causa da obsessão pela Luciana. Como lhe disse, o tempo deu-me razão. Ele esqueceu-a. Esqueceu-a. Aliás, fala mais da Josefa do que dela.

Deu-se um silêncio no outro lado. A Eugénia tossiu, assoou o nariz e arranhou a garganta antes de prosseguir. A voz soou ainda mais rouca.

– Senhor doutor, isto é um follow-up mas não é by the book. Vou explicar. Antes do mais, fico muito contente por saber que o Miguel está bem e de saúde. Preocupou-nos que a nossa situação pudesse ter que ver com ele. Eu explico. Estou a telefonar-lhe e a fazer estas perguntas porque a Luciana desapareceu. – Calou-se à espera da minha reacção, que não foi imediata. – Não sabemos o que sucedeu. Há três dias que a procuramos. Claro que as autoridades estão a trabalhar desde o primeiro minuto.

É terrível. Julgávamos que a carrinha a levara para a residência mas ela nunca lá chegou.

A verdade caía em mim como um soco. Não sabia como reagir. A boca movia-se mas as palavras não saíam.

– O horror, o horror – balbuciei por fim, qual imbecil, porque nem sequer tencionava fazer uma referência literária.

– Tem razão, é um horror. Um horror. Nós sabíamos que ela era dada a fugir, mas ficava sempre por perto e regressava. Às vezes até eram os ciganos que vivem aqui ao pé que a traziam. Mas agora foi a valer. As autoridades estão a ponderar todas as possibilidades, mas já passaram três dias. É muito tempo para uma pessoa como ela. É muito tempo para qualquer pessoa.

– O horror, sim, o horror – continuava eu. – Como posso ajudar?

– Já ajudou. Estávamos aflitos a pensar em todas as hipóteses quando nos lembrámos do Miguel.

– Que quer dizer com isso?

– Nada, apenas que ele podia saber alguma coisa, até se calhar ter-se encontrado com ela. Por isso é que dizia que o senhor doutor já ajudou. Agora estamos mais tranquilos.

– Mas a que propósito é que ele se encontraria com ela?

– Não sei. É como lhe dizia. Pensámos em tudo.

A voz da Eugénia chegava distante como no fim de um sonho, em que pessoas e objectos perdem consistência. A voz esbatia-se, não conseguia percebê-la.

– Mas pronto, senhor doutor. De qualquer forma, prezo muito ter falado consigo.

– Mantenha-me actualizado, por favor.

– Manteremos com certeza, esteja descansado.

Quando a chamada caiu, a voz da Eugénia ainda pairava indistinta, repetindo como do nada «A Luciana desapareceu».

A Rua da Constituição é igual ao Porto, pelo menos ao Porto novo: de lés a lés, apenas cimento ladeado por prédios dos anos cinquenta cuja característica é serem incaracterísticos. Recta de quase três quilómetros, começa no fim da Malheiro Dias e termina no início da Pedro Hispano sem que nenhum troço sirva outro propósito que não o de levar os portuenses de um ponto a outro da cidade. Ali não cresce uma árvore, não sobressai uma cor, não escapa uma fachada. Até as plantas ocasionais que as donas de casa colocam nas varandas padecem do mesmo mal, pois também florescem cinzentas.

Apesar do que omitira no telefonema da Eugénia, percebi que o Miguel fugira com a Luciana. Em boa verdade, já pensara nessa possibilidade mas esforçara-me por a reprimir. Apenas não sabia para onde, embora não pudessem ter ido longe. Continuariam com certeza no Porto, o Porto que eu calcorreara como louco nos dias anteriores, como se fosse possível encontrá-lo batendo de porta em porta.

Estavam a monte, quais amantes do século XIX.

Depois do telefonema, permaneci em casa para raciocinar com calma antes de agir. Simplesmente não compreendia como é que um mongolóide e uma atrasada conseguiram fugir, ele de casa e ela da APPACDM, sem que ninguém percebesse ou soubesse onde poderiam estar.

O Miguel entrara no colégio sem ser visto e levara-a? Teriam combinado com antecedência ou fora coisa de momento? E, na rua, porque é que ninguém os parara, algum polícia que perguntasse «Alto lá, vocês andam acompanhados?». Sentiriam fome? Onde arranjariam comida? Onde dormiriam?

Insistia nas perguntas que já colocara três dias antes, aquando do desaparecimento do Miguel. De novidade, apenas o motivo. Fugir, viver com a Luciana. As perguntas surgiam indefinidas, confusas, porque mal dormira nesses dias – sentia-me doente – e começava a pensar que mais valia ter ligado de imediato ao 112; sabia que devia tê-lo feito. A oportunidade passara, agora não podia reportar à Polícia sem que me atribuíssem responsabilidades.

A mesma dor dos dias anteriores, a mesma mão que puxa os ossos a partir de dentro. Deitei-me no sofá de olhos fechados. O Miguel voltara a ser criança e crescia diante de mim em ritmo acelerado. Gatinhávamos juntos, e logo eu subia a escada em caracol para o ir buscar ao ATL; a nossa mãe impedia que o Miguel me visitasse no colégio, e logo ele já frequentava a APPACDM; a corrente do Paiva levava-o para a zona funda enquanto o nosso pai procurava ouro, e logo recordações do Miguel que eu adoptara como minhas por preferir a vida dele (o Caranguejo a apertar a própria coxa, o Masturbador inutilizado a um canto, os esconderijos dos jardins de Serralves, o sorriso da Luciana, o beijo da Luciana, sempre a Luciana); éramos adultos e os anos mantinham-nos irremediavelmente separados, e logo ele esbatendo-se, ele desaparecendo, ele tornando-se menos meu irmão.

Passava das duas da manhã quando uma ideia persistente e difusa como uma miragem surgiu na minha mente.

Era a única hipótese que fazia sentido. Porque não pensara nisso antes?

Embora a excitação me confundisse, lembrei-me ao pormenor do encontro com a Eugénia. A Luciana vivera na mesma casa até aos catorze anos, o único lar que conhecera fora das residências da APPACDM. O sítio ao qual poderia voltar. E, se bem me recordava, essa casa, quer dizer, essa barraca, ficava numa transversal à Rua da Constituição.

Conduzia devagar, travando a cada amarelo. A TSF repetia as notícias do dia. Noite quente, gente na rua a sair ou a entrar dos bares. Estacionei perto do cruzamento com a Oliveira Monteiro. Na esquina, os empregados do Sabor Atlantiko, com *k* em vez de *c*, fechavam as portas e acorrentavam as pernas das cadeiras. «Amanhã há mais», diziam ao atirar os cigarros ainda acessos para os canteiros em frente.

Recomeçava as buscas, agora também pela Luciana. A esperança de os encontrar encheu-me de um entusiasmo que eu não sentia há muitos anos. Pernas leves e garganta seca. Seria eu, só eu, a resolver o problema, por muito que custasse. Antecipava que a qualquer momento os salvaria, que os restituiria ao quotidiano seguro.

Ele em casa e ela no colégio.

E antecipava que dentro em breve deixaria de me preocupar com a Luciana. Ela voltaria à APPACDM, desta vez com medidas de segurança reforçadas, e então seria impossível ao Miguel alcançá-la, fosse como fosse. Claro que não daria à Eugénia a satisfação de saber que lhe mentira, teria de devolver a Luciana sem que soubessem que eu a encontrara. Talvez deixá-la à porta de uma esquadra da Polícia.

Comecei pelo lado par da rua. Alguns apartamentos continuavam de luzes acesas. Ocasionalmente alguém passava à janela quebrando o mosaico de luz com a sombra de uma cabeça.

A montra da loja Mi Casa piscava em clarões amarelos que alcançavam o lado oposto da rua. Sobre ela, uma varanda com cortinas rendadas. Daí até à Avenida de França, conquanto houvesse entradas de garagens, a rua era uma parede contínua de cinco andares, excepto as casas novas de esquina, por desentaipar. No piso térreo dos prédios, estabelecimentos fechados havia várias horas mas mantendo algumas lâmpadas acesas.

Cunha Gomes S.A., Torangis («carregue aqui o seu telemóvel»), Margon, Extrusal, etc.

Fui até aos semáforos do cruzamento com a Avenida de França e regressei ao cruzamento com a Rua Oliveira Monteiro devagar, como quem passeia, mas sempre atento a qualquer reentrância.

Nenhuma transversal.

No entanto, no lado ímpar da rua, depois da bomba de gasolina da Galp, uma paragem de autocarro. Atrás, um jardim escuro ocultava canteiros rasos à frente dos quais um renque de carros tornava o espaço mais apertado. O jardim assinalava o começo da Rua Dom António Meireles, que conduzia até à nova igreja do Carvalhido.

Não se podia chamar àquilo transversal, pelo menos no sentido que eu adoptara, isto é, rua estreita e escura que passa despercebida. Mas era de facto a única transversal desse troço, e ficava perto da paragem de autocarro, porventura a mesma que a mãe da Luciana usava.

Três carros de pára-choques rasos passaram a mais de cem à hora, deixando para trás, num fio, a canção do Avicii

So wake me up when it's all over.

que fez vibrar os vidros da paragem. Vagueei pela António Meireles à procura de qualquer indício de barracas ou construções ilegais, mas tratava-se de uma rua ladeada por prédios dos anos sessenta, tão incaracterísticos e correctos como os outros prédios da zona.

As copas das árvores tapavam a luz dos candeeiros em sombras que se assemelhavam a dedos movidos pelo vento, e os aspersores começaram a regar a relva quando eu passei. No fim do jardim, depois do café Poeta, em que a caricatura de Fernando Pessoa gravada na porta saudava os clientes, encontrei um acesso às traseiras dos prédios.

Beco sem saída?

Deparei-me com um fim de rua destinado a servir as garagens cujos portões, vários lado a lado, se encontravam fechados. A iluminação pública não alcançava esse troço. As traseiras dos prédios, quase sem janelas, formavam um invólucro de betão que escondia o caminho. Quase não conseguia distinguir o passeio da rua. Nas fachadas, caixas brancas dos ares condicionados, estendais nas duas ou três janelas, canos de escoamento que saltavam das paredes a cada andar, marquises de metal ferrugento e vidros batidos.

No topo de um dos prédios, um néon piscava a palavra McCain em letras garrafais, oferecendo alguma luz. Porém, os portões das garagens sucediam-se sem espaço a um acesso mais estreito onde se pudesse aninhar um barracão. Já desanimava, certo de que fora iludido pela ideia de os encontrar, quando um portão rangeu e se abriu, revelando uma garganta de luz. Um carro dirigia-se à saída com os máximos ligados.

Escondi-me num canto, ao fundo. Aí, para meu espanto, uma grade de ferro trabalhado tapava a brecha entre a esquina de dois prédios. Não seria mais larga do que os meus ombros, e quase me dava pela testa. Não rangeu quando a empurrei. Embutidas na parede da esquerda, caixas de correio abandonadas. Na parede da direita, cavidades que no passado guardavam contentores de lixo. O corredor exíguo seguia vinte metros em frente, depois dos quais contornava à direita uma parede onde uma placa de esmalte dizia «Vila Fernandes».

Sobressaltei-me. Era ali, era ali, era ali. Estava tão seguro de que encontrara o sítio que voltei atrás para buscar o carro, estacionando-o o mais próximo da grade sem estorvar os portões.

O sangue pulsava a ritmo industrial. Os sentidos dispararam. Até via melhor na escuridão.

Continuei pela direita na placa da Vila Fernandes. Dez barracões cobertos por telhados de zinco e telhas avulsas confrontavam uma parede lisa. À frente dos barracões, vasos partidos, cadeiras de plástico tombadas, ervas daninhas que brotavam das fendas, frigoríficos sem portas, sapatos desirmanados, micro-ondas, jornais enrodilhados, pernas de mesas, telemóveis antigos, cabos de electricidade, brinquedos de criança, panelas, garfos, raspadinhas, punhados de terra; o vendaval da penúria dispersara o exterior das barracas.

Entrei na primeira. Uma sala e um quarto ligados pela casa de banho. Um sofá descarnado, qual zebra morta na savana, escondia ninhos de rato. O pó, mais do que pó, a terra, o entulho, escondiam os objectos diminutos como um porta-chaves com dizeres que eu não consegui ler, lápis de cera e facturas.

Nos dois barracões seguintes, o mesmo cenário. Tentava procurar da maneira mais silenciosa possível, mas o medo constrangia os meus movimentos. Não o medo da noite ou daquele local abandonado: o medo de não os encontrar.

Até à oitava barraca, deparei-me com divisórias apertadas onde cheirava a tecido molhado, principalmente nas cozinhas e nas casas de banho.

Enquanto nas anteriores as portas estavam abertas, a penúltima barraca encontrava-se fechada. Pareceu-me ouvir um grito ou gemido de mulher. Bati ao de leve na porta. Alguém falava, uma voz grossa que dizia «Aqui nao» e uma voz fina que respondia «É ali». Arrombei a porta com o ombro e entrei num salto à espera de os encontrar, mas dentro apenas colchões velhos, panelas com restos de comida, mantas tapando cadeiras e bonecas sem cabeça.

Faltava a última casa. A última esperança.

Um azulejo pendurado na porta anunciava «Bem-vindo seja quem vier por bem». O néon McCain apagou-se oferecendo uma obscuridade momentânea. Desferi um pontapé na porta, que cedeu como papel.

A filha comenta que já partem com atraso. Pretende chegar ao Algarve o mais cedo possível porque de manhã trabalha em Faro. Guardaram uns quantos pertences do Quim na mala, que persiste aberta apesar dos chamamentos da filha ao volante, insistindo «Vamos lá».

Ainda agora chegou e já parte.

A senhora Olinda sai de casa com uma mala na mão. Atira-a para o banco de trás e senta-se ao lado da filha. Testemunho um acontecimento. Excepto as idas à feira de Arouca, a senhora Olinda e o senhor Aníbal não saem do Tojal há trinta anos. O senhor Aníbal ausentou-se pela última vez para fazer a tropa em Tavira, a senhora Olinda quem sabe.

– Ó mãe, deixe os gatos que eles nem dão conta da sua falta – sugere a filha, dissuadindo-a de os apaparicar.

– As saudades.

– Certo, as saudades, mas temos de partir.

Perto delas, debaixo de um barracão, o tractor Daino 4WD que o Quim guiava descansa sem préstimo. O tractor com o qual tentou atropelar os pais há cerca de uma semana. O tractor que nos resgatou do Paiva há mais de vinte anos. Escondido atrás do reboque, o senhor Aníbal amarrota o boné com as mãos.

A água brota na fonte em impulsos cada vez mais rápidos. A chuva limpou o xisto do largo, excepto a fachada da igreja na qual se colaram algumas flores utilizadas no velório. O Paiva acossa o leito, expulsa troncos que embatem nos amieiros das margens.

– Está bem, filha, segue – manda a senhora Olinda.

Corro em direcção a elas quando o carro começa a movimentar-se.

– Então, senhora Olinda, de viagem?

– Pois é. Foi o que me deu depois de o Quim falecer. A minha filha disse que me fazia bem ir com ela e eu acho que sim, que me faz bem. Fico lá um mês.

– E o senhor Aníbal?

– Esse fica. E você quando vai p'ró Porto?

– Amanhã ou depois. Talvez depois.

– Então estamos conversados.

– Estamos conversados. Boa viagem.

Assim que o carro transpõe a última curva, o senhor Aníbal afasta-se de trás do tractor e aproxima-se de mim. Colocou o boné de lado.

– Fico bem – comenta ele. – Tenho o Camões.

Verificando que não comento, segue caminho para o lado de Meitriz. Vai arrebanhar as ovelhas junto ao rio. Perco-o de vista quando desce no carreiro que dá acesso à Rota das Tormentas, um percurso pedonal encrustado no monte. O Camões corre para o alcançar.

Regresso a casa sentindo que o Tojal chegou ao fim. Até a senhora Olinda, que é o instinto deste lugar, não aguentou mais de três dias depois da morte do Quim. Quanto ao senhor Aníbal, sozinho fundir-se-á com as fragas, as árvores e a própria aldeia. Fará parte da Rota das Tormentas. Quando a mulher regressar, não encontrará o marido, tão-só o Tojal.

E talvez se alegre com essa descoberta.

O vento que percorre o pátio em frente da nossa casa açoita as montanhas no mesmo gesto e o mato produz um fragor de mar seco, principalmente no Vale Encantado, nome atribuído pelo meu pai ao afunilamento das encostas por onde corre o Paiva. As nuvens afastam-se com velocidade.

Apesar de ter anoitecido, o Miguel não ligou as luzes. Mantém-se na penumbra apenas visível por causa do luar que se parece com um néon distante. Estremece quando entro.

– Que é isto, Miguel? Não acendes os candeeiros?

– Melhor assim – resmunga.

– Não digas asneiras.

Quando estendo o braço para carregar no interruptor do candeeiro mais próximo, decido que por agora também prefiro a escuridão. As brasas esfriam na lareira. A obscuridade e a presença do Miguel numa casa assim pequena lembram-me o sucedido naquela noite e nos dias que a antecederam. Passou mais de meio ano. Os acontecimentos não se deterioraram, permanecem iguais, tão vívidos como se decorressem neste momento.

Escusado será referir que os repito em sonhos.

Embora me custe assumi-lo, agora percebo que procurava o Miguel e a Luciana na esperança de os encontrar juntos e promíscuos. Isso justificaria as minhas decisões – poria a razão do meu lado. Isto é, comprovaria que a razão já estava do meu lado. Seria motivo redobrado para os manter afastados.

A Luciana voltaria para a APPACDM, desta feita depois de uma fuga que os alertara para a necessidade de mais segurança. O Miguel perceberia por fim, tendo arriscado viver com ela, que era inútil resistir-me; e amansaria, mesmo que tal demorasse. Sim, amansaria.

Pensando bem, se compararmos estes dias com as semanas que sucederam à saída do colégio, já apaziguou. Conformou-se. A nossa convivência melhorou. Agora consegue lidar comigo sem se lembrar dela. No entanto, nunca permito que fique demasiado à vontade para que não considere que, afinal de contas, é boa ideia voltar para a Luciana. Lembro-lho quando ele menos espera, de modo que a farpa o incomode durante alguns dias.

– Miguel, a Luciana tinha de voltar ao colégio, que é a casa dela – murmuro. – Não podia ficar contigo.

– Pode.

– Não podia. Tu percebes isso. Tinha de voltar ao colégio.

Ele percebe, embora não assuma.

Fora, o piar de um noitibó ou de outra ave nocturna. O Miguel quer subir para o quarto mas eu impeço-o. Preciso de desabafar.

– Apesar de tudo as coisas estão claras – suspiro. – Porque tu sabes, e isso justifica muito. Quer dizer, justifica... Pelo menos ajuda a explicar. E ajuda-me que tu saibas. Enfim, o que eu quero dizer é que apesar de tudo, Miguel, tu sabes que te amo. Que és meu irmão e que te amo como se tu fosses eu próprio, desde que nascemos. Não sabes, Miguel?

– Sei – responde ele no cimo da escada, evitando olhar para mim.

Encontrei-os deitados num colchão disposto na diagonal a meio da sala. Se é que se tratava de um colchão, se é que se tratava de uma sala. Não conseguia acreditar. Eram mesmo eles? Por momentos pensei que, em vez do Miguel e da Luciana, estava perante um casal de drogados, mas depois uma voz que eu conhecia desde sempre murmurou «Nao disse?».

Algo pingava no telhado de zinco, fios de água que escoavam dos prédios em volta. O zumbido de um ar condicionado, o grasnido de uma gaivota que sobrevoava, a música de uma discoteca próxima e o bater de chapas convergiam ali como uma praga. As paredes não eram paredes, eram tijolo descarnado e sujo com restos de estuque. Máquinas sem préstimo empilhadas a um canto, varinhas mágicas, batedoras e microondas. Um resfolgar na casa de banho, talvez um bicho, um rato. Qualquer animal que escarafunchava.

Perto do colchão, mantas velhas da British Airways, cotos de Bolicao, restos frescos de piza, cinco latas de Coca-Cola. Num banco, a roupa dobrada do meu irmão e ao lado a roupa dobrada da Luciana.

A proximidade das roupas repulsava, e repulsava sobretudo eles deitados no mesmo sítio.

O néon McCain lançava sobre o barracão um brilho palpável, diria até suado. Pontos de luz mais intensa entravam pelo telhado crivado de buracos; chão de estrelas, como na música. Uma lufada de ar fresco abanava o telhado.

De início conservaram-se quietos a olhar para mim. Depois o Miguel espreguiçou-se, aproximando a Luciana com o braço. Ela sorria e os seus pés mexiam-se como a sapatear.

– É o meu irmao – informou o Miguel.

– Eu sei, teu irmão. Conheço – retorquiu a Luciana, apontando para ele e para mim ao mesmo tempo, a lembrar-se.

Não sabia o que dizer perante aquilo, muito menos o que fazer. Fechei a porta da rua, que deixara escancarada, certificando-me de que o beco continuava sem ninguém. Aliás, quem entraria ali? Tapei a cara com as mãos, envergonhado por ter permitido que as coisas chegassem àquele ponto. O Miguel levantou-se vestido apenas de boxers e encheu um copo com a água que pingava no balcão da cozinha. Trouxe-mo. Bebi-o com violência, num trago, cuspindo de seguida por causa do gosto a ferrugem.

Que era aquilo? O meu irmão num casebre. Que era aquilo? O meu irmão com a Luciana. Quase não conseguia respirar. Quer dizer, não conseguia respirar.

Sentei-me no banco sobre a roupa do Miguel para recuperar o fôlego.

A Luciana não se levantou. Espreguiçou-se, bocejou revelando manchinhas pretas bem alojadas nos dentes. Parecia descontraída, em paz com a minha presença, como se não soubesse que fora eu quem os separara e que poderia fazê-lo de novo.

De repente senti-me fracassado a toda a monta. Eles eram os vencedores, o deficiente e a deficiente; eu o perdedor. Preferível a APPACDM. Preferível qualquer coisa àquilo. Preferível o quê?

O Miguel sentou-se ao meu lado, em cima da roupa da Luciana. Tentou reconfortar-me afagando-me as costas mas os seus movimentos irritavam-me sobremaneira.

– Miguel, que fazes aqui? – perguntei por fim.

– A Luciana aqui, eu aqui – respondeu. – Eu avisei onde Luciana esta, eu esta.

Não detectei rancor ou reprovação por o ter tirado da APPACDM e mantido isolado durante meses. Havia só felicidade por isso ter acabado e por estar de novo com a Luciana. E agora, ainda por cima, por terem uma casa e viverem juntos. Incentivando-me, sorriu e apertou o meu ombro com carinho. Afastei-o num gesto rápido.

A Luciana ficou deitada como se eu não a assustasse. Porque não a assustava? Não fugiram de toda a gente durante aqueles dias? Agora, que os encontrara, porque não tentavam escapar?

Só me ocorria que estávamos no mesmo barracão onde a mãe da Luciana fora violada. De súbito voltáramos ao início, embora fosse o início dela, e não o nosso. Nós nascêramos no outro lado da cidade. No outro lado da vida. Como fora possível chegarmos a isto? Ela no colchão, o Miguel dirigindo-se outra vez para o colchão.

Voltáramos ao início e definitivamente chegáramos ao fim. Estava determinado a acabar com tudo. Tudo era o quê? E como?

Deitou-se com a língua pendida para fora.

– Miguel, a língua. – E ele, no único gesto de provocação fortuita dessa noite, espicaçou-a na minha direcção. A Luciana riu-se daquilo. Riu-se de mim.

Chegáramos ao fim, eu chegara ao fim. Não conseguia suportar mais a vida, se a vida continuasse a ser um emaranhado de altercações entre nós sobre a Luciana. À minha frente, a causa dos dissabores. Uma mulher desconchavada, de óculos, com o cabelo espesso mal penteado e o queixo raquítico. Sobretudo, deficiente. Ainda mais deficiente do que o meu irmão. E apesar disso nem sequer lhe metia medo. Sim, era como se eu não existisse.

A julgar pelo barulho, o animal que escarafunchava o chão da casa de banho, talvez um rato, quem sabe uma ratazana, meteu-se dentro de um saco de plástico e agora esgravatava-o e chiava.

Entrei na casa de banho para averiguar o que se passava. Parte da retrete quebrada tombava sobre o bidé. Ao pé do lavatório, que estava manchado de terra, um saco de plástico do Continente revolvia-se contra a parede. Uma ratazana guinchava dentro dele em busca dos restos de gordura colados às alças.

– Só faltava esta merda! – berrei.

A ratazana afastou-se do saco num salto e correu na minha direcção. Desviei-me, mas ela continuou a investida. Mesmo depois de lhe ter dado um pontapé, prosseguia o ataque. Enojado e decidido, começava o movimento de calcar com toda a força quando percebi que não era uma ratazana mas sim o Loto, o porquinho-da-índia, só que já não me consegui deter. O Loto ganiu como um cão enquanto o aperto do meu pé lhe expelia as tripas pela barriga.

O Miguel entrou na casa de banho quando o Loto estrebuchava pela última vez. Aquilo perturbou-me a ponto de vomitar. O Miguel deu uma pancada leve com o pé na cabeça do Loto para verificar se morrera. Depois, sem comentar a morte do Loto, segurou-me na mão e insistiu que fôssemos para a sala.

A Luciana levantara-se e lavava pratos no balcão. Porém a água escura sujava mais os pratos lascados à volta. Regressou ao colchão quando entrámos e chamou pelo Miguel. «Lavei pratos», disse-lhe ao ouvido. Aquilo lembrava uma encenação, como se eles se dessem especialmente bem só para me provocar.

– Miguel, acabou a brincadeira. Vamos para casa – ordenei.

– Querias. Fico aqui – respondeu ao aconchegar-se à Luciana.

– Meu miserável, julgas que te deixo ficar aqui? Nem penses. Vamos e é agora.

– Fico aqui.

– O Miguel fica aqui – interrompeu a Luciana.

Era de mais. Eles que não me lixassem, nada daquilo estava certo. Nada daquilo fazia sentido. O Miguel voltaria a casa, não ficaria ali. Comigo, não com ela. E a Luciana repetiu «O Miguel fica aqui».

Num ímpeto, arremessei as mantas. Não me lembro se ela usava soutien, nem se estava vestida. Só agora reparava nesse pormenor. O corpo era como a cara, sumido, metido para dentro. Acossada por mim, abraçou-se ao Miguel, que estendeu a mão à minha frente.

Travei a investida a tempo de perceber que tinha de os convencer a bem. Caso contrário, arriscava que fugissem. Sentei-me ao lado deles no colchão, quase de cócoras. Dei a mão ao Miguel sob o olhar atento da Luciana.

– Isto assim não é vida. Vamos para casa, está bem? – E acrescentei: – A Luciana pode ir connosco. Que te parece? Diz, queres que a Luciana vá connosco?

– Boa ideia – respondeu ele.

Mas nisto ela começou a chorar, surpreendida por o Miguel concordar comigo.

– Não. Aqui somos nós. Lá ele. Eu não vou. Tu não vais.

O telhado tremia com o vento e o tra-ra-ra da água que pingava dos prédios em volta embatia directamente sobre nós. As cortinas esfarrapadas ondulavam como algas. Em tensão, eu evitava pensar onde estávamos, ao que chegáramos e como sairíamos daquela situação. Esperava com ânsia que o Miguel dissesse «Sim, vamos embora», mas em vez disso ele retorquiu

– Luciana razão. Fico aqui.

– Porra, Miguel! Obedece, faz o que te digo!

– Fico aqui.

A raiva que acumulara desde que ele fugira soltou-se pelos dedos, que ardiam e latejavam. Não sabia o que fazer.

Chegáramos ao fim, chegáramos ao fim. Às duas por três, esmurrei a parede a tal ponto que os restos de estuque se desfizeram. O sangue jorrou dos nós dos dedos e a raiva, em purga, jorrou com ele.

Consegui acalmar-me pelo menos durante uns minutos.

– Basta, Luciana! Não há discussão, acabou. O Miguel sai daqui comigo quer venhas quer não. Se quiseres acompanhar-nos és bem-vinda.

Agarrei no braço do Miguel para o erguer da cama. Ele resistiu retesando o tronco e os braços enquanto a Luciana gritava de emoção. Agarrar o Miguel era como agarrá-la.

Indiferente aos acontecimentos, a noite avançava. Seriam já quatro ou cinco da manhã. Quanto mais cedo resolvesse o problema, mais cedo voltaria para casa – mais cedo dormiria, mais cedo esqueceria as últimas horas.

Forcei-o uma e outra vez mas ele manteve-se hirto no colchão.

– Ficas aí? Ficas? Então é a Luciana que vem comigo!

Saltei sobre ela. Em menos de nada alçava-a ao ombro. O Miguel tapou a boca de espanto; não acreditava no que via. «Então, vens ou ficas?», desafiei-o. Ela abanava os pés tentando libertar-se. O seu corpo quase não pesava, e o esforço por se libertar, as pernas que abanavam e batiam, surtia tanto efeito como uma criança a debater-se. «Vens ou ficas?», repeti. Depois de responder «Ficas», ele atirou-se a mim, derrubando-me. Bati com a cabeça no chão. A Luciana teve mais sorte porque as mantas lhe ampararam a queda.

Enquanto esfregava a cabeça e recuperava forças, o Miguel chorava e pedia «Desculpa, desculpa, desculpa», mas eu não estava preparado para o perdoar. Passados alguns minutos, aquela raiva que latejava nos dedos regressou. Aproximei-me dele pronto a findar o suplício. Dei-lhe um estalo forte. A cara dele quase não cedeu e ele não reagiu. A Luciana é que respondeu à afronta mordendo-me a mão. Pontapeei-a para a afastar, mas agora era o Miguel que entrava em acção. Ainda chorava, ainda murmurava «Desculpa, desculpa, desculpa» quando me enfiou um pontapé no joelho. Não senti dor, apenas mais raiva.

Eu não estava dentro de mim. As coisas aconteciam a outro.

Entretanto, a Luciana voltara ao ataque e mordia-me o braço. Queria acalmá-los, afastar-me, mas quanto mais me debatia para me afastar, mais eles me sovavam. As mantas da British Airways dançavam de um lado para o outro. A cadeira onde o Miguel pousara a roupa partiu-se ao meio. Às tantas não sabia quem me batia, se ele, se ela, se os dois em simultâneo.

– Calma, calma! – berrava eu.

Tentava que parassem de me bater, queria chamá-los à razão, mas ao mesmo tempo não conseguia cessar os golpes que eu próprio desferia. Defendia-me deles ou eles defendiam-se de mim.

No meio da confusão, o Miguel caiu arrastando a Luciana consigo. Tinha-os em desvantagem, mas em vez de parar, em vez de repetir «Calma, calma!» ou «Tudo se resolve!», deixei-me dominar pela raiva e apertei o pescoço da Luciana. Ela tossia, afastava-me com os braços e as pernas mas não conseguia. Eu era mais forte; ela media menos de metro e meio. Se de início foi como agarrar um peixe escorregadio e irrequieto, pouco depois ela serenava sob as minhas mãos, acalmava sob o meu olhar. Adormecia.

Tão pequena, tão indefesa.

Quando estava prestes a resolver o assunto, um baque tremendo obrigou-me a afrouxar as mãos. O Miguel atirara-me com qualquer coisa que ainda abanava no chão quando me levantei. Quase perdi os sentidos mas consegui ficar de pé à espera da próxima investida.

O Miguel acudiu a Luciana, apalpando-lhe o pescoço e dando-lhe beijos na boca. Ela permaneceu inerte por momentos, depois dos quais recomeçou a mexer-se.

– E agora, Miguel, já vens comigo? Queres mais? Pergunta à Luciana se aguenta mais!

Embora pretendesse parar, qualquer movimento do Miguel ou da Luciana acirrava a minha ira. Passado um bocado, a Luciana ousou dizer numa voz partida «O Miguel aqui. Fica», e ele confirmou de seguida «Fico».

Fugiam ao meu controlo, não percebiam que aquele estado de coisas era insustentável. Não valia a pena chamá-los à razão. A Luciana não me ouvia. O Miguel não me ouvia. O meu irmão preferia ficar naquele antro a viver comigo.

A música da discoteca acabou e o grasnar das gaivotas intensificou-se, acompanhado pelo som corrido dos carros que começavam a passar com mais intensidade na Rua da Constituição. Não tardava seria manhã. Antevia os primeiros raios de sol como prova da minha derrota mas ainda havia tempo, ainda era possível. Não assumiria a derrota enquanto não fosse de facto derrotado.

Só distanciando-me dos acontecimentos conseguiria o sangue-frio necessário. Aproximei-me do Miguel em silêncio com a frieza de uma estátua. Agarrei-lhe os braços num movimento rápido que ele não previu e arrastei-o para a cozinha. O móvel da banca, de aspecto sólido e ainda aparafusado à parede e à canalização, perdera as portas. Nunca afrouxando a força com que o agarrava, encostei-o ao móvel. Ele tentava libertar-se mas eu aplicava pressão onde esta surtia mais efeito. Nos punhos. Dobrando os joelhos. Na base do pescoço. No plexo solar. Usei os cabos de electricidade que encontrei no chão para lhe atar os braços à estrutura do móvel e as pernas uma à outra.

Não conseguiria desprender-se.

Agora, que o dominara, o barracão parecia mais pequeno. Reparei nos pormenores da vida de casal que eles tinham levado nos dias anteriores. Copos alinhados no balcão. Latas de atum empilhadas. Três pares de meias. A bola de plástico do Loto encostada a um canto. Um bem-me-quer em cima de um móvel.

A Luciana seguira-nos até à cozinha. «Não magoes. Não o magoes», pedia de braços esticados temendo que a prendesse de seguida. Agora, sim, conseguira assustá-la.

– Miguel, isto vai ser assim. Ou tu vens comigo a bem, ou eu levo a Luciana para longe. Se vieres comigo, a Luciana também vem. Volta para o colégio mas tu podes visitá-la. Caso contrário, não sei o que pode acontecer.

Era uma proposta razoável. Bastava que ele dissesse que sim, bastava que finalmente ouvisse a voz da razão. Mais do que acatar as minhas ordens, bastava que concordasse genuinamente comigo. Libertá-lo-ia, levaria a Luciana à APPACDM e regressaríamos a casa.

A normalidade retomaria o seu curso.

Esperava a resposta dele com ansiedade, pois se concordasse comigo não resolveria apenas a situação imediata mas também a nossa convivência no futuro.

A Luciana aproximou-se dele, tomou-lhe as mãos e disse

– Vou escola.

Porém, ouvindo isto, ele enfureceu-se, arfou, e declarou por fim
– Nunca. Luciana aqui. Eu aqui!

Em fúria, desesperado, saltei sobre ele mas a Luciana interpôs-se. Ele tentava proteger-se dando cabeçadas, cuspindo, só que nada me demovia. Não o esmurrava – simplesmente pressionava-o com o peso do meu corpo. Por seu lado, a Luciana puxava-me pelo braço para me afastar.

Depois não sei ao certo o que aconteceu. A insistência da Luciana em separar-nos lembrou-me que fora isso que ela sempre fizera. Afastar-nos. Fora ela, sempre ela. E agora tinha a ousadia de continuar a afastar-nos, mesmo perante a evidência da minha superioridade física.

Precisava de a travar, de lhe pôr um ponto final.

Na banca atrás do Miguel, um objecto indefinido, velho, que se assemelhava a um maço ou a um quebra-nozes ou a um rolo de cozinha, destacava-se no meio da escuridão apenas clareada pelo néon McCain. Era como se o objecto também emitisse alguma luz, sugerindo «Usa-me».

Peguei-lhe e desferi um golpe rápido na Luciana. No ombro, no peito, no pescoço ou na cabeça, não percebi logo onde. Ela caiu e permaneceu caída de braços atirados cada um para seu lado e a cabeça estendida de perfil, cabelo espalhado. Um fio quase imperceptível de sangue aflorou na sua testa como uma cruz

†

de onde escorreu mais sangue e com mais força, numa poça. Não havia nada a fazer. O próprio sangue estancou passados alguns instantes. Talvez a boca se mexesse, talvez as mãos ou os pés tremessem. Não me atrevi a tocar-lhe, nem a perceber se de facto ela se movia.

O Miguel chorava e pedia «Desculpa, desculpa, desculpa», agora não a mim, mas a ela. Esticou as pernas e deu-lhe uma pancada leve na cabeça. Forçava tanto os cabos que a qualquer momento estes podiam ceder.

– Miguel, tem lá calma – disse eu. – Precisamos de levar a Luciana ao hospital. Viste o que lhe aconteceu? Precisa de médico. Vamos levá-la ao hospital. Ajudas o mano a levá-la ao hospital? Portas-te bem?

Deu mostras de serenar mas continuava num choro baixo que mais parecia um gemido. Respondeu «Sim, hospital» e desviou a cara.

– Então vou soltar-te e depois seguimos de carro para o hospital.

A Luciana quase não pesava. Meti o objecto com o qual lhe batera no bolso, embora só coubesse o cabo, e mandei o Miguel abrir a porta do barracão. Levava-a às costas com facilidade. Ultrapassámos em dois segundos os detritos que cobriam a frente das barracas. Na esquina da placa que assinalava o nome Vila Fernandes, já perto da saída, disse «Silêncio, não quero barulho. A Luciana está muito doente e precisa de silêncio. Deixei o carro mesmo à saída».

No entanto, a brecha entre os prédios era demasiado estreita para mim e para a Luciana. Estendi-a no chão e, segurando-a por baixo dos braços, mandei o Miguel fazer o mesmo nas pernas. «Cuidado para não a magoares», acrescentei.

E sobretudo não faças barulho, Miguel, não faças barulho, pensava eu.

Fora, o vento refrescava. O cabelo da Luciana abanava. A primeira claridade surgia a leste.

Deitámo-la no banco de trás. Arranquei devagar para não levantar suspeitas. O Miguel não chorava nem repetia «Desculpa,

desculpa, desculpa». A TSF anunciava o estado do tempo para esse dia. Esperavam-se mais de trinta graus.

Estava certo de que ninguém nos vira metê-la no carro.

Em menos de nada ultrapassara o Carvalhido e virara nos novos acessos à Circunvalação. Segui no sentido do Hospital de São João. Guiava com calma, atento a qualquer movimento suspeito na rua, e a qualquer movimento suspeito do Miguel ou mesmo da Luciana. Esta mantinha-se na mesma posição em que a deitáramos.

O Miguel deu sinais de vida nos últimos semáforos antes do São João. Reconhecia o sítio, estivera ali um ano antes por causa do nosso pai. Duas ambulâncias ultrapassaram-nos com as luzes a piscar mas de sirenes apagadas. Um carro da Polícia seguiu--se-lhes.

Parámos no sinal à frente das urgências do São João. O Miguel tentou abrir a porta mas só eu a podia destrancar nos comandos do condutor.

– Aqui, aqui! – berrou.

Não adiantava responder ou dar falsas esperanças. A Circunvalação, que passa à frente do hospital, era o caminho mais rápido para a A3; e a A3 era o caminho mais rápido para as serras abandonadas ao pé de Valongo. Arranquei mal o verde caiu, deixando o São João para trás.

O Miguel verificou se a Luciana continuava inanimada e depois exigiu que eu invertesse a marcha mas já não tinha força para me obrigar a fazê-lo. Agora que o observava com mais claridade, percebia que a cara estava repleta de pequenos cortes e o corpo abatido não só pela violência física como pela violência psicológica.

O sol nasceu nas serras de Valongo num incendiar distante que tomou de assalto o horizonte. Os primeiros raios erguiam-se quando saímos da A3, algures perto do rio Sousa, em plena serra. Cruzámos algumas aldeias parecidas com o Tojal antes de desviar o carro para uma estrada de terra batida.

A poeira erguia-se à passagem do carro, prendendo-se às árvores e aos arbustos. O estradão seguia para uma encosta que terminava no topo do monte. Depois de ultrapassarmos a parte mais alta, regressámos ao declive e às tantas entráramos num vale onde um riacho estagnava. Pedregulhos maiores do que homens competiam em altura com a vegetação.

Parei o carro próximo de um desses pedregulhos. O pó assentou em menos de nada. Abri a porta, saí e fechei-a com rapidez para que o Miguel não fugisse. Dei alguns passos em volta para me certificar de que estávamos sozinhos.

Assim que abri a porta para tirar a Luciana, o Miguel berrou

– Não! Deixa!

e tentou saltar para o banco de trás mas eu afastei-o, batendo a porta com força. A Luciana estava nos meus braços

pequena, serena, quase bela

e permanecia inconsciente de olhos semiabertos. Embrenhei-me na mata parando num local onde já não via o carro. Juntei algumas folhas e depositei-a aí como numa cama.

Quando regressei, o Miguel tentava sair pela mala e, para isso, puxava os bancos. «Que foi? Onde está?», berrava. Não lhe dei nenhuma satisfação sobre o que fizera à Luciana.

Antes de sairmos da serra, parei num viaduto que passava por cima de uma mata de silvas. Atirei daí o objecto, que apesar do golpe não ficara sujo com sangue.

Ao chegarmos ao Porto, o Miguel dormia de língua para fora. Com certeza a exaustão do que sucedera forçara-o a adormecer. Introduzi-lhe a língua para dentro com medo de que a ferisse num solavanco do carro.

O nevoeiro cresce do rio e toma a várzea de assalto. Nos campos vêem-se apenas os paus espetados que servem de espantalho, nos quais garrafões de plástico enfeitados com panos abanam ao vento. Velado pelo nevoeiro, o rio ultrapassa as margens e fustiga os amieiros, cujas copas se inclinam. O rio sova as árvores, parte os ramos, açoita os troncos, mas não toca no nevoeiro. Este acompanha as curvas do Paiva, qual outro rio sobre o rio que corre, adensando-se e galgando as encostas.

Um ou outro pássaro arrisca mergulhar no nevoeiro. Uma garça-boieira aventura-se e não regressa. Quando as nuvens abrem, mesmo que só em traços momentâneos, o nevoeiro ganha novas tonalidades de cinzento, quase até branco puro, reflexos de azul e um brilho mais intenso.

Sem aviso, o vento vindo de oeste, do mar, traz consigo de longe, bem visível, uma vaga de nevoeiro que galga as montanhas destruindo o fio do Paiva, que desaparece num som de folhas a bater. É como se o mar invadisse a bacia do Paiva e inundasse tudo em colateral: os campos, as montanhas, Ponte de Telhe, a Paradinha, Meitriz, Arouca, e agora, subindo a várzea a um ritmo constante, o Tojal. Primeiro o caminho que leva à várzea, depois a encosta e então, sim, numa lufada, a nossa casa e o resto da aldeia.

Porém, o tumulto acalma. A vaga de oeste trava depois de engolir a paisagem por inteiro. O Vale Encantado ainda afunila alguma brisa que estanca ao alcançar as cercanias do Tojal; e a bruma ganha volume, trazendo calma, embora ocultando o que era dado a ver.

O Miguel saiu para observar a parede cinzenta. A igreja, o cabeço e até o fim do pátio desapareceram. O céu também. Nós não. Vemo-nos um ao outro e à fachada da casa.

Estamos sós.

O Miguel não teme o nevoeiro, não teme o que não consegue ver. Sente-se seguro ao pé de mim, apaziguado mesmo em circunstâncias adversas. Experimenta tocar no nevoeiro mas este desaparece com a proximidade. Os vasos empilhados ao fundo do pátio surgem ou não surgem conforme o vento sopra.

Vamos partir do Tojal amanhã. Chego à conclusão, em jeito de balanço não só destes dias mas dos anos que revivi, que dei ao Miguel o que estabeleci perante mim mesmo: paz, boas condições e um amor semelhante ao dos pais.

Embora sós, e ainda que escondidos pelo nevoeiro, juntos formamos uma casa. Protejo-o e ele protege-me. Protegi-o com grande custo de tudo e todos, mesmo da Luciana, e ele retribuiu continuando a amar-me.

– Hi! – comenta.

– Pois é, Miguel. Hi! Ainda há minutos dava para ver além do Vale Encantado, e agora quase não se vê dois metros à nossa frente. Não tenhas medo.

Ele sorri perante o meu dislate. Porque haveria de ter medo?

Perto da igreja, uma buzina anuncia um carro que passa lento para não resvalar na berma da estrada.

O Miguel faz menção de entrar em casa quando me ocorre uma ideia melhor. Agarro-o pela mão e murmuro

– Espera.

Ele estaca sob o toque da minha mão.

– Que é? – pergunta.

Pensando bem, não consigo definir o que é. Mais do que uma ideia, trata-se de um sentimento que me incomoda há meses e que agora decidiu despontar com maior intensidade. Remorsos ou início de culpa quando me lembro da Luciana.

Depois daquela noite, vivi semanas de angústia à espera de que uma farda me batesse à porta acompanhada por sirenes. Mas as semanas decorreram e nada sucedeu. A Luciana desapareceu como no nevoeiro, perto de quem a encontrasse mas longe da vista.

Em bom rigor, não sei o que lhe aconteceu. Poderá ter-se levantado, buscado ajuda, e agora talvez viva incógnita numa instituição que a acolheu. Quem sabe a chama que mantém a vida acesa se tivesse tão-só apagado momentaneamente, para se reacender depois com mais intensidade e brilho. Imagino a Luciana tão feliz nessa instituição como na APPACDM, porventura agora entregue a outro Miguel que de facto a possa acompanhar. Será também uma menina das flores aos olhos do novo Miguel, tal como o foi aos do antigo.

Em alternativa, suponho que tenha caído num sono tão profundo que não acordou a tempo de evitar que o corpo seguisse caminho – frio e mirrado e vazio a ponto de se confundir com a serra de Valongo.

Não posso dizer que a matei. É bem possível que tenha sobrevivido, julgo que não lhe bati com força. Nem percebo, aliás, porque não se levantou de imediato e porque não reagiu à violência que usei contra ela. Por um lado, fui incapaz de conservar o sangue-frio para lhe tocar no pulso ou no pescoço para sentir a veia pulsando. Por outro lado, depositei-a numa cama confortável e acessível. Bastar-lhe-ia levantar-se e percorrer alguns metros entre os pedregulhos para alcançar o estradão.

Difícil mas possível, e se alguma característica ela tinha, quer dizer, se alguma característica ela tem, é a da resiliência. Há-de se ter levantado; há-de ter suplantado a mata e a serra.

Semanas depois daquela noite que recuso adjectivar de fatídica, telefonei à Eugénia, que me disse «A coitadinha continua desaparecida. A Polícia está a trabalhar mas já não tem esperança», acrescentando no único momento em que me senti em perigo «Sabe que nós pensámos em tudo... Até andámos à procura da casa da mãe dela. Encontrámos o sítio no dia seguinte a ela desaparecer». Porém, completou de imediato «Se soubesse a porcaria. Não vivia lá ninguém há muitos anos». Recuperei a calma e respondi-lhe que considerava aquilo terrível – um horror, um horror –, e que nem sequer contara ao Miguel o que se passara. «Esplêndido, senhor doutor, fez muito bem.»

Quanto ao Miguel, afundou-se num lodo do qual só agora começa a sair. Passou por um período de nojo, embora nunca tenha percebido o que realmente aconteceu. Na minha perspectiva, ele testemunhou que eu levei a Luciana para longe, para as flores, no meio da vegetação. Para um éden muito mais bonito do que o barracão onde eles se refugiaram. E lá permaneceu, no meio da natureza, dormindo. Nada mais.

Não voltara. Preferira o jardim à sua companhia. Traíra-o por um sono em cama de folhas.

O Miguel regrediu com tanta passividade que nem sequer tentou encontrá-la. Simplesmente permaneceu quieto dias seguidos no quarto sem falar da Luciana – mas pensando sempre nela.

Dois meses depois do sucedido na Rua da Constituição, acordou como na esteira de uma longa noite repleta de pesadelos.

Perguntava pela Luciana, forçava a saída de casa, onde eu continuava a fechá-lo à chave. Berrava comigo. Culpava-me do que julgava ter acontecido à Luciana. Por sorte nunca conseguiu sair, e não fez comentários ou queixas nas três ou quatro vezes que as nossas irmãs nos visitaram.

Também não demonstrou entusiasmo em vê-las.

A raiva que ele sentia não se dirigia a mim, mas à Luciana, por não ter voltado; e contra ele mesmo, por tê-la deixado partir.

Mais dois meses e voltou ao normal, isto é, ao normal de quando o tirei da APPACDM. Continuava à espera da carrinha e em busca da Luciana. Raramente, num rasgo de lucidez, procurava esmurrar-me enquanto acusava «Tu, foste tu», mas eu dominava-o e, horas depois, ele esquecia-se de que eu estivera envolvido no incidente.

Mantinha-se apático e sobretudo indiferente a mim. Decidi então que o regresso ao Tojal seria benéfico. Talvez ajudasse reviver um local em que fora verdadeiramente feliz sem a Luciana. Queria tanto dar-lhe esse gosto que agendei férias nestes dias para regressarmos juntos.

E aqui nos encontramos. Agarro-lhe a mão com mais força e repito

– Espera, não entres já em casa.

– Que é? – reforça.

– Vamos ao campo – sugiro, mas ele não aceita de imediato. Reforço: – Miguel, vamos ao campo.

Agora sim concorda. É ele mesmo que abre o portão e começa a descer para a várzea. «Mais calma, vamos lado a lado», chamo, e seguimos pelo caminho que o tractor do Quim costumava percorrer. A pedra afundou sob a passagem das rodas. As silvas que crescem junto ao muro roçam nas pernas prendendo as calças e bebem gotas de sangue com os espinhos.

A meio caminho ele comenta «Nito, isto» apontando para o campo próximo que surge quase ao nosso nível. Porém não o conseguimos ver, nem o fim do caminho. O nevoeiro dispersou ligeiramente mas mantém-se em bloco sobre os campos, os montes e o rio. No centro da várzea, o barulho do rio a açoitar as margens impõe-se ao piar das aves.

Chegados ao fim da várzea, perto da curva do Paiva, o Miguel segura a minha mão com receio de tropeçar para a água. Os cascos das ovelhas que pastam a vegetação da margem fincam-se na areia, atirando-a em todas as direcções.

Este é o cenário ideal para lhe dizer

– Miguel, amanhã voltamos ao Porto.

ao que ele encolhe os ombros, afastando-se em três passos.

A garça-boieira que há pouco mergulhou no nevoeiro empoleirou-se num dos paus que servem de espantalho. Debica as penas das asas de modo a prepará-las para o voo que a resgatará do nevoeiro.

Arranho a garganta por dentro impelido por uma frase que tenta sair. Quero dizê-la mas retraio-me, inclusive fisicamente. No entanto, os remorsos, mesmo que incipientes, desobstruem a irritação e obrigam-me a perguntar

– Que achavas se...

mas calo-me antes de concluir. É que pretendo dar-lhe um gosto, uma alegria neste fim de estada: dizer-lhe algo que o transforme nem que seja nas poucas horas antes de regressarmos ao Porto. Algo que restitua o Miguel que existia antes, o Miguel do tempo dos nossos pais, quando era livre para amar a Luciana. E até algo que restitua o Miguel da infância.

Calo-me porque não tenho a certeza do que dizer.

O cheiro do estrume que o Quim, a senhora Olinda e o senhor Aníbal espalharam emana da terra com um travo a mentol. Na extremidade do campo, uma rede tosca impede que as ovelhas entrem para não estragarem os frutos da agricultura.

Basta. Falo agora ou não falo. Alegro-o agora ou não alegro.

Sem mais delongas, agarro-o pelos ombros de modo que olhe directamente para mim. Não consigo perceber se choro. Recomponho-me, limpando a cara. Ele esboça um conforto, qualquer coisa como «Estatudo bem».

Mais calmo, penso em dizer a única frase que o alegraria

Quando chegarmos ao Porto voltas para a Luciana.

mas compreendo que lhe trarei mais tristeza quando perceber que lhe menti. Por isso calo-me e largo-o. Desisto de o reconfortar.

O nevoeiro, mais forte sobre o rio, tapa-se sobre nós numa mudança de vento. Não consigo ver o Miguel, ele que ainda agora estava à minha frente. Estico o braço mas não o alcanço. Chamo-o e logo a mão dele agarra-se à minha com força. Quer-me próximo porque tem medo do que o rodeia. Tal como eu, não vê no nevoeiro.

Regressamos lado a lado, devagar, tacteando. Perto do caminho que sobe para nossa casa, estreito-o com força. Murmuro-lhe ao ouvido «Miguel, não sei o que dizer», e ele responde «Não digas nada».